Bernd Hartmann

Eine neue Macht auf Erden

Die Alphaten

Bernd Hartmann

EINE NEUE MACHT AUF ERDEN

DIE ALPHATEN

Science-Fiction-Roman

FSC
www.fsc.org
MIX
Papier aus ver-
antwortungsvollen
Quellen
Paper from
responsible sources
FSC® C105338

Impressum

Bibliografische Information der Deutschen Nationalbibliothek:
Die Deutsche Nationalbibliothek verzeichnet diese Publikation
in der Deutschen Nationalbibliografie, detaillierte bibliografische Daten sind im Internet über http://dnb.dnb.de abrufbar.

Die automatisierte Analyse des Werkes, um daraus Informationen insbesondere über Muster, Trends und Korrelationen
gemäß §44b UrhG {«Text und Data Mining»} zu gewinnen, ist
untersagt.

E-Mail-Adresse: bhartman@arcor.de

Umschlagdesign, Satz, Verlag: BoD · Books on Demand GmbH,
In de Tarpen 42, 22848 Norderstedt
Druck: Libri Plureos GmbH, Friedensallee 273, 22763 Hamburg

ISBN: 978-3-7583-4257-8

Kapitel 1

Polarisalpha.

Eine in das ewige Eis der Antarktis eingeschmolzene Station. Eine Anlage der Alphaten.

«Verhindern wir, dass sich diese Alphaten auf dem Mond einnisten. In einer eigenständigen Einrichtung! Wie wollen wir sie dort kontrollieren ...»

Liu Chen Lu rief laut: «Stopp! Zurück auf Anfang! Pause!»

Seufzend wandte sie sich vom Holo-Tisch ab. Sie kannte den Sprecher. Es war Kixstone. Professor Aras Kixstone, der Leiter der HAO, der Chef der mächtigen Humans-Alphaten-Organisation.

Auf dem Infopaneel neben ihr leuchtete das Schema der Station. Sie berührte das Symbolbild Chimas. Ein Gesicht entfaltete sich auf den Schirm.

«Viola Chima befindet sich im zweiten Ring der Station. Segment R-zwei», sagte ein anonymer Sprecher.

Liu zog den Kommunikator aus der Stirnhalterung und über ihr Gesicht und sprach deutlich: «Viola, komm zu mir, es ist dringend. Es ist brisant.»

«Hallo Chefin, kann nicht kommen. Ich bin mitten in der Ausbildung der Kadetten. Klinke dich doch ein ins Kommunikator-System.»

«Es hören zu viele mit. Komm einfach her zu mir in die Zentrale!»

«Gut, dann unter vier Augen.»

5

Ein fauchendes Geräusch ließ Liu nach oben schauen. Ein Außendienstroboter blies Schnee und Eiskörner vom Kuppeldach der Zentrale. Für Augenblicke leuchteten grüne Polarlichter durch das hohe Gewölbe. Dann wehte der Sturm erneut Polarschnee über das Dachsegment, das aus dem Eis herausragte.

Minuten später zwängte sich Viola Chima gebückt durch die nördliche Sternschleuse. Sie war eine Alphatin der mittleren Generation und zudem ein Sondermodell: eine muskulöse, stämmige Frau, eine Kämpferin. Ihr verdickter Hals, aufgebläht von unter der Haut liegenden Brain-Speichern, ihr ausgebeulter Rücken mit den eingefügten Lebenserhaltungsmechanismen, die systemisch ausgepolsterte Hüfte und ihre verstärkte Muskulatur zeugten von ihrer Kampfkraft.

Chima ordnete ihren ärmellosen Überwurfmantel, der ihren unförmig ausgeweiteten Rücken verdeckte. Dann blickte sie die Stationsleiterin und die amtierende Chefin der Alphaten fragend an.

«Kixstone macht wieder Ärger», sagte Liu.

«Ah, der Boss der HAO meldet sich? Er macht doch nur Ärger!»

«Skalzi schickt mir ein Spionagevideo. Er war mal wieder geheimdienstlich tätig.» Dann fügte Liu hinzu: «Ohne unseren Auftrag.»

«Dann ist es also Skalzi, der dich beschäftigt? Vito Skalzi, der ‹Goldene Kopf›, er mischt mal wieder die Karten. ‹Unser Vater – unser Schutz und Schirm!›, wie er sich gern nennen lässt. Er hat sich in seiner mexikanischen Höhle verbarrikadiert und nimmt an, uns immer noch beschützen zu müssen. Wir, die Alphaten, haben ihn zu dem gemacht, was er heute

6

ist: Ein bestens ausgestattetes Gehirn-im-Tank, ein GiT, ein Super-GiT.»

«Schauen wir uns das Video an», sagte Liu, ohne auf Chimas Bemerkungen einzugehen.

«Du kennst es noch nicht?»

«Nur die ersten Bilder. Ich habe auf dich gewartet. Du bist hier nicht nur die dienstälteste Ausbilderin, du bist auch für die Sicherheit der Station verantwortlich.»

Chima nahm neben der unscheinbar kleinen Stationschefin Platz.

«Was für einen Gegensatz zu mir stellt sie doch dar», dachte Liu. «Ich bin nicht mehr als eine vermickerte Mittfünfzigerin mit greisenhaftem Gesicht und schlaffen Gliedern. Da liegen eben Generationen alphatischer Technologieentwicklung zwischen uns beiden», tröstete sich Liu Chen Lu, die sich ihrer schwächlichen Erscheinung bewusst war.

Einssechzig groß, vereinzelt nur einsfünfzig, so waren die Alphaten der ersten Kohorte beschaffen. Ihre Schöpfer beriefen sich auf die Zwergenphänomene der Pygmäen, auf die Vorteile ihrer kleinen Körper. Und praktisch war es allemal, wenn Liu durch die engen Stationsröhren eilte und ihre Kontrollgänge erledigte.

«Ist es das?», fragte Chima und wies auf das leere Standbild über dem Tisch.

Liu nickte und startete das Video.

«Verhindern wir, dass sich diese Alphaten auf dem Mond einnisten. In einer eigenständigen Station! Wie wollen wir sie dort kontrollieren? Am Pol? In den Lavahöhlen der Kraterhänge?» Der Sprecher machte eine Pause. «Und dann», fuhr er fort, «ihre Standorte, kapseln sich ab auf Inseln im Indischen Ozean,

7

verkriechen sich in venezolanischen Höhlen, ziehen sich zurück in die Antarktis. Ein Ausbildungslager, in der Antarktis! Zum Lachen! Und ihr Saharaprojekt! Spielen sich auf! Als Weltretter ...»

Ein greller Schein überstrahlte das Volumenbild über dem Holo-Tisch.

«Das ist alles?», fragte Chima.

«Alles!»

«Kein Fake?»

«Ausgeschlossen!»

«Das also schickt uns Skalzi», lamentierte Chima. «Einen Wutausbruch Kixstones. Er lacht uns aus, unser Vorhaben, hier in der Antarktis! Er verspottet uns!»

«Das Video wurde von einer Mikrodrohne erfasst», sagte Liu sachlich. «Es stammt von einem dieser farblosen Spionageinsekten aus Skalzis Arsenal. Ein Video aus dem Hauptquartier der Humans-Alphaten-Organisation, der HAO.»

«Jetzt spitzelt Skalzi auch noch für uns», lästerte Chima.

«Er hält uns den Rücken frei», antwortete Liu genervt. Dann berichtete sie weiter: «Erst nach Absetzen der Nachricht wurde die Drohne entdeckt und per Laser zerstört. Mitten im Senden. Glücklicherweise hatte die Drohnen-KI die brisantesten Infos erkannt und zuerst ausgestrahlt. Das heißt aber, Kixstone und Konsorten wissen, dass sie ausspioniert wurden. Sie haben jedoch keine Ahnung, welche Daten die Drohne übermittelt hat.»

«Skalzi vertieft mit dieser Aktion doch nur den Graben zwischen der HAO und uns.»

«Was hast du nur gegen Vito?», fragte Liu. «Ja, er bewacht seine Schöpfung.»

«Skalzi erschuf uns nicht allein.»

8

«Wir sind ihm dankbar!»

«Chen Lu, vergiss niemals: Er urteilt wie ein Mensch! Er ist kein Alphate!»

«Und deshalb hören wir auf ihn. Er kennt die Eigenheiten der Menschen!»

«Skalzi ist kein Alphate!», beharrte Chima auf ihrer Meinung.

«Wir haben genug über Skalzi geredet», schimpfte Liu. Es war nicht das erste Mal, dass sie wegen Skalzis Rolle aneinandergerieten. «Versteh doch: Es geht um Kixstone!».

Chima gab endlich klein bei.

«Bis Lavahöhlen zurück stopp», rief Liu.

Das 3D-Hologramm erstarrte zu einer verpixelten Struktur: Ein Kopf im Profil, aus großer Entfernung von einer Mikrodrohne aufgenommen.

«Da haben wir ihn: Kixstone», rief Liu, «Professor Aras Kixstone, den Chef der Humans-Alphaten-Organisation.

Sie erhob sich und schlurfte eine Runde um den runden Holo-Tisch herum. Alles im Kommandoraum der Polarisalpha war gerundet, der Raum selbst, seine Kuppel und die Bildschirme an den Wänden.

«Der Chef der HAO torpediert unsere Aktivitäten», lamentierte Liu. «Sein Vorgänger Wagner hatte noch zugesagt, dass wir die ausgebeuteten Wasserminenfelder auf dem Mond erwerben können. Mit ihm und seinen Vorgängern sind wir weit besser gefahren. Dieser Kixstone, er sagt uns den Kampf an. Er pfeift auf die Leitlinien der HAO.»

Liu ließ sich wieder in einen der Sitze vor dem Holo-Tisch fallen. Sie befingerte den Sitzheizungsregler und schloss den schrägen Kragen ihrer gefütterten Uniform, zog die Kapuze über den Kommunikatorschirm. «Achtzehn Grad», blinkte eine

9

Anzeige. Wie in fast allen Räumen wurde die Lufttemperatur der Zentrale so mager eingestellt.

«Also, Kixstone ist im Video zu erkennen», sagte Chima. «Aber von seinem Partner ist weder ein Konterfei zu sehen, noch ein Mucks zu hören.»

Liu nickte.

«Also nicht mal eine Stimme zu analysieren.»

«Keine Bange, Viola, seinen Gesprächspartner finden wir schon!»

«Wer hat diese Message noch erhalten?»

Liu las aus einem Begleittext vor: «Aufzeichnung aus dem Hauptquartier der HAO ... und so weiter, exklusiv für Polarisalpha, betrifft auch eure Mondpläne, erwarte von euch einen Vorschlag für weiteres Vorgehen, Gruß Skalzi. 6. Mai 55, Alphatische Neuzeit. Bin besorgt. Eine Kopie des Videos geht an Zeki Bernhard auf Isla Alphatica.»

«Doch dein Stellvertreter wird sich mit Vorschlägen zurückhalten. Mit unserer Eiswelt, da will Zeki nichts zu tun haben, er, der auf einer schwimmenden Sonneninsel im Indischen Ozean residiert.»

Liu lächelte Chima an, statt ihr zu antworten.

«Und, Chen Lu, hast du nachgedacht?»

«Oh gewiss», lenkte Liu ein und deutete in Richtung Besprechungsnische.

Sie ließen sich wortlos in die bequemen Sitze fallen. Chima zapfte Kaffee aus dem Boiler und schob Liu einen Becher über die Tischplatte.

Liu betrachtete versonnen das Spiel der flachen Stränge an den Armen ihres Gegenübers. Die kräftigen Muskelbündel bedeckten nicht nur Teile ihrer sowieso schon verfestigten Haut, sondern beschützten sie vor unmäßiger Hitze und Kälte,

10

selbst leichten Messerstichen widerstand die aufgesetzte obere Deckschicht.

«Wir haben hier auf Polaris», begann Liu Chen Lu langsam zu sprechen, «sechsunddreißig alphatische Kadetten, vier Ausbilder und einige Nichtalphaten. Ein Teil unserer Frischlinge bereitet sich auf ihre Mondmission vor, und zwar, in den geräumigen Lavahöhlen unseres auserkorenen Kraters wollen wir eine große Siedlung errichten. Und eben nicht weiter auf einer der internationalen Basen herumwursteln. Ja, uns eigenständig entfalten, ohne Aufsicht durch die HAO. Da hat Kixstone durchaus recht.»

Chima schaute sich gelangweilt in der Zentrale um.

«Der andere Teil arbeitet am automatisierten Aufbau von Stationen im Eis», monologisiere Liu unverdrossen weiter. «Basen, die wir auf den Eismonden des Jupiters und des Saturns errichten werden. Bemannt oder unbemannt, das wird sich zeigen. Gefrorenes Wasser verhält sich überall gleich, hier in der Antarktis und auf den fernen Monden. Hier üben wir, bis alles klappt. Das sind unsere belächelten interplanetaren Träume. Träume, die Kixstone nicht zu interessieren scheinen.»

Da Chima weiterhin schwiegt, fuhr Liu fort, sich über die aktuelle Lage auszulassen. «Die Lavahöhlen auf dem Mond, die wir haben wollen, sind ausgebeutet, die Eisvorräte im Innern des Kraters sind fast abgebaut, es lohnt nicht mehr. Für Wasser gibt es inzwischen günstigere Quellen auf dem Mond. Uns reizt, was sie zurückgelassen haben: Zwei Kraftwerke, Schleusen, Energiesysteme, Startrampen, Straßen, Transporter. Dafür sind wir bereit, einen hohen Preis an den Eigentümer Lunawater zahlen. Das wäre doch für alle ein vortreffliches Geschäft.»

11

«Einen anderen Krater an einem der Mondpole suchen?», sinnierte Chima.

«Wirft uns um Jahre zurück. - So leicht werden wir nicht aufgeben.»

«Lunawater kann nicht allein über den Verkauf entscheiden», warf Chima ein.

«Ja, dann ist da noch Lunic, die Frau im Mond, wie sie sich gern nennt, die mitredet, und leider auch Kixstone mit der allmächtigen Humans-Alphaten-Organisation im Hintergrund. Und seine Meinung kennen wir nun.»

«Das heißt, unsere Pläne sind kein Selbstläufer mehr.»

Liu nickte.

Chima brach einen kleinen Eiszapfen ab, der sich an der frostigen Wandung der Station gebildet hatte und unter einer Bildschirmkante herausragte. Nachdenklich verrührte sie damit zwei Zuckerwürfel im Kaffeebecher.

«Kixstone spielt mit falschen Karten.» Chima nahm einen Schluck aus dem Becher. «Der Neue an der Spitze der HAO arbeitet insgeheim gegen uns. Seinen Vorgänger Wagner hat er aus dem Amt gedrängt, vermeintlich stimmte etwas nicht mit den Finanzen. Und Wagner war angeblich unfähig, eine so bedeutsame Organisation zu leiten.»

«Ich kannte den Wagner», sagte Liu. «Er war noch ein Herr der alten Schule, verlässlich und korrekt. Vereinbarungen nahm er ernst. Manchmal war er eben zu genau. Wenn er hinter seinem Schreibtisch hockte, die Brille auf der Stirn und die Verträge studierte: Er las sie durch, bis aufs Wort. Vielleicht hat er sich dabei übernommen. Man warf ihm vor, das Große und Ganze aus den Augen verloren zu haben. – Das war die Zeit, da wir noch intensive, persönliche Kontakte pflegten. Doch die Stimmung hat sich gedreht. Die HA-Organisation

12

baut ein Feindbild auf. Kixstone ist ein scharfer Hund, genau der Richtige, uns an die Kandare zu nehmen, warum auch immer. Nun gut. Lamentieren hilft uns nicht weiter. Mein erster Gedanke: Wir machen uns auf den Weg zum Krater. Zwei Kadetten dazu. Eine Vorhut, zur Erkundung der Lage vor Ort. Das wird Kixstone und sein Team verstehen.»

«Wir?», fragte Chima erstaunt.

Liu lachte trocken auf. «Du meinst wohl, das wäre nichts mehr für mich? Für eine alte Dame, für ein verhutzeltes Weib?»

Chima beugte sich über den Besprechungstisch und legte ihre kräftige Hand auf Lius mageren Unterarm. «Du bist unsere liebe Chefin und ich bin dafür da, dich zu beschützen.»

«Viola, stelle mir morgen zwei Schüler vor, die du für eine Mondmission für geeignet hältst. Skalzi und Bernhard werden das abnicken.»

Liu erhob sich und löschte das Video. Die Unterredung war offenbar beendet.

Chima schlenderte zur Nordschleuse. Sie warf einen prüfenden Blick durch die Gitterroste des Bodens. Im unteren abgetrennten Teil der Zehn-Meter-Kugel befanden sich Ballasttanks, die die Auftriebskraft der Stationsblase im Eis regulierten. Dann verließ sie die Zentrale über eine der Verbindungsröhren, die zu anderen kugelförmigen Stationseinheiten führte.

Später zog Liu ihren Kommunikatorhelm aus der Stirnhalterung und öffnete ihr Tagebuch.

«Zwischen uns und der HAO bahnen sich Konflikte an», diktierte sie in ihr Journal. «Kixstone neidet uns die Unabhängigkeit. Vermutlich geht es ihm nicht nur um unsere Mondstation. Punkt zwei: Wir sollten Polarisalpha besser schützen.

13

Zumal die russische Nachbarstation Wostok über den Winter unbesetzt bleibt. Es ist unwahrscheinlich, aber unsere Gegner, wer auch immer, sie könnten uns im schlimmsten Fall großflächig angreifen, das Eis um die Station aufschmelzen. Wir würden dann absaufen oder hilflos im Wassereis umherschwimmen. Punk drei: Wir werden zum Mond fliegen und vor Ort über unsere Mondbasis mit Lunawater verhandeln. Wir, das sind: Viola Chima, zwei Kadetten und Liu Chen Lu. Liu, Polarisalpha, 6. Mai 55, alphatische Neuzeit.»

Kapitel 2

Die sechs Kadetten hatten im Schulungsraum Platz genommen. Sie saßen im Dreiviertelkreis, vom Deckengewölbe senkte sich ein monströser Schirm herab, mit Ausstülpungen und Kabelsträngen, die bis in die Glockenhelme der Schüler reichten. Unter dieser hängenden, ausgefransten Halbkugel befand sich ein Computerblock, eingefasst von einer breiten Konsole, auf der in sechs Mulden Knabberriegel, Energydrinks und Wasserflaschen lagen.

Es waren junge Alphaten, die hier lernten, kaum zwölf Jahre alt, aber trotzdem keine Kinder mehr: Sie hatten sich dank ausgeklügelter Behandlungen in gewissen Zeitphasen etwa anderthalbfach schneller entwickelt, als die Natur es eigentlich vorhersah, sie waren biologisch Jugendliche aus Sicht der gewöhnlichen Menschen. Und aus Sicht der Soziologen waren es Jugendliche im Stadium der mittleren Adoleszenz. Die Entwickler gedachten mit diesem Trick, die Population der Alphaten rasch zu vergrößern und in kürzerer Zeit eine maßgebliche Anzahl dieser Spezies zu erreichen. Ihre Pubertät einzugrenzen, Zeit zu gewinnen, Gedankenkräfte zu stärken, das war die Devise der Alphatendesigner gewesen. Alphatische Techniker setzten diese Pläne um. Zusammen mit strukturellen Veränderungen im Gehirn: Am auffälligsten waren dies neuronale Verzweigungen im sogenannten Balken, die Abgriffe und Zuführen von Informationen in beide Hirnhälften ermöglichten. Und diese Neuerungen waren ein Grund der Überlegenheit der Alphaten gegenüber den Men-

15

schen: ihnen ihr gemeinsames Denken im Zusammenspiel mit einer ausgeklügelten KI zu ermöglichen.

Über den Köpfen der Kadetten hingen die genannten Glockenhelme der zerebralen Interkonnektoren, welche die Verstandeskräfte der Kadetten zusammenschalteten, und den nervlichen Signalabgleich managten. Die Koppler waren zuständig, abgefragtes externes Wissen in die Gehirne einzuspeisen. Dann gab es die Resonatoren, die für die gehobenen Glücksgefühle während des gemeinsamen Nachdenkens sorgten. Die Sitzung währte bereits seit knapp vier Stunden. Eine Mischung aus Euphorie und Erschöpfung hatte sich breitgemacht. Die Schüler hingen schwitzend in den Schulterbügeln, die ein hastiges Bewegen unter den Schirmen oder gar ein Aufspringen aus den Schalensitzen verhinderten.

«Die Schulung scheint sie doch sehr zu belasten», bemerkte Liu.

Chima führte Liu zum Bedien- und Überwachungspult und öffnete das laufende Programm. Und da wurde klar, warum die Jungs und Mädels schwitzten, stöhnten und auf den Sitzen herumrutschten. «Kapitel Foltermethoden im Mittelalter, Mundbirne, Daumenschrauben; Kapitel Hinrichtungsmethoden, Pfählungen ...»

«Nicht gerade jugendfrei, was du ihnen vorsetzt!»

«Das ist der Nachtisch, den ich ihnen serviere. Die Schulung fing heute Morgen an mit praktischen Aufgaben: Vorbereitungen auf die Mondmission, Regolith schürfen, mit Mondstaub Unterkünfte bauen und aus diesem Material geeignete Stoffe extrahieren. Sie konstruieren Maschinen, testen Lebenserhaltungssysteme und üben Notprogramme ein. Wie üblich

16

übten sie dann Verfestigen des Multikanal- und Gemeinsamdenkens mit mehreren Gehirnen ein.»

«Und die Eismondtechniken?», fragte Liu, «wird das nicht trainiert? Unser Geheimprojekt, das einen großen Teil unserer Ressourcen bindet. Automatisierte Stationen entwerfen, die wir auf den Eismonden des Jupiters und des Saturns abwerfen und die sich KI-gesteuert aufbauen.»

«Das Thema bearbeitet eine andere Gruppe!»

Liu winkte enttäuscht ab.

«Ich habe mich dann aber entschlossen», fuhr Chima fort, «am Ende der Vormittagsübungen, ehe die Kadetten in das Tropical verschwinden, ihnen einige Lektionen über die dunklen Seiten der Menschen mit auf den Weg zu geben. Die Jungs und Mädels, sie sind ohne Argwohn, dazu unerfahren. Sie stacheln sich an, schwärmen von den zukünftigen Herausforderungen, wo soll da eine gesunde Skepsis herkommen. Sie sind der Ansicht, alle Menschen wären redlich. Da nützt es auch nicht, dass sie standardmäßig ‹Das große Buch der menschlichen Körpersprache› implementiert bekommen haben.»

«Wie erkenne ich, dass mein Gegenüber lügt?», witzelte Liu. Sie lachten beide.

Und Chima belustigt: «Das gesprochene Wort unterscheidet sich oft von dem, was eine Person gerade im Sinn hat.»

«Dies haben wir glücklicherweise bei den Alphaten ausgemerzt, wenn sie sich zusammenschalten. – Ich hoffe nur, hier werden keine rachsüchtigen Krieger herangezogen!»

«Aber Chen Lu, hassen wollen wir ihnen nicht beibringen. Sie sollen nur wehrhaft sein. Die Auseinandersetzungen mit der HAO und den vielen anderen Organisationen, die uns misstrauen, nehmen zu. Wir bereiten die Kadetten darauf vor.»

17

Ein Pausenzeichen unterbrach ihre Unterhaltung. Helme fuhren hoch, Schulterspangen sprangen auf. Die Schüler brauchten einige Augenblicke, um sich zurechtzufinden. Sie griffen zu den Drinks und den Knusperriegeln. Sie schwatzten und zwängten sich aus den Schulungssitzen. Die Tropical-Oase lockte: ihr Pausenparadies. Endlich gewannen ihre jugendlichen Gemüter Oberhand über die letzten schrecklichen Bilder der Schulung.

Chima stellte die Kadetten einzeln vor: «Rico, Ingenieur und Astronom, macht sich nicht übel. Astrid, die Diplomatin. Alma, entzückend und streng. Sie ist eine Generalistin. Musa, unser Selenologe, der Klügste der Gruppe, auch wenn er nicht so aussieht.»

«Ach lass das», unterbrach Liu die Ausbilderin ungeduldig, «ich kenne sie doch alle. Nun sag schon, wer sind die beiden, die du für den Besuch auf dem Mond vorschlägst?»

«Alma und Musa. Sie sind enge Freunde. Ein kameradschaftliches Duo, schau nur, wie sie sich verstehen.» Und tatsächlich liefen beide Hand in Hand durch den Schulungsraum.

«Alma! Musa!», rief Chima ihnen zu. «Wir haben beschlossen, euch in einigen Wochen zum Krater zu schicken. Zusammen mit der Kommandantin Liu und mir.»

«So plötzlich?», fragte Musa überrascht.

«Nur weg von hier!», flüsterte Alma erleichtert.

«Ihr begleitet eine brandheiße Mission. Ab sofort bekommt ihr eine spezielle Ausbildung. Dann brecht ihr zur Hauptinsel Isla Alphatica auf. Ein letztes Training, und ab gehts zum Mond.» Liu lächelte den beiden zu.

Nachdenklich verließen Musa und Alma den Schulungsraum.

18

«Hast du wirklich die richtige Wahl getroffen?», fragte Liu.

Chima lachte. «Sie können miteinander. Sie haben keine Hemmungen, sich in die geheimen Gedankenwelten des anderen hineinzuspiegeln. Sie führen sogar ein gemeinsames Tagebuch.»

«Also, einverstanden», sagte Liu.

«Wagen wir es. – Und du, Chen Lu, du bist nicht das erste Mal auf dem Mond, du kennst Sena Lunic, die Chefin der internationalen Mondkolonien und Kanja Kano, den Besitzer von Lunawater.»

Liu bejahte. «Ich traf Kano vor acht Jahren, zur Einweihung seiner Wasserfabrik auf dem Mond. Wir hatten an den Plänen mitgewirkt und die Energiesysteme entworfen.»

«Kano wird das nicht vergessen haben!»

«Noch wichtiger ist er für uns: Er baut nach unseren Vorgaben die Raumschiffe, die eines Tages bis zum Saturn vordringen werden.»

«Mit Kano haben wir ein glückliches Händchen gehabt. Ganz im Gegensatz zur Zusammenarbeit mit der HAO.» Chima schaltete die Ausbildungsmaschinerie auf Standby. Zwei humanoide Reinigungsroboter lösten sich aus ihren Boxen und säuberten die Sitze der Kadetten.

Liu und Chima folgten den beiden auserwählten Zöglingen. Musa und Alma, sie liefen im Gänsemarsch durch Verbindungsröhren bis zu einem Vorraum, der zur eiskalten Oberfläche führte: Das Tropical lag außerhalb der Polarisstation.

An der Schleuse zur Außenwelt verabschiedete sich Liu. «Für mich geht es noch nicht ins Paradies», entschuldigte sie sich.

Ohne diese Oase wäre auch für Liu das Leben auf der Antarktisstation kaum auszuhalten. Doch sie mischte sich nicht

19

gern unter das junge Kadettenvolk. Ihre magere Gestalt und vielerlei Gebrechen hatten sie einsam werden lassen. Sie erholte sich lieber erst zur nächtlich angeordneten Ruhe in der tropischen Oase und suchte dort Linderung von ihren Leiden, die von verfrühten Alterungsschüben hervorgerufen wurden.

Chima schlüpfte in Polarstiefel, legte einen fußlangen Neoprenumhang an und stülpte sich eine durchsichtige Schutzglocke über den Kopf. Dann trat sie in die eisige Kälte der südpolaren Nacht hinaus. Minus sechsundsechzig Grad zeigte das Außenthermometer an, normal zu dieser winterlichen Jahreszeit.

Der ins Eis versenkte Freizeitpark mit seinen Bädern und Wasserfällen, seinen Palmen und Blumengärten, lag außerhalb der zentralen Stationsräume. Doch der Weg zum Park führte immerhin geschützt unter den Abwärmepilzen der Minireaktoren entlang.

In der Ferne rotierte gemächlich ein Lichtkegel der russischen Antarktisstation Wostok. Mit einer Tiefenbohrung, die tausende Kilometer durch das Eis bis zum Wostoksee führte, erlangte sie Weltruf in der Antarktisforschung. Doch jetzt, im polaren Winter, fristete die Anlage nur ein bescheidenes Dasein.

Zwischen Wostok und Polarisalpha hielten zwei robotische Schneepflüge eine beleuchtete Start- und Landebahn offen. In den vier Ecken des alphatischen Stationsgeländes ragten unscheinbare Türme einer Verteidigungsanlage aus dem Eis. Es waren vor allem die Railguns, die für eine konventionelle Abschreckung sorgten. Luxuriös erhoben sich vier weiße Laserstrahlen, die aus unscheinbaren Turmspitzen schossen. Hunderte Meter über dem Eis vereinigten sie sich zu einer leuchtenden Kugel.

20

Ehe Chima ins Tropicalcenter hinabstieg, ließ sie sich von den Polarlichtern verzaubern, leuchtende Schleier, mal zuckten sie grün auf, mal geisterten helle Lichtgarben über den Himmel.

Liu ließ die Rollos hochfahren, hinter denen sich ihre private Nische in der Zentrale verbarg. Es war ihre Kapitänskajüte, wie sie ihr Refugium nannte, mit Regal, Stuhl, Klapptisch, Hängematte und Infotainmentsystem. An der gekrümmten Wandung hing eine papierne Antarktiskarte aus uralten Zeiten, bepflastert mit Fähnchen zahlloser Stationen, natürlich auch die mit dem Wimpel: grünes Alphazeichen auf weißem Grund. Eine weitere Marotte von ihr bestand darin, zusammen mit den Kadetten Modelle antarktischer Stationen zu basteln. Ihr Glanzstück, das sie gern den seltenen Besuchern vorführte, bestand aus einer Apparatur, die in einem Wassereisbad eine zusammengelegte mehrlagige Folie zu einer Ministationskugel aufblies, die sich nachfolgend verfestigte. Es war ein Modell im Maßstab eins zu fünfzig. Und was im Modell klappte, beherrschten die Alphaten in der antarktischen eins zu eins Umgebung. Eine Station, die sich automatisch entfaltet. Das war es, was sie erträumten: Eine Basis zu schaffen, die sie von einem Raumschiff aus auf einem Eismond abwerfen konnten, um einen Stützpunkt bereitzustellen, der einer späteren Crew nach ihrer Landung dort eine Bleibe gewähren würde.

Aus einem Wandbord entnahm sie eine Phiole, goss sich ein Quantum Eigendestillat in ein Gefäß und genehmigte sich einen zünftigen Schluck. Das Gesöff, ein scharfes Gebräu, das in der Genussgeschichte der Menschen - und nun auch der Alphaten – nicht wegzudenken war. Sie nahm sich ein gehöriges zweites Glas, das ihr ja zustand, in ihrer kargen Kapitänskajüte und in dieser antarktischen Finsternis. Ein Gesöff, dass man anderswo Wodka nannte. Sie schwang sich in ihre Hängematte und umhüllte ihren ausgemergelten Körper mit einer Heizungsdecke. Sie nahm noch einen letzten Schluck. Schließlich harrte sie hier aus, in dieser Kälte, in dieser Finsternis und in dieser Abgeschiedenheit.

«Ich habe mich gefügt», sagte sich Liu. «Ich habe diese Aufgabe angenommen. Doch nicht bis in alle Ewigkeit. Vito Skalzi hatte darauf bestanden, mich nach Polarisalpha zu schicken. Und nebenbei noch Chefin der Alphaten zu sein. Dabei gibt es längst bessere Kandidaten für diese Aufgabe. Zeki Bernhard, der Vorsteher der Isla Alphatica, er wäre so ein Kandidat: jung, unverbraucht, ein besonnener Kämpfertyp. Das können wir in der nächsten Zeit trefflich gebrauchen.»

Kapitel 3

Firmeninhaber Jan Benson ließ es sich nicht nehmen, die täglichen Endkontrollen der in seinem Werk produzierten Geräte zu beobachten. Er sah von der obersten Etage seines gläsernen Büroturms auf den Rasen vor dem Firmengelände herab. Oktokopter waren auf dem Terrain gelandet. Techniker mit breiten Gürteln und aufgeblähten Taschen sprangen aus einem Kopter und schritten zielgerichtet über den Rasen, vorbei an zwei Hissfahnen, beschriftet mit: «Benson - Medizintechnik, Sport & Spielgeräte – Alpha-MED-Gruppe». Es folgten beladene, sechsbeinige robotische Lastenträger mit wuchtigen Kastenkörpern, die in Richtung Prüfhalle schwankten. Lastwagen rollten heran, um die abgenommenen Kabinen abzutransportieren.

Benson trat an seinen Schreibtisch heran und setzte sich behäbig. Das Stehen war ihm schwergefallen mit seinen knapp siebzig Jahren. Seine Waden schmerzten, er knetete sie, während er auf den 3D-Schirm blickte, der vor ihm an der Wand hing. Er betrachtete die aufgereihten Kabinen in der Abnahmehalle. Ihre künstlichen Himmel waren hochgestellt, so dass er in die elastischen Zellwannen hineinschauen konnte, mit ihren Kopfmulden und Vertiefungen, die menschliche Konturen modellierten. Eine klare Flüssigkeit bedeckte die Wannenböden.

Benson rief nach seiner Brotzeit. Eine junge Frau brachte das rituelle Frühstück herbei: ein Holzbrett, beladen mit Butterbrezen, gehobeltem Rettich, Bauernkäse und Schinken.

«Ah, Frau Vroni Kaltofen bedient mich heute!», rief er heiter.

«Warum riefen Sie nicht nach Ihrer Lieblingsblondine?», fragte Vroni ungnädig. «Als ihre Finanzchefin hätte ich wohl anderes zu tun!»

«Meine Sekretärin verehrt mich, sie rückt mir zu sehr auf die Pelle!», scherzte Benson. Er strich seine weißgrauen Backenbartspitzen glatt, seine Hand zitterte leicht. Er schaute Vroni prüfend an.

«Und warum ist der Herr Benson nicht selbst da unten dabei? Bei der Abnahme der Kabinen, so wie früher.» Es klang wie ein Vorwurf.

«Setzen Sie sich, Frau Kaltofen.» Er bot ihr mit einer Geste an zuzugreifen.

Sie beobachteten beide das Treiben der Techniker in der Prüfhalle.

«Nur wenig medizinisches Gerät dabei», sagte Frau Kaltofen pikiert.

«Wie bestellt, so hergestellt. Sie kennen die Zahlen!»

«Schmieriges Geld regiert die Welt!»

«Es sind auch bayerische Jungfrauen, die sich in unseren Wannen bespielen lassen.»

«Alter Bock!», schimpfte sie lachend.

«Ja, ja, ein Greis», bestätigte er. - «Ach kommen Sie, nehmen Sie eine zweite Brezen. Unser Technischer Direktor überwacht in der Halle die Prozedur. Er hat das im Griff, besser als ich.»

Benson erhöhte die Übertragungslautstärke, sodass sie die Gespräche in der Prüfhalle verstanden.

«Sie waren da unten noch nie dabei?», fragte er mit vollem Mund.

«Mir zu fremd, diese neue Alphatechnik.»

24

«Sehen Sie, der eine Techniker, er heißt Aron, er nimmt jetzt eine Patrone vom Robotertisch und presst den Stutzen in das Gegenstück an der Wanne. Die Flüssigkeit in der Wanne schäumt auf, verfärbt sich metallisch, bleibt aber wattig. Jetzt steckt er einen Chip in den Schlitz der Elektronik. Die Wanne bewegt sich, Hologramme am Schalenhimmel blitzen auf. Ein Serviceroboter legt einen Dummy in den Trog. Die Kabinenhaube senkt sich, das Testprogramm startet, der Dummy wird durchgewalkt und wieder entfernt. Ein Roboter klatscht das Firmenzeichen mit den Sicherheitsdaten auf den Bug der Kanzel, fertig.»

«So wird man reich!»

Benson schüttelte den Kopf. «Das war einmal. Was wir da sehen, ist zum großen Teil alphatische Technologie. Die Gewinne werden aufgeteilt. Sie sind der Finanzvorstand unserer Firma, Sie kennen die Einnahmen und Ausgaben am besten! Und, wir stellen Geräte her, die wir nur zum Teil noch verstehen.»

Die Chefin der Finanzen zuckte ratlos mit den Schultern.

«Der Chip, der die Elektronik steuert, die Wannenflüssigkeit: Wird von den Alphaten hergestellt! Selbst unser Technischer Direktor kann kaum mitreden.»

«Und Sie? Reden Sie noch mit?»

Benson antwortete nicht. Er zog eine Schublade auf und legte einen goldschimmernden Chip und ein Stück Wannenmatte auf die schwarzgläserne Tischplatte.

«Sind das die Geheimnisse der Alphaten?», fragte sie spöttisch.

Benson nickte. Er legte ihr das Stück Wannenmatte in die Hand. «Wie Fleisch die Oberseite, wie Sandpapier die Unterseite, dazwischen Hohlräume und Flechtwerk von Strängen.

Vergleichbar mit einem modernen, kraftvollen Exoskelett. Und damit wird der Proband durchgewalkt.»

Sie gab ihm schweigend die Matte zurück. «Mag ja alles begeistern, diese Alpha-Technik. Und die Alphaten bekommen ihren gerechten Anteil.»

Frau Kaltofen druckste herum, ehe sie weitersprach. «Wir ahnen, es liegt etwas in der Luft. Eine Veränderung steht an.» «Es gibt Kaufanfragen», rückte Benson heraus. «Wir bereiten uns auf einen Verkauf vor. Interessenten für die Firma gab es schon immer. Schließlich kann ich das Unternehmen nicht ewig weiterführen. Mit siebzig! So geschieht das mit Familienunternehmen, wenn sich kein Nachfolger findet. Aber das geht doch alles auch über Ihren Tisch!»

Sie schaute Benson besorgt an. «Es gibt so viele Fragen: Wer wird Ihr Nachfolger werden? Oder wird es gar ein Alphate sein? Es wird ein anderer Mensch sein, gefügig, jung, von irgendwo her», meinte die Finanzchefin bekümmert.

«Die Alphaten befassen sich nicht mit solchem Kleinkram, mit der Leitung einer solchen kleinen Firma. Unser Technischer Direktor wäre sicher eine erste Wahl als mein Nachfolger. Vielleicht kommt es auch ganz anders.»

Ein Tonsignal übertönte die Geräusche in der Prüfhalle. Der Technische Direktor winkte aufgeregt zur Hauptkamera. Eine schmächtige Blondine, bekleidet mit einem militärisch wirkenden Overall, wedelte mit ihrer Rechten ebenfalls nach oben. Am Schulterriemen der Dame hing ein großer Easy Bag. Auf ihrer Schirmmütze glänzte ein grünes Alpha-Zeichen.

«Alpha-Besuch? Für Sie?»

«Ach - nur einer ihrer Knechte! Ein Gespräch, ein Vertrag, sie verhandeln selten selbst.»

26

Frau Kaltofen erhob sich wortlos und schaute ihn fragend an, suchte nach einer Antwort in seinem gealterten, erschöpften Gesicht.

Mit leiser Stimme sagte er: «Ich habe in meiner Seele ..., ich habe einen ...»

«Was haben Sie denn?», fragte sie besorgt.

«Transformation ...», rang er sich ab. «Ich habe einen Vertrag mit den Alphaten. Einen Vorvertrag. Ich wollte es Ihnen schon immer sagen.»

Frau Kaltofen war fassungslos. «Sie wollen diesen unseligen Quatsch über sich ergehen lassen? Ein Gehirn-im-Tank-Leben führen, ein GiT sein? In einer Kiste dahinvegetieren? Sich tagtäglich von Zuckerlösungen ernähren? – Sie haben mich und die Kollegen hintergangen!» Sie wandte sich grußlos ab.

«Ich bitte Sie», rief er ihr nach, «werden Sie meine Kontaktperson, die Person meines Vertrauens. Eine kleine Tür zur alten Welt ...»

«Eine Kontaktperson? Eine Tür?», rief sie wütend durch sein Büro. Sie berührte den Sensor des Aufzugs.

«Denken Sie darüber nach. Und bitte, vertrauen Sie mir.» Er versuchte ein klägliches Lachen.

Benson erhob sich höflich; die Blondine mit der Alpha-Schirmmütze dankte ihm mit gefälligem Lächeln. «Trixi», stellte sie sich vor.

«Ist es Ihr Name oder nur ein Pseudonym?»

Mit geübtem Blick musterte sie die Einrichtung des Raumes, den gewinkelten Glastisch, die überdimensionale Infowand, die Produktvitrinen.

«Benson», erwiderte er der Form halber. Mit einer weitläufigen Geste präsentierte er seine Arbeitsstätte.

27

Die Blondine trat an die Fensterfront heran und schaute über das weite, bayerische Oberland.

«Voraus die Pfarrkirche St. Remigius - mit Zwiebelhaube, Spätrokoko, sehenswert. Rechts das Radom Raisting, Industriedenkmal, und die Erdfunkstelle Raisting», erklärte Benson.

«Sehenswert», sagte sie schnippisch.

Er roch ihr strenges Parfüm. Ihre Schulterblätter stachen unangenehm deutlich durch ihr Overall.

«Es wird ein schwieriges Gespräch werden», dachte Benson.

Die Prüfungen der Geräte waren inzwischen beendet. Die Techniker und Inspektoren waren mit ihren Oktokoptern weggeflogen. Geschlossene Lastwagen transportierten die verkaufsfertigen Automaten ab.

«Idyllisches Fleckchen hier – und das geben Sie auf. Eintauschen gegen eine fantastische, neue Welt ...»

«Sie kommen ja schnell zur Sache!», sagte Benson. Frau Trixi entleerte ihren vollgestopften Easy Bag auf der Schreibtischplatte: Infomaterial, altmodische Hochglanzprospekte, Vertragsunterlagen. Derweil zauberte Benson zwei Whiskygläser und einen Flakon auf die Glasplatte.

«Vom Feinsten, nehme ich an», rief Frau Trixi spöttisch.

«Unsere Probanden sind wie üblich begierig darauf, vor der Transformation ihre gehorteten Schätze aufzubrauchen.»

Benson nickte. Er schenkte reichlich ein. «Es ist ein guter Tropfen, für eine ungewisse Zukunft aufgespart, Sie haben vollkommen recht.»

«Auf Ihre Transformation zum Gehirn-im-Tank-Wesen, zu einem GiT!», rief Frau Trixi.

Sie saßen sich gegenüber. Benson trank hastig. Frau Trixi nippte nur am Whisky. Mit einer unklaren Handbewegung

28

meldete er Widerspruch an. Doch sie ignorierte Bensons Handbewegung.

«Ein GiT. Sie werden in anderen Genüssen schwelgen.» Sie versuchte, dem Gespräch die gewünschte Richtung zu geben. «Wie ein Adler fliegen, das sind Ihre Worte im Antrag zur Transformation. Das sind die üblichen Träume der alten Herren!»

«Mit Delphinen spielen. Alle Wünsche gehen in Erfüllung», spöttelte Benson und goss sich nach.

Frau Trixi war es recht, wie die Unterredung verlief. Sie war am Zug, das Gespräch zu lenken. «Die Frist ist um. Es gibt einen Vorvertrag mit Ihnen zur GiT-Transformation. Heute müssen Sie sich entscheiden, ob Sie wollen oder nicht! Heute oder nie!»

Benson lehnte sich zurück, er kannte solche Spiele. Er war ein Geschäftsmann. «Wir haben einen Deal, da kommt es doch nicht auf den Tag genau an.»

«Spielen Sie nicht auf Zeit. Sie können sich nicht ewig verjüngen lassen. Medizinisch sind Sie ausgereizt, es geht doch nur bergab mit Ihnen, immer schneller. Deshalb setzen die Alphaten eine unabänderliche Frist. Es gibt keinen Aufschub. Wir kennen unsere Probanden, sie wollen einfach Zeit herausschinden. Eine Woche und noch eine. Wir transformieren schließlich keine Leichen! Wir transformieren gesunde Gehirne! Deshalb das Jetzt oder Nie. Sie sollten endlich zustimmen.»

Sie legte eine Pause ein.

«Ich brauche Zeit zum überlegen», gab Benson zu. «Wie bei einem Sprung von der Klippe. Sie stehen oben und stehen und zögern ...»

29

«Sie kneifen? Sie wollen diese einmalige Chance nicht nutzen?» Frau Trixi war jetzt in ihrem Element. «Ewiges Leben!», hämmerte sie auf ihn ein. «Oder ist Ihnen der Deal zu teuer? Die Hälfte ihres Firmenwertes ist Ihnen zu teuer? Ich bitte Sie! Bedenken Sie die laufenden Kosten, die Sie verursachen werden! Zucker, Hormone, molekulare Reparaturen, externe Kommunikation! Externe Robotik, die Sie befehligen werden! Modernstes Equipment. Nutzen Sie die Gunst der Stunde, nutzen Sie Ihr Privileg!»

«Sie machen ihre Sache gut!»

«Ewiges Leben!», rief sie nochmals.

«Ewig? Die Alphaten, sie garantieren mir gerade einmal hundert Jahre Zusatzleben.»

«Das ist doch nur das Minimum. Eine Zahl. Mit einer Option zur Verlängerung. Falls Sie dann noch wollen, versteht sich.»

«Hundert Jahre Tank. Eingeschlossen für eine Ewigkeit. Darüber mache ich mir Gedanken, Tag und Nacht.»

«Diese Entscheidung kann Ihnen niemand abnehmen. Und Sie hatten sich entschieden. Sie schob die mitgebrachten Hochglanzbroschüren über die Tischplatte. Lesen Sie, schauen Sie, was für ein Universum sich Ihnen eröffnen wird!»

Er lehnte sich zurück und schloss seine Augen.

Sie ließ ihm Zeit. Das war heute schließlich nicht ihr erster Auftrag. «Sich im gesunden Alter transformieren zu lassen, diese Unwägbarkeiten auf sich zu nehmen, das macht bange», redete sie auf ihn ein. «Und dazu verschenken Sie kostbare Restlebenszeit. Viele Probanden bekommen es auf den letzten Metern mit der Angst zu tun. Sie wollen alle lieber den Spatzen in der Hand», schloss sie spöttisch.

30

«Geben Sie mir Zeit», bettelte er. «Meine Frau, die Nachfolge.»

«Das haben Sie geregelt. Ihre Frau bekommt mehr, als sie jemals brauchen wird. Die Firma übernehmen die Alphaten, sie wird prosperieren, alle Mitarbeiter werden übernommen.»

«Eine Woche ...», bettelte er.

«Keinen Tag! Bis zur Transformation vergeht doch sowieso noch Zeit!»

«Wie viel genau?»

«Genug. Die meisten Probanden wollen dann auch nicht mehr lange in Ungewissheit leben.»

Das war das Finale ihrer Unterhaltung. Die üblichen Argumente waren ausgetauscht. Frau Trixi lehnte sich schweigend zurück.

«Also gut», sagte Benson und erhob sich. «Ich stimme dem Vertrag zu. Brauchen wir einen Anwalt?»

«Ich habe Ihre mündliche Zustimmung aufgezeichnet.»

Benson atmete entlastet auf.

«Wir brauchen noch einige Unterschriften, unter die AGB und so weiter. Das Vertragsvideo haben wir im Kasten. Die Anwälte der Alphaten haben Ihre Vermögensverhältnisse geprüft. Ihre Angaben stimmen. Und Sie sind befugt, allein über Ihre Firma zu verfügen. Es wird alles geregelt, so wie wir es im Vorvertrag angeführt haben.»

Frau Trixi schob ihm eine Unterschriftsmappe über die Glasplatte. Benson zeichnete ab, ohne die Texte nochmals zu studieren.

«So schwierig ist das doch gar nicht gewesen», schloss sie erleichtert.

31

Frau Trixi war mit dem Vertragsvideo davongeeilt. Nebenan im Sekretariat gab sie erste Anweisungen. «Schreibtisch ...», und wieder laut: «Dann bitte den Technischen Direktor und Frau Kaltofen zu mir!» Offenbar hatte sie die Leitung der Firma kommissarisch übernommen.

Benson legte die Videokopie des Vertrags auf den großen Schirm. Er hatte im Stehen gesprochen, sich am Tisch leicht abgestützt. Im Nachhinein hätte er sich eine festere Stimme gewünscht. Und er fuhr sich beim Sprechen nervös mit der Linken in den grauen Backenbart und über das dünne Haar. Offenbar gehörte er jetzt schon nicht mehr zu seinem Unternehmen. Die Überwachungsbildschirme bestätigten seine Vermutungen: Frau Trixi und der Technische Direktor inspizierten bereits das Firmengelände.

Die Chefsekretärin warf einen kurzen Blick in seinen Arbeitsraum.

«Falls ..., Sie finden mich im Hotel zur Post in Raisting. Rufen Sie mir bitte einen Kopter», rief er ihr zu.

«Frau Trixi meint, Sie nehmen Urlaub?»

«Ja, ja, so ist es recht ...», antwortete er wütend.

«Frau Trixi hat mich also schon freigestellt, schneller als gedacht», murmelte er vor sich hin.

«Sie sind morgen mit dabei, die Vernissage, am chinesischen Turm?»

«Man wird sehen ...»

Benson betrat den Lastenaufzug, ohne sich zu verabschieden. Er mochte jetzt keine Abschiedsszenen oder sich erklären.

Der Kopter stand im Innenhof des Firmengeländes. Mit einem Hotelchip programmierte er den Flieger.

Sie flogen keine 200 Meter hoch. Links glänzte der schimmernde Spiegel des Ammersees, rechts im Grün schwamm die

32

weiße Kugel vom Radom Raisting. Daneben reckten sich die Parabolantennen der Erdfunkstelle in den Himmel.

Sie näherten sich rasch Raisting. Der Kopter schwebte über seinem Anwesen. Es war das Grundstück seiner Frau Senta. Unter ihm stand reglos ein klappriger Gaul im hohen Gras einer Koppel, ein Gnadenbrotpferd. Mit Wehmut betrachtete er das ihm seit Jahren vertraute Gelände: das gestreckte Bauernhaus, dessen Front von einem rasant wachsenden Mammutbaum bedrängt wurde, im rechten Winkel dazu ein verwahrloster Schuppen mit zerborstenen Scheiben. Er sah den Katzenfriedhof, die eingezäunte Vogelfütterung, die die Vögel jedoch vor dem Jagdtrieb der zahlreichen Katzen nicht schützte, davor die gusseiserne Sitzgruppe. Und er erkannte Senta. Sie saß reglos da, wahrscheinlich trank sie. Trinken und Sinnieren, den spritzigen Vögeln zusehen. Auf dem Gartentisch lag ein zugeklapptes Buch.

Die glanzvolle Phase ihrer Ehe lag hinter ihnen. Das Lebenspendel war in Richtung Schweigen, Unverständnis, Selbstverwirklichung und schließlich Hass geschwungen. Er hatte Senta in seine Transformationspläne eingeweiht. Er hatte es versucht, ihr zu erklären: diesen Drang weiterzuleben, über das absehbare, natürliche Ende hinaus, in welcher Form auch immer, und sei es nur als herausgeschältes Gehirn in einer Nährlake, umgeben von Schläuchen und Folien, von Sensoren und und einer beschichteten Edelstahlhülle. Sich über die naturgegebene Sterbelinie hinwegzusetzen. Für Senta war es nur der letzte Beweis seiner Verderbtheit und seiner Lebensfremdheit. Diese Gespräche endeten fast immer in Wutausbrüchen und Tränen. Oder gehässiger noch in einem «Hau endlich ab! Hau ab du Mistkerl!»!

33

Benson flog weiter. Vor dem Hotel «Gasthof zur Post» fand er einen geeigneten Landeplatz.

«Eine Frau Trixi hat sich nach Ihnen erkundigt», empfing ihn die Rezeptionistin. «Die Vernissage, morgen Abend am chinesischen Turm, erinnern Sie Benson!», hatte sie gesagt. Die Dame sprach schnell und energisch. «Und dann meldete sich eine Frau Kaltofen. Sie sagte, sie wäre nicht einverstanden mit einer kleinen Tür zur alten Welt.»

Kapitel 4

Kommen Sie nur herein, Herr Rohan.»

Rene Rohan verbeugte sich leicht und murmelte ein höfliches «Professor Kixstone».

«Nehmen Sie Platz, da, wo Sie sich behaglich fühlen», sagte Professor Aras Kixstone und deutete zur Sitzgruppe im Besprechungsraum. Rohan wählte einen Sessel mit Blick durch die Fensterfront über das Land. Zu selten gelangte er im Hauptgebäude der HAO so weit nach oben.

Ein mit Kaffee und Gebäck beladenes Wägelchen zuckelte herein. Kixstone schloss die Tür.

«Greifen Sie zu, Herr Rohan.»

Kixstone ließ ihm Zeit, sich umzusehen.

«Ich mache mir so nach und nach ein Bild von der Belegschaft», brach Kixstone das Schweigen.

«Da haben Sie ja eine Menge zu tun.»

Kixstone lachte auf, das Eis schien gebrochen.

Rohan war bereits im Bilde: Duckmäusertum mochte Kixstone nicht. Er wünschte sich Fügsamkeit vom Angestelltenvolk, vor allem zum Durchregieren. Andererseits begehrte er von seinen Mitarbeitern eigenständiges Mitdenken. Er nannte das alles «Kritische Folgsamkeit».

«Berichten Sie mir knapp von Ihrer Tätigkeit bei der HAO, von Ihrem Werdegang. Sie haben es ja bis zu einem der Gruppenleiter Alphatische Technologieeinschätzung gebracht.»

Rohan, gut vernetzt und buschfunkerfahren, hatte sich auf das Gespräch vorbereitet: «Ich versuche, mit meinen zwölf Mitarbeitern, die Errungenschaften der Alphaten zu verstehen.

35

Wir analysieren ihre Produkte und Tätigkeiten vor Ort. Wir studieren ihre Machenschaften.»

«Genau, das machen wir hier alle», unterbrach ihn Kixstone süffisant.

«An ausgewählten Fronten: Materialscience, Sensorik, IT, KI, Medizintechnik», fuhr Rohan unbeirrt fort. Obwohl er sich sicher war, dass Kixstone sich über das Profil seiner Gruppe informiert hatte.

«Eine breite Front!»

«Es hängt eben alles zusammen.»

«Und Ihr Werdegang?»

«Ingenieurstudium Mechanik, hier in München. Anschließend zur HAO als Praktikant. Hochgedient bis zum Gruppenleiter, lange dabei, 22 Jahre.»

«Also fast von der Pike auf zugegen», spöttelte Kixstone erneut.

«Habe den Bau des hyperbolischen Prachtbaus hier miterlebt. Damals hausten wir noch in Baracken. Damals hatte die HAO die Alphaten noch belächelt.»

«Das Lächeln ist uns vergangen.» Kixstone wartete auf eine Bestätigung, doch Rohan schwieg.

«Und schon viele Chefs gesehen?», fragte er weiter.

«Die Chefs kommen und gehen, die Gruppenleiter bleiben», antwortete Rohan ausweichend.

«Chef Wagner?»

«Auch unter Wagner gearbeitet.»

«Er war beliebt?», bohrte Kixstone weiter.

«Er hatte seine Garde um sich geschart.»

«Wozu ein Herr Rene Rohan nicht gehörte.»

Rohan nickte. «Manchmal reicht ein unangebrachtes Lachen für ein Aus, oder ein gedankenloser Satz. Oben wird es halt

36

eng und die zweite Reihe schirmt mächtig ab. Obwohl ich mich nicht über meinen Werdegang beklage.»

«Seine Seilschaften hatten Wagner nur drittklassig beraten», konstatierte Kixstone. «Er missachtete das Gemeinwohl der Organisation und einige Paragrafen unserer Institution.»

«Ich kenne Wagners Verfehlungen nicht. Ein erfreuliches Verhältnis zu den Alphaten hatte er fraglos aufgebaut und gepflegt.»

«Mit Wagners alter Garde habe ich nicht viel am Hut. Ich suche neue Mitarbeiter, auf die ich mich verlassen kann. Daher dieses Sondieren.»

Kixstone lehnte sich gelassen zurück. Diesmal war es seine Sekretärin, die ein zweites Servierwägelchen in den Besprechungsraum hereinschob. Gläser klirrten. Kixstone deutete zu einem runden Stehtisch neben der Besprechungsecke an der Fensterfront. «Unsere Isarplatte für besondere Gäste: Isarkrebs, Steinkrebs, Huchen geräuchert, einiges leider aus Aquakultur, dazu haben wir hier einen Bocksbeutel mit Frankenwein.»

Klingendes Anstoßen. Der Professor nahm den ersten Happen. Zwischen den Häppchen deutete er gönnerhaft über die Landschaft, als wäre das da draußen sein Besitz. «Die Isar mit ihren Auen, die Alpenkette», schwärmte er.

Rohan genoss die Speisen und die Aussicht. Aus knapp hundert Metern Höhe war das ein imposanter Ausblick. Und die sich erst nach unten und dann wieder auswärts schwingenden, strahlend weißen Stützpfeiler des Gebäudes: Eine eindrucksvolle Architektur, die er bewunderte.

«Respekt», murmelte Rohan.

«Vertrauliches Speisen und Trinken, mir etwas auf den Zahn fühlen. Er tastet mich ab. Was er nur will, eine

Zusammenarbeit? Vielleicht wünscht er sich einen Treueschwur», sinnierte Rohan.

«Herr Rohan, Sie fragen sich, warum ich mich so lange mit Ihnen abgebe?» Kixstone lachte gönnerhaft. «Im Gegensatz zu Wagner suche ich Mitarbeiter, die unser Verhältnis zu den Alphaten kritisch sehen. Das trifft bei Ihnen zu.»

Rohan antwortete vorsichtig: «Wie unsere Statuten es fordern, sind wir zur Neutralität verpflichtet und zur Zusammenarbeit.»

Kixstone winkte ab. «Dehnbar, Auslegungssache. Ihre Berichte, ihr Werdegang – Sie teilen meine kritische Haltung zu den Alphaten. Diese Alphaten, unter dem Deckmantel der Partnerschaft verdrängen sie uns auf allen wichtigen Technologiefeldern. Beispiele? Gibt es genug, Sie haben es selbst herausgestellt! Medizin! Materialwissenschaften! Ernährung! Verkehrstechnik! Überall sind sie uns voraus. Das ist Wirtschaftskrieg! Und ihr neuestes Projekt auf dem Mond. Verhindern wir, dass sich diese Alphaten auf dem Mond einnisten. In einer eigenständigen Station! Wie wollen wir sie dort kontrollieren? Am Pol, in den Lavahöhlen der Kraterhänge?» Er machte eine Pause. «Und dann: ihre Standorte, kapseln sich ab auf Inseln im Indischen Ozean, verkriechen sich in venezolanischen Höhlen, ziehen sich zurück in die Antarktis. Ein Ausbildungslager, in der Antarktis! Zum Lachen! Und ihr Saharaprojekt! Spielen sich auf! Weltretter ...»

Ein Lichtblitz unterbrach Professor Kixstone. Vom Fenster löste sich eine Glutperle und fiel auf den Servierwagen. Mit einer Hummerzange fischte er ein bizarres, bohnenförmiges Gebilde aus den Resten der Fischplatte. «War einmal eine Mikrodrohne!»

38

«Spionage, hier?», fragte Rohan verwundert. Er musterte die Schmelzgrube in der Fensterscheibe.

«Sie haben die Drohne offenbar mit dem Wägelchen hereingeschmuggelt», rechtfertigte sich Kixstone. «Sie trauen uns nicht und wir ihnen nicht. Doch kommen wir zur Sache. Wir werden den Kauf des Mondstationsgeländes durch die Alphaten blockieren.»

«Veto einlegen?»

Kixstone grinste nur, statt zu antworten.

«Wir brauchen dort einen zuverlässigen Verhandlungsführer der HAO. Sie hätten das Zeug dazu. Und eine verlässliche Grundeinstellung außerdem, will ich meinen.»

Rohan wusste, was da mit Grundeinstellung gemeint war. «Er hat meine Akte studiert. Meine Schlägerei mit den Alphaten, das ist ihm in die Augen gefallen.»

«Am Tag der Verteidigung meiner Promotion hatte ich eine Auseinandersetzung mit den Alphaten», sagte schließlich Rohan. «Sie hatten mich betrogen. Um die Früchte meiner Arbeit gebracht. Sie hatten die Ergebnisse meiner Forschungen vorab veröffentlicht und zum Patent angemeldet. Der Wortführer der Alphaten war ein Assistent namens Xillus, so ein Bursche mit Kapuze, wie damals viele Alphaten trugen. Er hielt die Kopie eines Patents in seiner Rechten und wedelte damit siegessicher durch die Luft. ‹Integration von Batterieflüssigkeiten in die Tragstruktur von Fahrzeugen›, das war genau mein Thema. Ein vielversprechendes Thema. Die anwesenden Alphaten lachten mich aus.»

Kixstone wies auf einen Bildschirm hinter Rohans Rücken. Da war sie, die Prügelszene, aufgezeichnet von einer Deckenkamera in einem der Schulungsräume der Hochschule. Rohan schlug um sich. Mit einem Stuhl drosch Rohan auf den Wortführer Xillus ein, der wie ein Sack zu Boden fiel und reglos liegen blieb. Drei Alphaten sprangen herbei und überwältigten Rohan, worauf seine anwesenden Kommilitonen sich nunmehr auf die Alphaten stürzten und drauflos prügelten. Der Saaldiener rief nach der Polizei. Die Prüfungskommission stürmte aus dem Raum.

Kixstone beendete die Wiedergabe. «Aus. Doktoringenieur Rohan, ade», sagte er schadenfroh. «Sie flogen von der Hochschule. Sie, der hochbegabte Doktorand.»

Rohan nickte. «Für einige war ich seitdem nur noch: ‹Der, der sich mit den Alphaten prügelt›. Und die erhoffte Karriere war passé.»

«Der Alphate, der zu Boden ging, was ist aus ihm geworden? Hat er sich erholt? Hat er Ihnen vergeben?»

«Xillus. Ich hatte ihn am Hals schwer verletzt. Bei denen liefen dort unter der Haut die Bahnen der externen Wissensspeicher zusammen, ein sensibles Areal. Die Chefs der Alphaten hatten ihn daraufhin von der Hochschule abgezogen. Sie nahmen den Vorfall zum Anlass, gleich auch alle anderen Alphaten abzuziehen. Dieses banale Hochschulwissen interessierte sie nicht mehr. Darüber waren sie längst hinweg. Und dieser Hochschulbetrieb war ihnen lästig geworden. Vermutlich war dieser Eklat nur deshalb provoziert worden, um auszusteigen. Sie hatten sich rasant weiterentwickelt. Selbst Harvard lockte sie nicht mehr. In ihren Augen nur Kinderkram, was die Universitäten ihnen bieten konnten.»

«Aber Sie, Sie haben profitiert. Sie haben eine zweite Chance bei der HAO bekommen.»

«Ein Glücksfall.»

«Und jetzt erhalten Sie eine dritte Gelegenheit, emporzusteigen.»

40

«Sagen Sie endlich, was Sie von mir erwarten, Professor Kixstone.»

«Das Ziel ist klar: Keine eigene Mondstation den Alphaten!», wiederholte Kixstone. «Und Sie werden dafür sorgen. Egal, was da vor Ort besprochen wird, Sie werden das Veto der HAO gegen solche unverschämten Pläne einlegen, als außerordentlicher Bevollmächtigter der Humans-Alphaten-Organisation. Sie werden zum Mond reisen und denen zeigen, dass wir uns noch durchsetzen können.»

Rohan sah überrascht auf. «Eine Mondmission, das wäre das größte Abenteuer meines Lebens», dachte er.

«Ein verlockendes Angebot, eine spannende Sache», sagte Rohan endlich, und fügte hinzu: «Kann ich wohl nicht ablehnen.»

«Gratuliere! Einzelheiten, Termine, Schulung, alles später!»

«Wann geht es los?»

«In zwei Wochen. Ach ja, da wäre noch ein kleiner Auftrag für Sie. Benson, Sie kennen Benson?»

«Firma Benson, steht bei uns unter Beobachtung. Ich kenne ihn seit Jahren.»

«Bensons Verbindung zu den Alphaten wird immer intensiver. So ein Fall, der uns nicht schmeckt. Jetzt munkelt man sogar von einer bevorstehenden GiT-Transformation dieses Benson. Darauf folgt wie üblich eine Übernahme seiner Firma. Er stellt morgen seine neuen Machwerke vor. Gehen Sie zur Vernissage. Quetschen Sie ihn aus! Und geben Sie uns einen kurzen Bericht.»

Kixstone grüßte lässig. Dann verschwand er durch eine verspiegelte Tür.

Seine Sekretärin betrat den Besprechungsraum, musterte die übrig gebliebenen Getränke.

41

«Der Schuss auf die Drohne, woher wurde er abgefeuert?», fragte Rohan.

Sie zeigte auf die umlaufenden Wandschirme nahe der Raumdecke. «Die Laser schießen durch die Bildschirme. Aber keine Angst, die Sensoren machen null Fehler.»

«Ein Schlückchen zum Abschwitzen?»

Rohan winkte ab. «Ich mag keine Brosamen. Sie können abräumen.»

Er trat näher an die gewölbte Sicherheitsglasscheibe heran. Links glänzten die weißen Träger des Gebäudes. Über ihm prangte eine zinnenbewehrte Balustrade, die die Kopterlandeplätze abzäunte. Weit unter ihm, auf einer Galerie in der hyperbolischen Taille der Struktur, tummelten sich Touristen. Die Aussichtsplattform mit Blick auf die Alpenkette war gut besucht.

Kapitel 5

Rohan bahnte sich einen Weg zum Eingangsbereich des Sport- und Vergnügungsparks. Vom nahegelegenen Chinesischen Turm wehten dumpfe Klänge eines Blasorchesters herüber. Drei Trachtler pusteten in ihre meterlangen Alphörner, zur Freude der schon lange darauf wartenden Kinder. «Ein Allgäuer Hirtenruf», meinte eine Dame in Beige. «Nein, es wird ‹Morgentau› gespielt», widersprach ihr Begleiter. Rohan kannte beide Stücke nicht. Luftballons mit einem Alphalogo wurden verschenkt, ein Junge ergatterte am Glücksrad den Hauptgewinn, eine Roverfahrt um das Gelände des Vergnügungsparks bis zum Kleinhesseloher See.

Im Einlassbereich kam es zum Tumult. Ein Besucher ohne Einladung hatte versucht, sich in den Vergnügungspark einzuschmuggeln. Noch dazu wurde bei ihm Identitätsbetrug festgestellt. Mittels einer aluminierten Unterhose verbarg er seine wahre Hüft-RFID-Personenkennung. Das würde für ihn teuer werden.

Als Rohan im Innern der weiträumigen Eingangshalle eintraf, sprach bereits der Kurator der Ausstellung, bedankte sich bei den Alphaten für die zukunftsweisende Technik und bei der Firma Benson für die Herstellung der Geräte. Er bedankte sich auch bei den Technikern, bei den anwesenden Stadträten und dem derzeitigen Oberhaupt der Erben der bayerischen Könige. Die Aufzählung war lang und wurde immer wieder von Beifall unterbrochen. Und der Kurator dankte für die finanziellen Unterstützungen der Alphaten, der Stadt München und der privaten Sponsoren. Er würdigte die ungeheueren

Ausmaße des Sportparks - ein Hektar in der Fläche - und die darauf aufgestellten fünfhundert Sportmodule.

Der Kurator übergab an den Technischen Direktor der Firma Benson, der nochmals die Zusammenarbeit mit den Alphaten hervorhob. Um dann ein zum Teil gläsernes Vorführgerät zu enthüllen. Eine Hostess, gehüllt in einen blau schimmernden Ganzkörperanzug, bestieg die Kabinenwanne des Geräts. Die Lichter in der Halle verdunkelten sich, traumbildnerische Hologramme leuchteten auf zu rhythmischen Klängen. Die Vorrichtung wiegte sich schaukelnd zu dem auf- und abschwellenden Sound. Eine Ballettgruppe umtanzte die Kabine. Sie verschwand schließlich, immer noch tanzend, durch Vorhänge, hinter denen sich die Gänge verbargen, die zu den Sport- und Spielgeräten führten.

Ein Vertreter des alphatischen Partners sprach nach allen Seiten Dank und Lob aus. Um endlich die Ausstellung zu eröffnen. Konfettikanonen feuerten. Die schillernden Vorhänge schwangen auf und gaben den Blick in das Labyrinth der Kabinengänge frei.

Es war das lang erwartete Signal, eines der bereitstehenden, gekühlten Getränke zu ergattern. Kenner der Szene hatten sich bereits vor den Ausgabetischen der Drinks in Stellung gebracht.

Rohan rettete sich vor dem Ansturm der durstigen Gäste in eine Nische, in der ein Kabinenmodell aufgestellt war. Der alphatische Redner stieß zu ihm. Er trug eine tiefblaue Uniform, umgürtet mit einem weißen Koppel, dazu Schulterriemen und einen Haubenhelm mit Mehrfachvisier. Auf den Achselstücken glänzten grüne Alphazeichen. Auf seiner Brust baumelte ein Namensschild mit dem Text «Andy Erben» und «Alphatengruppe Bayern».

44

Überschwänglich, aber mit dosierter Stärke, schüttelte Herr Erben Rohans Rechte. Rohan achtete auf den Hautkontakt. Er spürte seine glatte, trockene und warme Hand.

Der Alphate sprach zu ihm einige Begrüßungsfloskeln. So wie: «Ein bescheidener Vertreter der HAO ist ja heute als Beobachter auch dabei.»

«Und Sie sind tatsächlich ein Alphate, Herr Erben?», scherzte Rohan.

«Gelegentlich engagieren wir Statisten, leider. Wir sind halt eine seltene Spezies.»

«Vom Aussterben bedroht?»

«Nun, das Gegenteil ist der Fall.» In den Kontaktlinsen des Alphaten blinkerten Signale.

«Wir checken die Firma Benson routinemäßig», sagte Rohan. Dann kam er zur Sache: «Wie viel Alphatechnik steckt in den innovativen Produkten der Firma Benson? So etwa fünfzig Prozent Alpha-Anteile sollten nicht überschritten werden.» Rohan zeigte auf das Modell des offenbar neuesten Sportgeräts, das neben ihnen auf einer Wandkonsole ruhte.

«Ansonsten?», fragte der Alphate boshaft.

«Öffnen wir unseren Werkzeugkasten.»

«Wir halten uns an die Abmachungen. Andererseits ist es oft unmöglich, diese Alpha-Anteile zu beziffern. Beispiel Software: Wie wollen sie hier die Beiträge von euch Menschen und den Alphaten bestimmen?» Andy Erben zog aus seiner Gürteltasche einen Datenspeicher. «Hier ist der übliche Bericht. Alles enthalten, was die HAO von uns so wissen möchte.» Dann fingerte er aus seiner aufgeblähten Beintasche zwei metallisch schillernde Kabinenmodelle heraus. «Ein Geschenk an Professor Kixstone und an Sie. Zehn Chips zum Kennenlernen unserer Geräte. Grüßen Sie Professor Kixstone.»

Rohan bedankte sich kühl. «Ich hätte gern mit Herrn Benson gesprochen», forderte er den Alphaten harsch auf.

«Er hat sich beurlaubt.»

«Er ist kein Firmenchef mehr?»

«Benson hat die Hälfte seiner Firma an uns verkauft.»

«Sie meinen verschenkt.»

«Das ist nun mal der Preis.»

«Sie haben jetzt das Sagen in der Firma.»

«Dafür bekommt er eine GiT-Transformation, so wie erträumt. Für Benson ist es endlich so weit. Er erwirbt sogar ein GiT der Serie Pro.»

«Pro? Was haben die Alphas denn verbessert?»

«Es gibt immer etwas zu optimieren!» Erben lachte höhnisch auf. «Sie, ihre Ingenieure, haben mehrfach vergeblich versucht, unsere Technologie der Transformation abzukupfern. Sie haben nur Tote produziert. Sie können es nicht! Der Drang zum ewigen Leben ist für manche von euch Erdenbürgern in den reifen Jahren ein Wunschtraum, ja Hoffnung und Begierde. Und dafür bezahlt jeder nach seinen Möglichkeiten. Die Hälfte seines Firmenwertes legte Benson auf den Tisch, das ist doch ein treffliches Geschäft.»

«Sie schöpfen Vermögen ab!», hielt Rohan ihm entgegen.

«Erinnern sie sich an ihre Bannersprüche vor nicht allzu langer Zeit? ‹Wer mit den Alphaten verbunden ist, wird zu den Siegern in der Geschichte gehören›». Andy Erben lächelte süffisant.

«Vor nicht allzu langer Zeit buhlten sie noch um Anerkennung und um Unterstützung. Die HAO hat sie ihnen großzügig gewährt.»

«Wir haben uns entfaltet. Und wir haben es ihnen tausendfach zurückgegeben.»

46

«Aus dem Küken wurde ein machtvolles Tier.»

«Manch einer von ihnen sagt sogar ein Ungeheuer, das man bekämpfen muss!», entgegnete der Alphate.

Rohan wiegelte ab. «Die HAO steht zur Zusammenarbeit. Aber wir haben Verträge, wie wir unsere Partnerschaft zu gestalten haben!»

«Noch etwas gebe ich Ihnen und ihrer HAO mit auf den Weg: Diese Sehnsucht nach fortdauerndem Leben, und darum geht es doch bei Benson, das können sie nicht verbieten. Es werden immer mehr, die sich für ein GiT-Dasein interessieren. Herr Erben sprach so laut, dass sich einige Gäste nach ihnen umdrehten. Er tätschelte Rohan beruhigend auf die Schulter. «Nehmen Sie die Lage nicht allzu ernst. Testen Sie mal unsere neuen Kabinen. Sie werden es nicht missen wollen. Und vielleicht bewerben Sie sich auch eines Tages für eine GiT-Transformation. Wir haben Programme für Minderbetuchte. Ich könnte ein Wort für Sie einlegen.»

Der Alphate verschwand in der feiernden Menge. Auf dem breiten Uniformrücken zeichneten sich Konturen seiner lebensrettenden Systeme ab.

«Wir werden weiter miteinander auskommen müssen!», murmelte Rohan. «Sie nehmen sich wichtig», dachte er. «Es sei ihnen vergönnt. Denn sie sind gnadenlos erfolgreich. Und wir haben den Anschluss verloren. Wir, die Menschen, wir können es nicht, sagt Erben. Und da hat er recht.»

Eine Frau in Tracht schien nur auf den Abgang des Alphaten gewartet zu haben. «Herr Benson möchte sich mit Ihnen unterhalten», sprach sie Rohan an. «Er schlägt vor: in einer Stunde. Im Baumlokal 23.»

«Vroni Kaltofen», entzifferte Rohan auf ihrem Hüftanhänger.

47

«Das Lokal ist unser Firmenrestaurant. Es liegt unweit von hier, im Englischen Garten», sagte sie mit weinerlicher Stimme. «Herr Benson würde sich freuen.»

«Warum fehlt er auf dieser Präsentation?»

«Etwas stimmt nicht mit ihm. Er redet verworrenes Zeug.» Sie schluchzte auf. «Kein Wunder, das mit dieser GiT-Transformation regt ihn auf, dazu kommt die Firmenübergabe.»

Sie weinte. Eine Hostess legte ihren schlanken Arm über ihre Schulter und führte sie ab.

Kapitel 6

Die Baumlokale lagen weitverstreut im Englischen Garten. Oben auf den künstlichen Bäumen, in den Kelchkronen, spreizten sich Sonnenschirme. Die Riesenschirme beschatteten Wege und Lichtungen im Kunstwald. Wassernebel sanken herab und brachten Kühlung.

Rohan rief einen sechsbeinigen Schreiter herbei. Das Gefährt schaukelte und ruckelte dahin und hielt vor einem Lokal mit der Nummer 32.

«Bitte zwo drei», fluchte Rohan.

Endlich. Der Schreiter hatte das Ziel erreicht. Es dämmerte. Die Außenhülle des Baums leuchtete in fluoreszierendem Blau. Die elastische Kunstrinde bestand aus den üblichen geschäumten und zusammengefügten Aeroplatten, die an einer Gitterstruktur befestigt waren.

Eine Eingangstür schwang auf. Im Innern der Stämme war Platz für bis zu acht Gäste. Benson saß mit dem Rücken zur Wandung. Schwerfällig erhob er sich. Er schwankte leicht. Zur Begrüßung drückte er fest Rohans Hand, überspielte wohl seine Gebrechlichkeit.

«Danke, dass Sie kommen, Herr Rohan», sagte Benson. Seine Unterlippe zitterte beim Sprechen. Er hüstelte und fuhr sich nervös durch den wuchernden, aber durchaus gepflegten Bart.

Draußen entfaltete sich das turbulente Nachtleben. Rollende und schreitende Transporter wimmelten herum, Radler und Elektropferde schossen vorbei, übermüdete Kinder kreischten, Touristen warfen Blicke ins Innere des Baumlokals und fotografierten sich glücklich.

Benson schloss die Sichtblende zum Garten. Er reduzierte die fauchende Schlotbelüftung, ließ sechs der acht Sesselmulden im Boden verschwinden und programmierte den Serviertisch.

«Ich beschloss, Ihnen eine Bio-Isarfischplatte zu kredenzen», sagte Benson. «Und dachte an ein Tröpfchen. Geht noch auf Kosten der Firma.»

Rohan verkniff sich ein Lächeln. «Heute gibt es ein Abschiedsessen?», fragte er.

«Nein, soweit sind wir noch lange nicht!»

Beim Essen erklangen sphärische Klänge. Oder war es schon programmierte Verdauungsmusik? Saugrüssel und Wischarme beseitigten sofort Fischgräten und ausgeknaupelte Krabbenreste. Ein Greifarm zog aus einem Kübel einen Bocksbeutel mit Frankenwein und goss nach, ohne ältlich zu zittern und ohne daneben zu schütten.

«Na dann quetschen Sie mich mal aus», sagte Benson. «Deshalb sind wir doch beide hier.»

«Auf der Vernissage sprach mich ein echter Alphate an, ein Herr Andy Erben. Wir unterhielten uns über Ihre Firma und die Fünfzigprozent-Regel.»

«Vergessen Sie das Gelaber. Wie will man alphatische Innovation mit unseren althergebrachten Simulatoren vergleichen?» Er entnahm zwei tennisballgroße Kugeln und eine schaumige Matte aus seiner Hüfttasche. «Das sind Elemente, wie sie in den neuesten Sportgeräten eingebaut werden. Passen Sie auf, setzen Sie die Kugeln auf eine Handfläche.»

«Zaubern?», fragte Rohan belustigt und griff nach den Kugeln.

50

Benson zog einen Stift aus der Brusttasche und stach in die Bälle. Die metallischen Objekte zerflossen, legten sich wie eine Manschette um Rohans Handwurzel und Handgelenk. Sein Puls pochte. Doch damit nicht genug: Die silbrige Masse zog sich stärker zusammen, wurde warm.

«Aufhören!», schrie Rohan. «Jetzt wollen *Sie* mich zerquetschen!»

Benson lachte. Er stach mit einem zweiten Programmierstift in die Substanz und erlöste Rohans Hand aus der Umklammerung.

«Programmierbare Nanostrukturen. Eingebettet in eine ansteuerbare Matrix. Alphatisch eben, wir können das nicht!»

«Und die Matte? Was zum Teufel kann die Besonderes?»

«Sie macht so etwas Ähnliches, nicht so hart, dafür großflächiger. Druck, Temperatur, Vibration. Und ebenfalls elektrisch angesteuert, pixelweise.»

«Und das ist alles freigegeben?»

«Kein Prüfprogramm erfasst solche extremen Zustände, wie eben mit den Kugeln praktiziert!» Benson lebte spürbar auf. «Diese Entwicklungen, sie kommen Schlag auf Schlag. Das ist Technologieführerschaft! Die Alphaten verzichten neuerdings darauf, ihre Innovationen patentieren zu lassen. Patente sind in ihren Augen nur Rezepte für den Nachbau.»

Rohan nickte. Das Spiel mit Patenten beherrschten die Alphaten, das wusste er aus eigener Erfahrung.

«Diese alphatischen Zaubereien interessieren uns», sagte Rohan. «Wie wäre es mit einer Gabe an Ihren langjährigen Freund? Die beiden Kugeln faszinieren mich. Sie haben doch nichts mehr zu befürchten ...»

51

«Das sind interne Demoversionen. Intern! Auch wenn ich die Firma verlasse, verrate ich keine Geheimnisse. Kaufen sie sich ein aktuelles Sportgerät und nehmen sie es auseinander.»

«Haben wir längst getan.»

«Und nicht viel herausgefunden? Black Box?» Benson lachte scheppernd.

Rohan gab auf. Er wechselte abrupt das Thema. «Es hat sich schon herumgesprochen: Sie steigen aus. Heraus aus der Firma, hinein in den Tank. Und ewig lockt die Ewigkeit.»

«Ich habe die Chance ergriffen, obwohl ...»

«Obwohl?», fragte Rohan.

«Mir manchmal Zweifel kommen.»

«Das soll normal sein.»

«Ich frage mich ... Ich habe Ihnen recht viel ausgeplaudert, beantworten *Sie* mir einige Sachen?» Benson sank nachdenklich zusammen und fuhr sich nervös durch den Bart.

Rohan nickte ihm zu. «Wenn es keine Interna sind, bitte.»

«Wie viele Transformationen fanden bisher statt?»

«Zurzeit machen sie es etwa dreitausend Mal pro Jahr. In den Anfangsjahren waren es weniger GiTs. Summieren Sie es selbst auf.»

«Erfolgsquote?»

«Sie kennen nur Erfolge. Weiter.»

«Vertragstreue?»

«Ich kenne Ihren Vertrag nicht. Aber wir wissen, die Alphaten nehmen *den* Teil der Verträge genau, von denen sie sich Vorteile erhoffen.»

Benson schluckte und verzog sein Gesicht.

«Echte Kosten der Transformation?», hakte er nach. «Sie kennen doch sicher solche Zahlen.»

«Ein Kostenmix. Die Gewinner der GiT-Lotterie bezahlen nix. Ein Firmenchef gibt drauf. Die fünfzig Prozent ihres Firmenwertes, die Sie blechen, schaffen einen gerechten Ausgleich. Jedem nach seinen Möglichkeiten, so lautet die Devise. Wir praktizieren unseren eigenen Sozialismus durch die Hintertür. Es sind diese jährlichen Tombolas der Alphaten. Die Hauptgewinne sind GiTs, der Einsatz ist marginal. Die HAO befürwortet das nicht. Ist auch nicht jedermanns Sache. Aber Millionen von Menschen nehmen an der Lotterie teil. Das ist zugegebenermaßen ein Glücksspiel. Und für die Alphaten sind diese Verlosungen Lockmittel und Werbung zugleich.»

«Sind Ihnen Rücktritte von den Verträgen bekannt?», fragte Benson.

«Siehe Vertragstreue.»

«Also nur, wenn es den Alphaten Vorteile bringt!», sagte Benson wütend.

«So wird es sein. Die halbe Firma sind Sie los! Egal, ob Sie in letzter Minute verzichten.»

«Und ein Verschieben meiner Transformation haben sie abgelehnt.» Benson nahm eine leere Bocksbeutelflasche und schleuderte sie erbittert gegen die Innenwandung des Lokals. Doch die elastische Wand katapultierte die Flasche zurück, sodass sie auf dem Boden zerschellte. Der Rüsselarm des Serviceroboters saugte die Bruchstücke auf.

Rohan fasste ihn am Arm. Benson brach in Gelächter aus. «Eine meiner letzten freien, blödsinnigen Aktionen. Oder nehmen Sie etwa an, später wird man mir solche Dummheiten erlauben?»

«Wann ist denn Ihr Termin, Ihre Bereitstellung?»

«Abgelaufen, vor etwa einer Stunde.»

«Und wo sollten Sie sich melden?»

«Das ist doch jetzt egal.»

«Sie lassen den Zeitpunkt verstreichen?»

Noch ehe Benson antworten konnte, sprang die Eingangsblende zum Lokal auf. Ein alphatischer Kopter blockierte die Eingangstür des Baumlokals. Eine Dame mit einem Blumenstrauß in der Hand und ein hochgewachsener Sicherheitsmitarbeiter betraten das Lokal.

Rohan beugte sich vor und flüsterte Benson zwei Worte ins Ohr. «Ein Code für den Notfall», sagte er leise. «Ein Alarmruf, den nur ich verstehe!»

«Herr Benson wird der Ältere der beiden sein», sagte die Dame und streckte ihm den Strauß entgegen. «Glückwunsch zu Ihrer Entscheidung! Wir begrüßen Sie. Endlich ist es so weit. Die Wartezeit ist zu Ende. Wir fliegen Sie jetzt zum Gesundheitscheck. Die Docs entnehmen Ihnen letzte Gewebeproben und lagern diese ein. Natürlich sind die Prozeduren schmerzlos. Alles, wie wir es verabredet haben. Ihre Kontaktperson, Frau Kaltofen, wir haben sie benachrichtigt. Die aktuellen, feinen Nachträge in den Verträgen werden abgesprochen.» Die Dame hörte gar nicht auf zu plappern.

«Und Sie», sprach ihr Begleiter mit monotoner Stimme zu Rohan, «Sie dürfen jetzt verschwinden.»

«Na dann servus», sagte Benson. Er gab Rohan den Blumenstrauß, ohne seinen Gast anzuschauen. «Melde mich aus der Gruft.» Er lachte unnatürlich laut.

Der Bodyguard fasste Benson am Unterarm und schob ihn zum Lokalausgang. Zu dritt betraten sie den Kopter, der sofort aufstieg und rasch die zweite Flugebene erreichte. Sie flogen nach Norden.

Rohan überlegte, ob er ihnen mit einem Lufttaxi folgen sollte. «Die Aufführung ähnelt einer Entführung. Doch was wird das schon bringen. Für Benson gibt es kein Zurück aus den Verträgen. Und ein Taxi ist nicht in Sicht.»

Er schlenderte zu den nahegelegenen Start- und Landebrücken, die sich über das verbreiterte Flussbett der Isar wölbten. Auf den Steinstufen, die bis ins Wasser führten, tummelten sich junge Leute, feierten, musizierten, lachten. Im aufgestauten Fluss gondelten elektrische Miniboote. Flutlichter spiegelten sich im Kielwasser der Boote, bleich wie Mondenschein.

Die lange Warteschlange, die bis zum Lufttaxistand reichte, schreckte ihn ab. Ein Schreiter bot ihm seine Dienste an. «Chinesischer Turm», sagte Rohan, «auf ein Bierchen.»

Kapitel 7

Rene Rohan nahm ein schweres Flugboot von La Réunion zur Isla Alphatica, dem Stammsitz der Alphaten. Er kämpfte sich mit seinen beiden Rollkoffern durch den Mittelgang des Schiffes. Es waren vor allem Einheimische, die dort lagerten und die hofften, auf der Insel einen Job zu ergattern. Aber auch junge Ingenieure nahmen das Boot. Sie belegten die abgeteilte erste Klasse; man merkte es ihnen an, dass sie begehrte und hochdotierte Anstellungen bei den Alphaten erhalten hatten. Endlich erreichte Rohan die reichlich bemessene VIP-Lounge hinter dem vorderen Leitstand des Fliegers.

Sie hatten den Hafen verlassen und flogen dicht über den meterhohen Wellenkämmen des offenen Ozeans. Gischtbeladene Windstöße rüttelten am Schiffskörper. Gelegentlich peitschten krachend Sturzbrecher gegen die beiden seitlichen Fenster der Kajüte. Am westlichen Horizont verschwand die Sonne hinter aufgetürmten Wolkenbänken. Die tropische Nacht stand bevor.

«Hallo Herr Rohan!», begrüßte ihn Benson, kaum hatte er sein Quartier betreten.

«Hallo, was für eine Überraschung.»

Neben ihm saß die Dame, die Benson im Baumlokal einen Blumenstrauß überreicht hatte, diesmal in der Rolle der fürsorglichen Krankenschwester.

«Medizincheck überstanden?», fragte Rohan. Er schleuderte seine Trolleys in die Ablage und nahm den beiden gegenüber Platz.

56

«Jan ist topfit», sagte die Schwester und legte behutsam ihre Hand auf Bensons nackten rechten Arm, in dem eine Infusionsnadel steckte. Ein dünner Schlauch führte zu einem hochgehängten Beutel mit einer farblosen Flüssigkeit.

«Vitamine?», fragte Rohan spöttisch.

«Die Infusion wird ihn zusätzlich kräftigen und auf die GiT-OP vorbereiten.»

«Schwester Dagmar betreut mich liebevoll, wie Sie sehen.»

«Keine Zweifel mehr?»

«Null.»

«Und Wutausbrüche?»

Die Schwester sah fragend in die Runde. «Jan ist ein sanfter Mensch», sagte sie grimmig.

«Und was passiert sonst mit dem friedfertigen Wesen?», fragte Rohan.

«Sie züchten kiloweise Nervenzellen von mir. Zellen jeglicher Art, zum Füttern von Schnittstellen, zum Verspleißen von Nervenenden und zum Restaurieren geschwächter Areale. Sie sehen, Herr Rohan, ich kenne die Prozeduren zur Vorbereitung der OP. Und auch die Abläufe, die mich erwarten werden: Automaten nehmen mein Gehirn heraus und lösen Nervenbahnen aus meinem Fleisch.»

«Sie haben sich damit befasst. Das würde mir ebenso ergehen.»

«Und Ihre Frau Kaltofen, sie ist nicht mit an Bord?», fragte Rohan nach einer Weile.

«Meine Frau Kaltofen, wie gefällig Sie das sagen. Vroni kämpft daheim mit der Firmenübergabe. Und mit meinem Restvermögen. Sie wird später nachreisen.»

57

«Hören Sie doch auf, ihn zu quälen, Herr Rohan», rief die Pflegerin empört. Der Name Kaltofen schien ihr ein Dorn im Auge zu sein.

«Dagmar, geh zur Bar, kräftige dich, trink einen Cocktail. Verstehe doch, Herr Rohan ist unterwegs in geheimer Mission, wir wollen einige Details besprechen.» Die Krankenschwester entfernte sich wütend.

«Sie ist eifersüchtig auf Frau Kaltofen», zwinkerte Benson ihm zu.

Benson befreite sich von der Infusion. Dann zog er einen übergroßen Flachmann unter seinem Hemd hervor. «Nicht gedeihlich für die restlichen Neuronen, aber man züchtet genügend Reservezellen!» Er schraubte die Silberkappe von der Taschenflasche und goss gastlich ein.

Benson selbst trank aus der Flasche. Er erhob sich ächzend und schaute über die raue See. Die Sonne war inzwischen vollständig hinter Wolkenbänken verschwunden. Das rote Leuchten glänzte auf seiner Haut und seinem Bart.

«Also, wohin des Weges?», fragte Benson. «Isla Alphatica, das ist klar. Und weiter?»

«Sicherheitstraining für eine Mondmission. Absprachen mit den Alphaten.»

«Donnerlittchen! Passiert nicht alle Tage und trifft nicht jeden! ... Also zum Mond?»

«Abflug von Réunion. Wir nehmen eine sichere Route. Wir starten mit einem Fluggerät der Virgin-Galactic-Gruppe in den Erdorbit, fliegen klassisch weiter zum lunaren Gateway. Und vom Orbit sinken wir herab. Zum Südpol.»

«Hopsen über den Mondstaub.»

58

«Ja, im Kängurustil, mit der Gefahr, auf dem Rücken zu landen. Aber die neuen Anzüge sind leichter und nicht mehr so rückenlastig.»

«Ich habe nie dahingewollt. Es gibt Leute, die geben dafür ein Vermögen aus. Mir blieb der Mond immer fremd», sagte Benson nachdenklich. «Und meine Sport- und Spielgeräte haben es auch nicht bis dahinauf geschafft.»

«Wo übernachten Sie hier auf der Insel?», fragte Benson nach längerem Schweigen.

«Im Gästehaus der Alphaten, auf einem ehemaligen Fünftausendseelen-Kreuzfahrtschiff. Mit Meerblick, versteht sich!»

«Da habe ich einen besseren Vorschlag: seien Sie mein Gast. Ich logiere im Unterwasserhotel Lotus auf der Isla. Goldstandard. Einiges vom Restgeld verprassen.»

Rohan wehrte ab.

«Zieren Sie sich nicht. Ihr Chef wird begeistert sein. Sie kontaktieren schließlich einen GiT-Kandidaten und gewinnen Einblicke in interne Abläufe dieser Technik. Ohne Spionagedrohnen.»

Benson griff zum Kommunikator. «Eine Junior-Suite für Rene Rohan, für einige Tage, auf Rechnung Benson, bitte. Danke. - Erledigt. Keine Widerrede!»

Rohan stimmte zu. «Einblicke in geheime alphatische Technik zu gewinnen, das ist verlockend.»

«Ich gebe eine Abschiedsfeier, nennen Sie es Henkersmahlzeit. Ein letzter Wunsch, etwas Irdisches zu erleben.» Vergnügt rieb er sich die Hände. «Meine privaten Konten sind prall gefüllt. Mit den Sport- und Massagekabinen habe ich Millionen gescheffelt. Ich lade Sie ein, bitte, nicht abschlagen!»

«Und Ihre Familie, erhebt sie keinen Anspruch auf die Moneten?»

«Meine Frau Senta füttert Vögel und hält drei bis vier Katzen, die diese Piepser jagen und erhaschen, besucht regelmäßig die Kirche, trinkt Aperol, schaut versonnen vor sich hin oder sagt tiefsinnige Sprüche auf.»

«Was spricht sie denn so?»

«Ihr Lieblingszitat von Tagore, ich kann es inzwischen singen: ‹Narren hasten, Kluge warten, Weise gehen in den Garten.›»

Rohan verkniff sich ein Grinsen.

«Und Ihre Tochter?»

«Aha, Sie kennen sich aus!»

«Die langjährige Zusammenarbeit Ihrer Firma mit der HAO, Sie verstehen. Ein Dossier, natürlich haben wir so etwas angelegt.»

«Meine Tochter Amelia, ganz die Mutter, lebt mit ihren Pferden in Australien. Apanage inklusive. Interesse an der Firma: gleich null.» Benson nuckelte gedankenverloren am Flachmann. «Das wäre der Extrakt meiner Familienverhältnisse. Wir haben uns dann auch per Video voneinander verabschiedet. Es hat uns die Trennung erleichtert.»

«Also Flucht?»

«Vor der Sippschaft? Nein!»

«Überdruss?»

«Ach hören Sie doch auf damit. Leben! Weiterleben, über das fleischliche Limit hinaus, das ist die Devise. Dieser blöde Kram von den sich verkürzenden Telomeren in den Zellen meines Körpers, ich habe es so satt, was die Evolution uns da angetan hat. Auch wenn nur mein Gehirn weiterlebt. Mein Fleisch ist doch nur Ballast. Die Muskeln werden ersetzt durch eine ausgeklügelte Sensorik, gekoppelt an Robotik. Ein opulenter Kontakt zur Außenwelt lässt mich teilhaben an den

60

Segnungen des Lebens. Ich werde Sie sehen und mit Ihnen sprechen, falls Sie das gestatten. Und das wichtigste nicht zu vergessen: Neugierde auf die Zukunft! Das ist es! Meine anfänglichen, gelegentlichen Zweifel habe ich abgelegt. Das Restrisiko, dass etwas bei der Transformation misslingt, nehme ich in Kauf.» Benson wischte sich mit dem Handrücken den Schweiß von der Stirn. Er lächelte und schaute entrückt auf die sich verdunkelnde raue See.

«Als GiT werden Sie wie ein edler Geist über Ihren Freunden schweben.»

«Bin dann ein Gespenst mehr auf der Erde!», rief Benson lachend.

«Kontakte mit Vertrauten wird es geben?»

«Versprochen hat man es.»

Die tropische Nacht war hereingebrochen und auf dem Hauptschirm der Kabine zeigten sich erste Konturen der Isla Alphatica im Nachtsichtmodus.

Brandungstore schwenkten gemächlich auf. Das Flugboot schipperte in einen künstlichen Hafen. Die Anlegeplattform erstrahlte im grellen Flutlicht. Über eine Gangway strömten die Passagiere aus dem Flugschiff. Einige suchten nach ihren robotischen Betreuern, die rotierende, leuchtende Namensschilder in die laue Nachtluft streckten.

«Wir stehen auf dem Kreuz», erläuterte eine Hostess, die sich für Benson zuständig ausgab. «Die Plattform verbindet vier kreuzweise angeordnete, gigantische Schwimmkörper. Dieser Komplex bildet die historische Keimzelle der Insel. Rechts ein umgebauter Luxusliner, unser Gästehaus.» Sie ließ Benson und der Krankenschwester Zeit, die erleuchtete Kabinenfront zu betrachten.

Links vor ihnen erhob sich der dunkle, massige Schiffsleib eines ehemaligen Flugzeugträgers.

«Nimitz-Klasse», erläuterte die betresste Frau. «Wir haben den Träger für einiges Geld von den Amerikanern erstanden. Die USS Nimitz war veraltet und wurde stillgelegt. Das Schiff sollte verschrottet werden. Natürlich hat man den Namen entfernt.»

«Und die Bewaffnung: Ist davon etwas übrig?», machte sich Rohan bemerkbar.

«Entschuldigung», stammelte die Hostess. Sie hatte Bensons Begleiter bislang ignoriert.

«Mein Gast, Herr Rohan» sagte Benson und gähnte. Die Erklärungen langweilten ihn.

«Auf diese Frage habe ich gewartet», antwortete die junge Frau. «Natürlich keine Kampfjets. Nur konventionelle Flugabwehr. Mehr nicht, sagt man. Die Alphaten waren vor allem an den Reaktorblöcken der Nimitz interessiert. Auch die Start- und Landebahnen werden noch von Kleinflugzeugen genutzt.»

«Die Isla bleibt so fast ohne Schutz?»

Die Hostess zuckte mit den Schultern. «Man raunt, es gäbe eine unüberwindliche Unterwasserabwehr. Und eben schnelle Laserwaffen gegen Flugziele. Und man ist überzeugt, dass die mehrtausendfach eingelagerten Gehirne in den Boxen uns alle Feinde vom Hals halten werden. Auf Isla verwahrt man Prominenz aus der ganzen Welt! Eine neue Schweiz auf einer kleinen, künstlichen Insel.»

«So wie meine Wenigkeit dann dazugehören wird. Und ich werde helfen, die Insel zu beschützen», warf Benson belustigt ein.

«Die beiden anderen Schiffe?», fragte Rohan.

62

«Spezialanfertigungen, trapezförmige Pontonboote, ange-schmiegt an unseren Kreuzanleger. Die Pontons sind größer als die größten jemals gefertigten Tanker. Sie enthalten Arbeits-plattformen, Lagerhallen, Öl- und Gasspeicher, Montagewerke. Mit ihren Schiffsleibern bilden sie die Basis für zwei weitere Hochseehäfen und einen kleineren Jachthafen. Dahinter erstre-cken sich die neuen Inselaufbauten. Und in der Ferne strahlt der Turm des Unterwasserhotels.»

Sie entfaltete eine leuchtende, touristische Demofolie der Insel und erläuterte ausführlich die einzelnen Segmente, Gebäude und Hafenanlagen.

Inzwischen hatten fast alle angekommenen Passagiere des Flugbootes die Plattform in Richtung Gästeschiff verlassen. Die Flutlichtwerfer wurden heruntergeregelt. Ozeanische Wellen-ausläufer rollten aus der Schwärze der Nacht heran und schwappten gegen den Anleger und die Schiffsleiber. Es roch nach Algen. Geräusche vom Hotelschiff drangen bis zu ihnen auf die Plattform.

«Wo bleibt denn unser Hotelzubringer», warf Schwester Dagmar entnervt ein. Sie hatte bislang geduldig zugehört, doch es waren für sie viel zu viele Einzelheiten, die auf sie einström-ten.

«Schon unterwegs», antwortete die Hostess knapp und brach die Touristenführung schmollend ab.

Jan Benson hatte im Hotel Lotus eines der tiefstgelegenen Appartements bezogen: das Studio Mola. «Vorstadium Gehirn-im-Tank», begründete er seine Wahl, «eine Gruft zum Angewöhnen.»

Die über Eck liegenden Fensterfronten waren großzügig gestaltet, um die Unterwasserwelt bestaunen zu können. Ein-

63

gespiegeltes Tageslicht erhellte die Schwebteilchen des Ozeans. Auf Zuruf der Gäste wurden Gelbtöne und Rot beigemischt. Hinter den Panzerglasscheiben tummelten sich Meeresbewohner.

«Ein Mondfisch!», rief Schwester Dagmar, die Benson weiter liebevoll umsorgte. Sie klopfte gegen die Scheibe, doch der gewaltige Fisch rührte sich nicht vom Fleck, er war wohl an solche Albernheiten gewöhnt.

Rene Rohan hingegen hatte eine Suite in der Spitze des Hotels gewählt. Die Präsidentensuite, mit Rundblick über die Insel. Unter ihm erstreckte sich eine tropische Gartenanlage. Aber vor allem das südliche Areal hatte es ihm angetan, die alphatischen Anlagen: der Turm über dem Transformationszentrum, Kopterlandeplätze, ein Geflecht von Rohrleitungen und silbrigweiß schimmernden Kuben, fünf an der Zahl über die Breite der Insel und regelmäßig und endlos sich erstreckend nach Süden. Das waren die Gebäude, in denen und unter diesen die GiTs eingelagert und versorgt wurden.

Am fernen südlichen Rand ankerten zwei Schwimmkräne. Wie seine Datenbrille verriet, erweiterten die Alphaten die Insel mit Würfelbauten, um der steigenden Zahl deponierter GiTs Herr zu werden.

Dann wieder beschaute er die nördliche Sphäre, das Kreuz der vier Schiffe, die Keimzelle der Isla Alphatica, mit dem alles beherrschenden, ausgemusterten Flugzeugträger.

Ein schriller Klingelton ertönte. Rohan eilte zum 3D-Begrüßungsbildschirm seiner Suite. Es war Professor Kixstone. Sein Ebenbild trat aus dem Bildschirm heraus in den holografischen Raumsimulator. Verärgert schaute er um sich. «Luxusurlaub, Lotus!», brüllte er. «Das war so nicht vereinbart!»

64

Rohan trat entrüstet einige Schritte zurück. «Hallo Chef, die Präsidentensuite, warum denn nicht. Benson zahlt das alles. Er dankt für die jahrzehntelange Zusammenarbeit mit der HAO. Kostet uns gar nichts.»

«Ansonsten?»

«Studiere ich emsig Mondkarten und Mondgesetzgebung. Trainiere Herumhopsen auf dem Mond im Simulator, zwänge mich in Mondanzüge.»

«Im Hawaiihemd vielleicht?», rief Professor Kixstone immer noch verärgert.

«Ich trainiere hart, erdulde Beschleunigungen von 5g, in der Spitze mehr, mit meinen knapp fünfzig Lenzen. Ich zwänge mich in Unterwasserröhren ...»

«Sie haben doch angeblich den kleinen Astronautenschein in der Tasche!»

«Das war von vor etwa zehn Jahren. Auffrischung tut not, nicht nur wegen der unausbleiblichen inneren Verfettung, auch der neueren Technik zuliebe.»

«Bereits Kontakt zu den Alphas?», lenkte Kixstone ein. Er schritt zu seinem Schreibtisch, die Kameraeinstellungen folgten ihm. Er ließ sich in den Sessel fallen und wartete mit verschränkten Armen auf Rohans Bericht.

«Sie haben es nicht eilig, mit mir ernsthaft zu verhandeln. Fest steht, vier Alphaten treten die Reise zum Mondkrater an. Zwei Kadetten von Polarisalpha, die Chefin Frau Liu Chen Lu und ein Bodyguard. Vier zu eins.»

«Zu eins? Sind Sie die Eins?»

«So ist es. – Die Kadetten sind noch grün hinter den Ohren. Musa und Alma. Wenn sie nicht in ihre Infohelme babbeln, albern sie herum. Dabei sind sie klüger als wir, junge Genies. Sie gehören zu den geplanten ersten Besatzern der künftigen

Kraterstation. Und sie bilden sich ein, sie könnten nach erfolgreichen Absprachen gleich dortbleiben.»

«Der Beschützer ist also ein Alphate?»

«Eine Alphatin der neuesten Generation. Eine Kämpferin. Die beiden Jugendlichen haben Schutz nötig.»

«Und Ihnen geht nun der Arsch auf Grundeis?» Kixstone grinste. «Eine Kampfmaschine stünde Ihnen gegenüber», spöttelte er weiter.

Rohan überging die Bemerkung.

«Unser Reisebüro stellt inzwischen Ihre Mondfahrt zusammen. Sie fliegen über die chinesische Raumstation Tiangong-9 im Erdorbit und über die Alpha-Mondumlaufplattform zum Krater.»

«Die billigste Variante», maulte Rohan.

«Aber sicher! Dann bis zum nächsten Rapport. Viel Spaß auf der Insel.»

Kixstones Körperbild fiel in sich zusammen. Der Hauptschirm in Rohans Suite flammte wieder auf. Und gab die Sicht frei auf eine trostlose Mondlandschaft. Eine Gesteinswüste füllte das Bild aus: Hellbraune Ebenen, braunschwarze Schatten, mausgraugeflecktes, gepudertes Land mit löchrig dunklen Vertiefungen. Rohan hatte Markierungen eingefügt, Kraternamen eingeblendet. Höhenlinien zerfurchten modellhaft das Gelände. Leuchtend hervorgehoben ein kleiner Kessel, angeschmiegt an eine größere Mulde, in der die geplante Station der Alphaten lag. Ein Stützpunkt, den die Alphaten samt Krater «Alphalion» getauft hatten.

66

Kapitel 8

Bensons Abschiedsfeier stand an.

«Meine Henkersmahlzeit, die lasse ich mir nicht nehmen», rief er, «und du, Rene, du bist natürlich eingeladen. Im Pavillon Papillon.»

Rohan schlenderte durch die Grünanlage, eine Mischung aus Zoo und botanischem Garten. 40 Hektar Park, der sich über die gesamte Breite der Insel erstreckte. Am eingezäunten Ufer eines Süßwasserteiches lagerte ein dickbauchiges Nilkrokodil, den Rachen aufgesperrt, mit starrem Blick. Flamingos staksten am seichten Strand des Gewässers. Aus dem Dickicht der Blätter drang tropisches Vogelgezwitscher, aha: ein Tukan war dabei. Rohans Audio-Guide pfiff ihm die Ohren voll. Ein Sumatra-Tiger döste vor sich hin, sicher nur eine Attrappe. Oder eine Simulation.

Geschwungene Steintreppen führten hinauf zum Pavillon. Zwischen schlanken Metallsäulen flatterten schillernde Kunstflügel im Seewind. Marmorne Statuen mythologischer Gestalten durften nicht fehlen, gruppierten sich um die Säulen. Dazwischen waren eisgekühlte Champagnerkübel und dickbauchige Schreitwannen aufgestellt.

«Es sind nur wir drei!», entschuldigte sich Benson bei Rohan.

Schwester Dagmar lächelte süßlich. Sie hatte neben einer Poseidonstatue auf einer Marmorbank Platz genommen.

Rohan bedankte sich bei Benson für die Einladung. «Deine liebe Vroni? Hat es immer noch nicht geschafft? Das Schiff verpasst?», fragte er besorgt.

67

Benson verzog verständnislos seine Miene. Sein Kopf war rasiert, sein Schädel mit Farbstiften bemalt und sein fülliger Rauschebart abgeschoren. Die Vorbereitungen zur GiT-Transformation hatten bereits begonnen.

«Frau Kaltofen kann Blut nicht sehen», warf Schwester Dagmar schadenfroh ein. «Sie kneift.»

«Sie steht in München ihren Mann», verteidigte Benson sie. «Sie kümmert sich um meine Finanzen. Diese blutige Kopf-ab-Prozedur mit anzusehen, das muss nicht sein.»

Er läutete ein Glöckchen. «Jetzt aber eilt herbei», schrie er gegen die Brise an, die vom Indischen Ozean über die Insel wehte. «Es ist angerichtet!»

Auf sein Zeichen hin öffneten sich die Deckel der herumstehenden Schreitwannen. Thermophoren aus poliertem Metall zischten und dampften; Bratengeruch breitete sich aus. Humanoide Bedienstete präsentierten mit zierlichen Manipulatoren Obstschalen mit tropischen Früchten. Eisbefüllte silberne Kübel mit Champagnerflaschen standen bereit. Korken knallten, aus den Hälsen der geöffneten Flaschen stiegen kräuselnd milchige Nebel auf. Und aus der Tiefe des Gartens ertönten orchestrale Klänge: Mozart, Zauberflöte, begleitet von den Geräuschen der brechenden Wellen des Ozeans.

Das merkwürdige Fest nahm seinen Lauf, zog sich gehörig hin. Lachen, schmausen, trinken. Schwester Dagmar forderte Benson zum Tanz auf. Sie wiegten sich neckisch zwischen den Kübeln, Schalen und griechischen Statuen.

«Mein letzter Tanz.» Benson führte Schwester Dagmar zu einer geschnitzten Bank. «Danke fürs Bemuttern. Den Rest erspare ich Ihnen.»

Benson schaute noch einmal lange über den tiefblauen, wellenbewegten Ozean. Eine Dünung brach sich meterhoch am

Gürtel der schwimmenden Wellenbrecher. Der frische Wind blies ihm ins Gesicht. Er winkte einem Fischadler zu, der in der tropisch aufgeheizten Luft seine Kreise zog.

«Gehen wir?», fragte Benson, mit Tränen in den Augen.

«Dann los, gehen wir», sagte Rohan.

«Wie versprochen, du lässt mich nicht allein auf diesem Weg zur Schlachtbank?»

«Ich werde dich begleiten», beruhigte er Benson.

Kapitel 9

Auf dem Weg zur Halle der Transformation murmelte Benson: «Deine Suite, logiere dort solange es dir beliebt.»

Ein Leuchtpfeil im Eingangsbereich der Empfangshalle wies ihnen den Weg: «Jan Benson – Tor 5.»

«Wir sind nicht die Einzigen, ich sehe acht Tore», sagte Rohan.

«Acht Probanden? Eine Massenabfertigung?»

«Über einigen Eingängen blinken gelbe Warnleuchten. Vermutlich sind diese Tore belegt», meinte Rohan.

«Doch nur Tor 5 steht offen.» Benson klammerte sich an Rohans Oberarm fest und zog ihn zum fünften Tor.

«Hinter der Pforte wartet ein offener Aufzug. Hinein?», fragte Benson.

Sie betraten den geräumigen Lift.

«Check-in erfolgt», sagte eine freundliche Stimme. «Begleitperson Rene Rohan».

«Keine Knöpfe zu sehen. - Nach oben oder nach unten?», scherzte Benson.

«Abwärts», sagte eine Stimme über ihren Köpfen. «Auf minus fünf. Besucherraum und Abschiedszeremonien.»

Ein flauschiger, himmelblauer Vorhang fiel herab. Zwei durchsichtige Türplatten schlossen den Aufzug.

Minus fünf. Ein älterer Herr, dunkel gekleidet, eine gepflegte Erscheinung, begleitete beide vom Lift in die karg eingerichtete Zeremonienhalle. Ein kühler Lufthauch schlug ihnen entgegen. Sie nahmen auf einer Holzbank in der Mitte des Raumes Platz. Eine breite Treppe führte in den GiT-Trans-

70

formationsraum. Kunstblumengirlanden umschlangen die Geländer. Im Halbdunkel war der zentrale Behandlungstisch zu erkennen, umgeben von Greifarmen, Schlauchrollen und Tanks mit Flüssigkeiten.

«Herr Benson, Sie hatten sich zum Hinübergleiten eines der vier letzten Lieder von Richard Strauss gewünscht: ‹Beim Schlafengehen›. Bevor ich Sie allein lasse, haben Sie die Möglichkeit, in einem unserer Sakralräume innere Ruhe zu suchen, zu beten. Wir haben acht Nischen für acht ausgewählte Religionen. Sie geben Bescheid, wenn Sie ihre Andacht beendet haben.»

Benson drehte sich belustigt um. An der Rückwand des Raumes, hinter Schwingtüren, verbargen sich die religiösen Andachtstätten. «Ich hoffe, mein Glaube, meine Religiosität – was es auch sei – bleibt mir nach der Transformation erhalten», sagte er leise.

«Ich wäre dann ohne Andacht so weit», rief er dem Bediensteten zu.

Er stand schwerfällig auf. «Rene, erspare mir letzte schlaue Worte.»

Sie umarmten sich. Das war der Moment, da seine Wunschmusik erklang.

«Vor Ihnen liegt der Operationsraum», sprach der Bedienstete feierlich. «Sie bekommen jetzt noch einen Stimmungsaufheller», er reichte ihm einen Becher mit einer Flüssigkeit. «Wir drehen die Voreinstellung Ihrer Gemütslage auf leicht positiv. Sie werden später im Tank beschwingt und sorgenfrei erwachen.»

Benson nippte am Becher. «Der Rest ist für dich, auf eine unbeschwerte Reise zum Mond.»

Rohan schüttelte den Kopf. Der Aufseher nahm entrüstet den Becher an sich.

«Gehen Sie jetzt die Stufen hinab!», sagte der Wärter streng. «Legen Sie sich in die flache Wanne. Nach einer Sprühanästhesierung beginnt die Hauptanästhesierung, danach leiten wir den gestaffelten Kühlvorgang ein. Wir versetzen Ihren Körper in einen künstlichen Winterschlaf, ehe die echten Prozeduren beginnen. Sie werden - wie versprochen – schmerzlos in den GiT-Zustand gleiten.»

Schlafwandlerisch lief Benson in den Operationssaal. Lichter flammten auf. Kaum hatte er sich gelegt, erhielt er eine erste Dosis Anästhetikum. Über seinem schlaffen Körper leuchtete überdimensional ein holografisches Ebenbild auf, das Geflecht der Nervenstränge hervorgehoben, sein Gehirn erstrahlte, ein zweites, eigenständiges, brillantes Gebilde. Manipulatoren lösten sich aus Halterungen und verrichteten ihr Werk, begannen Benson zu entkleiden, legten Blutaustauschkanülen, leiteten gekühltes Kunstblut in seinen Körper, setzten erste Schnitte in sein nunmehr wertloses, nicht mehr zu gebrauchendes Fleisch.

Zwischen die Zeremonienhalle und den OP-Saal schob sich eine milchige Wand, eine Projektionsfläche, um den Fortgang der Operation anzuzeigen. Es waren Daten und die Beschreibung der Prozeduren, die auf dem Schirm aufleuchteten. Bensons Körpertemperatur sank: «Isttemperatur: 33 Grad», sie sackte rasch weiter ab. «Zielvorgabe 1: 15 Grad, erreicht: in 114 Minuten.

«Wie lange wollen Sie sich das anschauen?», fragte der Bedienstete höflich.

«Wie lange dauert es denn?»

«Endlos lange.»

72

«Einen Tag?»

«So in etwa. Das ist individuell verschieden - Sie sind Kontaktperson ersten Grades, Sie werden informiert, wenn sein Gehirn im Tank erwacht.»

Er reichte Rohan eine Holo-Brille. «Die meisten Begleiter begnügen sich mit einer Demoversion der Transformationsvorgänge. Ich empfehle Ihnen, gehen Sie mit der Brille in unsere Cafeteria, schauen Sie sich die abgespeckte Version an, nicht die blutigen Sachen. Und warten Sie. Vielleicht geht alles schneller. Die Brille bleibt dann bitte hier im Haus.»

«Der Fortgang der OP wird angezeigt?»

«In der zentralen Ansicht. Wenn Sie mehr sehen möchten, etwa das Bild der Projektionsfläche hier im Raum, schalten Sie um, kurzer Doppelblick oben links auf ‹P›. Blicks links unten: Es wird Ihnen dort die Transformation erläutert. Rechts unten haben Sie einen ein Hilfebutton, wenn es Ihnen übel wird.»

Das Richard-Strauss-Lied, mehrfach abgespielt, verstummte endlich. Rohan würde es im Ohr behalten. «Erhebend gewählt zum Hinübergleiten in die Neue Welt», sagte er zum Bediensteten, «für mich sind es aber zu müde Klänge, zu melancholisch, zu ätherisch.»

Der Bedienstete lächelte wissend.

«Dieses Jenseits ist doch nicht zum Schlafen da», fügte Rohan noch hinzu.

«Die Cafeteria: Sie nehmen den Lift nach plus 4», sagte der Wärter höflich lächelnd und mit süßlicher Stimme. Der vornehm gekleidete Herr verbeugte sich und verschwand hinter einem Vorhang.

Rohan nahm sich einen Platz mit Aussicht über den tropischen Garten und auf das Unterwasserhotel Lotus. Ein heran-

73

rollender Wagen offerierte ihm Getränke und Gebäck. Er war nicht allein hier. Viele Tische an der geschwungenen Fensterfront waren belegt. Die Besucher waren meist ältere, gutsituierte und einzeln herumsitzende Herrschaften, die in ihre Holo-Brillen starrten. Weiter hinten im Aufenthaltsraum lärmte eine Gruppe Jugendlicher, sie benutzten ihre Brillen, um gemeinsame Abenteuer im Metaversum zu erleben.

Rohan aktivierte das Bild der großen Anzeige. Bensons Körpertemperatur hatte inzwischen Level 1 erreicht. «Glukosewerte und Sauerstoff: ‹In der Norm, gesättigt›». Seine Nervenstränge, das gesamte Nervensystem strahlte in verschiedenen Farben, leuchtend eingefärbt. Das Rückenmark war behutsam freigelegt. Und einige seiner längsten Axone, die bis zu den Füßen reichten, waren samt biologischer Sensorik eingerollt, in die Schnittstellenbereitstellung gelegt und verdrahtet. Von Stellen der Haut, insbesondere von den Fingerbeeren, wurden Mechanorezeptoren und temperaturempfindliche Sinneszellen entnommen und für spätere Verwendungen eingelagert. Ebenso wurden spezielle Drüsenzellen der inneren Organe und ihre Sekrete herausgezogen.

Das Gehirn wurde exkaviert und die individuelle Kartierung der Areale steckte «im Prozess».

Parallel dazu befasste sich die Transformationslogistik mit der Konservierung und Übertragung der anderen, der eigentlichen Kopf-Sinnesorgane.

Zuerst wurde das «Augenlicht» transformiert, das wichtigste Input-Organ des Gehirns. Die Prothesen-Technik des Auges mit elektronischen Retina-Implantaten war weit fortgeschritten, hier wurde auf biologisches Eigenmaterial und damit auf Alterungsvorgänge komplett verzichtet. Und es

74

wurde der Sehvorgang ausgedehnt, auf Infrarot, auf Ultraviolett. Das Superhirn mit seinen Erweiterungen lässt grüßen.

«Und wie wird der Geschmackssinn konvertiert?», fragte er sich. Rohan ließ sich das vom Holo-Guide erklären.

«Alles in allem, wir verzichten auf Fleisch, auf innere Organe mit ihren hormonellen Erzeugnissen und auf sonstige biologische Substanz, wo immer es geht. Ausgenommen sind sensorische Neuronen. Das Material heben wir auf für spezielle Cyborg-Konstrukte des Probanden.»

«Geht voran», murmelte Rohan.

Ein Herr am Nachbartisch nickte. Seine Holo-Brille hatte er abgelegt. «Es ist meine Tante», offenbarte er ihm. «Gott sei Dank sind die blutigen Sachen vorbei.»

«Wielange sitzen Sie schon hier?»

«Halben Tag», sagte er müde. «Meine liebe Elodie, ihr Geschmacksinn und Geruchsinn sind noch nicht verdrahtet. Ihre Lichtsinne funktionieren bereits. Obwohl ihre Augen fehlen, sie erkennt Licht. Elektrische Impulse werden zu einer künstlichen Sehrinde durchgeleitet, behauptet man. Werde wohl nicht mehr lange bleiben.» Der Herr stand auf und lief unschlüssig durch die Cafeteria.

Eine wohlsituierte Dame, behangen mit einer mehrreihigen Perlenkette, zu deren Füßen ein schwarzer Labrador sich niedergelassen hatte, sprang freudig auf. «Er hat etwas gesagt! Er spricht - mein Laurenz! Seine Stimme, es ist - Laurenz!» Sie nahm die Holo-Brille und setzte sie dem Rüden auf die Schnauze. Der Vierbeiner jaulte auf.

Die Atmosphäre im Aufenthaltsraum wandelte sich. Wartende Langeweile wich aufgeregtem Geschnatter. Einige gaben die Fortschritte der jeweiligen Transformation bekannt. Andere beklagten sich über die blutrünstigen Bilder. Eine steinalte Chinesin sprach laut in melodischem, unverständlichem Singsang. Rohan nahm seinen Translator zu Hilfe. Ihr Bruder Mian war längst fertig und in einem Metallkäfig eingeschlossen. Sie bestand darauf, ihn jetzt zu sehen, in der Box.

«Das ist nicht vorgesehen, liebe Frau», sprach Rohan in den Übersetzer. «Alles ist gut gelaufen, er wird jetzt samt Box eingelagert und versorgt. Sie können nur mit einem künstlichen Ebenbild sprechen.»

Die Chinesin schaute ihn verständnislos an.

«An der Rezeption wird Ihnen geholfen. Dort bekommen Sie einen Kommunikator. Ich denke, Ihr Bruder wartet bereits darauf, mit Ihnen zu sprechen.»

Das hatte die Chinesin verstanden. Sie bedankte sich und humpelte zum Lift. Die jungen Leute im Warteraum riefen Ihr nach: «Laden Sie die GiT-Transfo-App!»

Rohan doppelblickte auf links oben in seiner Brille. Der Projektionsschirm vom OP-Raum leuchtete auf:

- Anschluss der externen Hundenase im Prozess;
- Einbindung künstlicher Geschmackspapillen in Vorbereitung;
- danach: Einbetten eines elektronischen Mikrokreiselsystems für das Orientierungspaneel;
- darauf folgend: Schnittstellen zum unterstützenden, extrakorporalen Zeitgebersystem anschließen;
- voraussichtliche Restdauer der Transformation: 350 Minuten.

«Ich habe genug gesehen», sagte Rohan und verließ die Cafeteria.

76

Doch er kam nicht weit. Im Gangsystem der Transformationshalle kam Rohan ein Alphate entgegen. Mit offenen Armen stellte er sich ihm in den Weg. Er lächelte. Er trug die bis ans Kinn hochgeschlossene, tiefblaue Dienstuniform. Der schräge Klettverschluss im Halsbereich war leger geöffnet und das Weiß des Koppels und der Schulterriemen war bereits vergilbt. Seine Alpha-Epauletten glänzten golden, wie sich das für einen höheren Dienstgrad geziemte.

«Bernhard», stellte er sich vor. Er zeigte auf sein Brustschild. Unter dem Namen «Zeki Bernhard» strahlte eine Ziffernfolge, die ihn als einen Alphaten der mittleren Generation auswies. Er schob die gestaffelten Infovisiere seines Helmsets über das Stirnband.

Bernhard war der Chef der Isla Alphatica. «Er gibt mir die Ehre. Das dürfte kein Zufall sein, dass er mir hier auflauert.» Rohan studierte das nun freie Gesicht seines Gegenübers. Es blickte ernst und ohne Arglist. Das war das rechtschaffene Gesicht eines in sich ruhenden Wissenschaftlers.

Bernhard lächelte Rohan erneut zu.

Mit einer Geste dirigierte er ihn durch ein Nebengelass in eine Arbeitshalle. Einem anwesenden Adjutanten gab er ein Zeichen zu verschwinden.

«Gelegentlich befragen wir Begleitpersonen der Probanden, wie sie die GiT-Transformation erleben. Ob wir ihnen nicht zu viel Blut zumuten oder zu wenig Religiosität bei der Abschiedszeremonie zugestehen.»

«Sie wollen mich kennenlernen», sagte Rohan entwaffnend, ohne auf Bernhards Frage einzugehen.

Bernhard stimmte schmunzelnd zu. «Sie sind ein hochrangiger Mitarbeiter der Humans-Alphaten-Organisation. Sie fliegen zum Mond, zur Station Alphalion, im Auftrag von Professor Kixstone. Wir kennen Ihre Mission.»

«Dann muss ich Ihnen nichts weiter erklären. Und beeinflussen werden Sie mich auch nicht können.»

«Wie Sie eingangs sagten, wir wollen uns kurz kennenlernen», antwortete Bernhard.

Rohan sah sich um. In einer Wandholobox strahlte das Konstruktionsmodell einer monströsen Rakete. Drei Alphaten hockten vor dem Volumenbild. Sie hatten sich über Glockenhelme zusammengeschaltet und veränderten Energieparameter und die Zusammensetzung der Stützmasse an den Fusionstriebwerken.

In der Mitte des Arbeitsraumes leuchtete ein Hologramm der geplanten Mondstation Alphalion. Neugierig trat Rohan näher an das Stationsschema heran.

«Ich erläutere es Ihnen», sagte Bernhard, «damit Sie unser Projekt verstehen.»

Kapitel 10

Schulungslektion 1, Jan Benson 01.01.001

Nebel. Dann stellt sich ein Bild scharf: Ein ovaler, haarloser Männerkopf schwebt vor einer Palme. Seine dünnen Lippen bewegen sich nicht.

«Sie können mich sehen», sagt der flächige Kopf mit scharfer Stimme.

Benson versucht zu nicken.

«Das ist im Moment nicht möglich. Sagen Sie einfach «Ja», wenn Sie zustimmen.»

Benson sagt «Ja».

«Mein Name ist Reneor. Ich bin Ihr Tutor und wurde Ihnen zugeteilt. Sie werden bei mir einen Befehlston wahrnehmen. Das ist so gewollt.»

«Ist mir im Moment egal», sagt Benson.

«Später suchen Sie sich aus einem Datenpool einen Lieblingsratgeber heraus. Kann ein Mädel sein, mit einer sanften Stimme. Es sei denn, die KI des GiT-Systems ordnet Ihnen andere Personen zu.»

«Was heißt später?»

«Später besagt: Nach den Schulungslektionen. – Jetzt aber geht es zu wie beim Militär. Wir nennen das, was wir heute tun: Einjustieren der Sensorik.»

«Verstanden.»

«Also jetzt vom Flachbild zu 3D.»

Benson sagt: «Ja.»

«Vom Standbild zum Bewegtbild.»

«Ihre Lippen bewegen sich, die Palme wedelt.»

«Sie sind ein Witzbold», sagt Reneor.

«Mein Kopf schmerzt, ich habe ein undefiniertes Hungergefühl. Sie hatten mir ein Erwachen im Glück versprochen.»

«Dann wollen wir mal was zuführen. Eine Dosis Glucose. Etwas mehr Sauerstoff, weniger Zeozwei. Plus ein Quäntchen Glück. Ein Mix aus Phenethylamin und Endorphinen, dazu etwas Serotonin.»

«Die wonnigliche Wirkung setzt ohne jeden Übergang ein.»

«Zufrieden?»

«Beeindruckendes Hochgefühl!»

«But now, let's move on.»

«Wer legt die Glücksdosis fest?»

«Darüber später.»

«Ein Belohnungssystem? Ich meine nicht mein System im Gehirn, ich meine Belohnungen für korrekte Mitarbeit, für gute Taten, oder besser für willkommene Gedanken?»

«Wir müssen Ihr komplexes System ins Gleichgewicht bringen. Regelkreise. Sie waren einst Professor für Mechatronik und später ein Firmenchef. Sie sind mit dieser Materie vertraut. Wir passen nur auf. Das Pendel schlägt aus und die Waage pendelt sich ein. Sie kennen doch die Geschichte von den Mäusen, die ihr Belohnungssystem selbst steuern durften. Sie belohnten sich zu Tode.»

«Sie passen also auf. - Also gibt es ein Belohnungssystem! Ein System fürs System. Das genormte Gehirn, das Sie anstreben?»

«Eine negative Sichtweise. Kritische Außendarstellungen. Sie haben sich da etwas zurechtgelegt», sagt Reneor. Seine Stimme war schärfer als bisher.

«Und wann darf ich schlafen? Regulieren Sie das auch?», fragt Benson.

80

«Wir messen Ihren Melatonin-Pegel. Sie bekommen regelmäßigen Schlaf, angepasst an einen fiktiven 24-Stunden-Tag. Zufrieden?»

«Das habe ich erwartet.»

«Ist ihr Wissensdurst damit gelöscht?», fragt Reneor spöttisch.

Benson ließ nicht nach. Das waren Fragen, die er sich vor der Transformation gestellt hatte und die jetzt wieder in ihm aufstiegen. «Verbindungen zur Außenwelt? Zu meiner Kontaktperson? Zu meiner Tochter?»

«Sie haben bereits mit Rohan gesprochen. Das haben wir arrangiert. Da haben Sie noch geschlafen. Eine automatisierte Message. Rohan lässt Sie grüßen. Mit echten Worten. Aufgezeichnet und abrufbar.»

«Wo bin ich denn hier gelandet», denkt Benson. Er hätte gern gelacht, doch es ist ihm nicht möglich, diesen Reflex umsetzen.

«Gewöhnen Sie sich daran, dass wir in der Anfangsphase Ihre Gedanken erfassen. Wir sind da geschult und tolerant und Sie brauchen sich nicht zu schämen, wenn Ihre Eingebungen einmal entgleisen. Das war der erste Teil von Lektion eins: Dasein und Leben im Tank.»

«Eine kurze Lektion ...»

«Die Schulung läuft im Hintergrund weiter. Wir richten Ihre Sensorik ein. Und es finden Veränderungen an Ihrem Gehirn statt. - Ich gebe Ihnen noch ein bisschen Langzeitglück für Ihre erste Nacht im Tank. Vertrauen Sie uns, falls Sie in Panik geraten, wir können damit umgehen.»

«Meine Beglückung, meine Zuteilung an Beseeligung, bin ich etwa von seiner Gnade abhängig?», empört sich Benson in Gedanken.

81

Reneors Antwort kommt prompt: «Ihr Glückslevel wird nach der Einrichtungsphase von Algorithmen errechnet. In der letzten Schulungslektion verständigen wir uns darüber. Wie wir Sie glücklich machen, wie viel Glück zuträglich für Sie ist und wie Sie ein höheres Level erreichen können. Zufrieden?»

«Sind Sie denn zufrieden?»

Reneor sagt scherzhaft «Ja», - und fügt hinzu: «Gealterte Ingenieure sind besserwisserisch, ein bekanntes Phänomen. Doch *Sie* sind uns willkommen.»

Benson nimmt sich vor, seine Gedanken und sein inneres Sprechen vorläufig im Zaum zu halten.

Reneor antwortet nicht. Er hat sich bereits ausgeklinkt.

Jan Benson versank in einen dämmrigen Halbschlaf, schwebte, schwamm, flog. Er roch an Rosen. Sein Gnadenbrot-Gaul sprach mit ihm französisch. Vroni flatterte umher, sie sagte immer wieder: Nimm mich, nimm mich. Dann erschien Senta. Ohne von ihm Notiz zu nehmen, trank sie Aperol und segnete ihre Lieblingskatze.

Schulungslektion 2, Jan Benson 02.01.001

Reneor lächelt, soweit ihm das möglich ist. «Ich bin mit Ihnen zufrieden.»

Er ist heute nicht nur ein sprechender Kopf vor einer Palme, er sitzt zwischen Orchideen, vor einem geöffneten Fenster, draußen schimmert eine Sonnenscheibe, diffus vor Schleierwolken.

«Für die Zeit der Schulung bin ich Ihr einziger Vertrauter.»

Benson sagt «Ja».

«Wie viele Lektionen sind es denn?», fragt er nach.

«Einundzwanzig.»

82

«Einundzwanzig Tage?»

Reneor nickt gnädig.

«So wie Sie mich sehen, es ist alles virtuell, ein Innerspace. Ihre Augen sehen nicht, doch die Schnittstellen zu Ihren Augen können mit realen Abbildern gefüttert werden. Es müssen nicht unbedingt Simulationen sein. Ein Mischmasch ist vorläufig das, was Sie empfangen. So wie mein Kopf, den Sie sehen, teils real existiert, teils eingespiegelt wird. Erst zu gegebener Zeit werden Sie in die Außenwelt ausbrechen, werden Sie mit authentischen Reizen gefüttert.»

«Wer steckt hinter Ihnen, wenn Sie keine - reine – Simulation sind? Ein GiT? Ein Mensch? Ein Alphate?»

«Eine der häufigsten Fragen. Verständlich in der Abgeschlossenheit des Tanks. Meistens kommen solche Erkundigungen später. Sie sind nicht übel durch die Transformation durchgekommen. Doch zur Frage: Ich bin ein GiT wie Sie, ein alter, erfahrener GiT. Ein Menschen-GiT. Intern habe ich mich hochgedient zum Schulungsleiter. Zufrieden?»

Benson verzichtet diesmal auf das lächerliche «Ja».

«Was geschieht nun weiter mit Ihnen. Ihr Gehirn wird entmüllt. Sie schlafen und Ihre Neuronen werden überprüft, einige entsorgt, andere aufgepäppelt. Ein Heer von Nanorobotern durchforstet Ihr Gehirn. Sie werden sich klüger vorkommen.»

«Diese Frischekur, das hätten Sie mir vor der Transformation anbieten können», wirft Benson ein.

«In abgespeckter Form verkaufen die Alphaten diese Kuren als Ganzkörperentmüllungen. Das sind die sogenannten Zweijahres- oder Zehnjahresverjüngungen. Sie vergessen die Ewigkeit des Daseins, die Sie durch die Transformation erlangen. - Doch zurück zum Tagesplan. Mit dem Augenlicht, dem wichtigsten Sinnesorgan, haben wir uns befasst. Mit Ihrem Gehör fahren wir fort: Rechts, links, schrittweise Frequenzen durchnehmen, wie beim Ohrenarzt.»

«Keine weitere Fragen», quittiert Benson müde und entnervt.

«Später bekommen Sie wieder Zeit zur freien Verfügung. Lassen Sie Ihre Gedanken schweifen. Frischen Sie Ihre Erinnerungen auf.»

«Und ein täglich Quäntchen Glück», lästert Benson.

Reneor quittiert mit einem maschinell erzeugten kalten Lächeln.

Schulungslektion 7, Jan Benson, 07-01-001

«Vom Innerspace in den Resonanzraum. Aufgaben.» Reneors scharfe Stimme erklingt aus dem Nirgendwo.

Bensons Avatar stakst unbeholfen durch den annähernd quadratischer Raum, etwa sechs Schritte breit. Auffallend: Es ist ein Zimmer ohne Tür. Ein Verlassen der Zone ist nicht möglich. Kein Spiegel. Vier Wände, drei Fenster. In der Mitte des Raums sind zwei Drehsessel um einen Glastisch mit einem runden Fuß gestellt. Die hintere Zimmerwand füllt eine schwarzsamtene, leere Holo-Nische aus. Neben dem mittleren Fenster steht eine Couch. Ein aufdringlicher, pfeffriger Geruch steigt ihm in die Nase.

«Im Resonanzraum üben wir das Zusammenspiel von Sensorik und Motorik», sagt Reneor. «Wenn Sie sich sattgesehen haben, geben Sie Signal.»

Schon die ersten flüchtigen Blicke durch die Fenster offenbaren Benson das Absurde, das Fiktive des Raumes. Er schaut nach draußen, durch die Scheibe neben der Couch: Eine Beliebigkeit von Palmen, Strand, Sonne und türkisfarbenem

Ozean. Durch das linke Fenster prangt eine nordische Winterlandschaft, in unwirklich klares Licht getaucht, rechts malerisches Bilderbuch-Alpenglühen. Übersteigerte Bilder, hochgeladen aus seinem visuellen Gedächtnis und ergänzt aus Datenbanken. «Es lohnt sich nicht, die künstlichen Szenerien genauer zu betrachten», denkt Benson müde.

«Wozu die Couch?», fragt Benson.

Zu seinem Erstaunen hat sich Reneor im Resonanzraum materialisiert, sitzt aufrecht im Drehsessel vor dem Fenster mit der Alpenlandschaft.

«Auch Liegen muss geübt werden.»

«Liegen und an die Decke starren?»

«Sinnieren, meditieren. Ruhen, etwas entspannen.»

«Oder Psychoanalyse? Oder Sofasex?»

«Über Sex reden wir später», sagt Reneor abfällig.

«Keine Spur von Fleischeslust», erwidert Benson aufgebracht. «Da habe ich einige Organe wohl auf der Schlachtbank zurückgelassen.»

Reneor quittiert mit einem sarkastischen Lächeln.

Benson lässt sich neben ihm in den Drehsessel fallen. Er boxt ihm scherzhaft gegen die Schulter. Doch seine Faust stößt ins Leere, landet auf der Rückenlehne des Sessels.

«Debütantenfehler», lästert Reneor. «Greenhorns haben schon versucht, ihre Tutoren anzugreifen. Wir müssen uns schützen. Teile der Schulungen sind unerfreulich.»

«Das mit dem geschützten Resonanzraum habe ich kapiert», sagt Benson betroffen. «Ein Schulungsraum. – Sie sprachen am Anfang der Lektion von Aufgaben.»

«Sie werden nicht unendlich lange nur Spaß haben oder ständig in Ihrer Vergangenheit herumwühlen wollen. Suchen Sie sich Herausforderungen, die zu Ihrer Vita passen.»

«Wie schaut es da bei Ihnen aus? Tutorenschaft, ist das Ihr Geschäft?»

«Ein angesehener Job, hoch begehrt. Und jeder Debütant gibt sich anders.»

«Mal so ein wenig disziplinieren, selbstverständlich nur, falls erforderlich?» Benson versucht ein Lachen.

«Auch wir werden nach Punkten beurteilt. Unangemessene Behandlungen werden nicht geduldet.»

«Wie sollte es anders sein», sagt Benson deprimiert. «Wir können uns nicht wehren gegen ein Punktesystem. Ansporn und Belohnung. Und Bestrafung? Eine Abart des Chinesischen Social Credit Systems?»

Reneor erhebt sich. Sie sind ein schwieriger Fall. Sie werfen Fragen auf, die wir erst später besprechen!

Doch Benson bohrt weiter: «Wir? Wer denn noch außer Ihnen? Ein Chef?»

«Es gibt immer einen Chef, der einen Blick drauf wirft. Und Algorithmen, die Ihre Entfaltung bewerten.»

Bensons Avatar durchquert schweigend den Resonanzraum, von der Winterlandschaft zum Alpenglühen, und wieder zurück. «In der letzten Lektion sprechen wir über das interne Punktesystem. ‹Die höhere Weihe empfangen› nennen wir das Finale der Schulungen.»

«Fahren wir fort im Job?»

Benson spricht kleinlaut sein «Ja».

Schulungslektion 11, Jan Benson, 11.01.001

Resonanzraum. Bensons fiktive Gestalt steht neben der Couch und schaut zum Fenster hinaus. Immer noch die gleiche Palmengruppe, der leere Strand, die nackte Sonne und der türkisfarbene Ozean. Er bewegt seinen Kopf vor der Scheibe, um sein Spiegelbild zu erhaschen. Vergeblich. Das Aussehen seines Gesichts bleibt ihm verborgen. Da hilft auch kein sorgfältiges Befühlen von Mund und Nase. Rückschluss auf das fiktive Alter seines Avatars bietet nur die glatte Haut seiner Hände und die fühlbar straffen Muskeln seiner Arme und Beine.

Reneor sitzt in einem der Drehsessel und lächelt sarkastisch. «Hatten Sie schon Kontakte zu Brüdern und Schwestern Ihrer Charge?»

«Wir sind auf dem gleichwertigen Level in der Ausbildung, haben das identische Programm. Und wir wissen nicht, was uns erwartet. Die Gespräche erlahmen schnell.»

«Anbahnungen zum anderen Geschlecht?»

«Wir belustigen uns mit nichtssagenden Wortspielen, es gibt keinerlei Interesse auf beiden Seiten.»

«Sie waren bereits im Real-Space, auf dem Übungsparcours. Da geht es doch flott einher. Da, unter den Frischlingen, haben Sie da keine Freundin gefunden?»

Benson verneint unwillig. Überhaupt der Realspace. Eine Mischung aus Sturmbahn, Kinderspielplatz und fensterloser Turnhalle. Angeblich trainierten sie in einem Raum auf der Isla Alphatica. Wenn es wenigstens eine Freifläche mit Blick in den Himmel oder zum Ozean gäbe. Kriechen, Klettern, sinnlos über Hindernisse springen.

Seine Sensorik ist in einen humanoiden Roboterzwerg eingebracht. Männlich blau eingefärbt die Herren, rosa die Damen. Und nun hieß es: Drillen, stundenlang. Konditionieren der Feinabstimmung. Eine Übungsleiterin, ein stattlicher Roboter, gleich einem Schiedsrichter mit Trillerpfeife ausgestattet, schreit die Anweisungen heraus. Sie schlenkern ihre Körper mithilfe der künstlichen Arme und Beine über die Hindernisse, ohne zu ermüden.

«Das höchste Glück in Ihrem Zweitleben werden Sie gewiss nicht bei den Damen finden, gleich welcher Charge. Vergeuden Sie Ihre Zeit nicht mit Sexspielen», spricht Reneor.

«Dafür haben Sie wohl gesorgt? Deshalb köpfen Sie nur betagte Menschen?»

«Das hohe, beständige Glück, dass Sie bei uns finden werden, besteht im Flow der Gedanken. Ich schlage Ihnen vor: Suchen Sie sich Herausforderungen, die zu Ihrer Vita passen.»

Reneor zieht die beiden Drehsessel zur breiten Holo-Mulde an der Rückwand des Zimmers und winkt Benson zu. «Nehmen Sie Platz. Ich habe was Spezielles für Sie», ruft er freudig.

Die neueste Maschinerie seiner ehemaligen Firma «Benson - Medizintechnik, Sport & Spielgeräte – Alpha-MED-Gruppe» flammt in der Mulde auf, dreht sich und zerspringt zu einer Explosionszeichnung.

«Oh Gott», ruft Benson, «nicht schon wieder!»

«Sie sollten froh sein, dort anknüpfen zu können, wo Sie mit ihren Tätigkeiten aufgehört haben. Das ist nicht jedem Frischlingsgehirn vergönnt.»

Das Bild in der Info-Mulde wandelt sich. Die Maschinerie schrumpft zusammen, stattdessen erscheint ein Büroraum. Es ist sein ehemaliges Arbeitszimmer! Und auf seinem bequemen Ledersessel sitzt: Frau Trixi! Und vor ihr – das war neu – breitet sich eine Kommunikationskonsole aus.

«Sagen Sie: - Hallo Frau Trixi! Hier Benson, erster Probekontakt, bin bereit zur Zusammenarbeit - oder so etwas Ähnliches. Sie ist eingeweiht, im Gegensatz zum ehemaligen Technischen Direktor. Das alphatische Komitee hält ihn nicht für ver-

88

trauenswürdig. Einer der Gründe, warum wir Sie auserwählt haben, weiter mit uns zu kooperieren.»

Benson spricht Frau Trixi an, aus Gehorsam und aus Neugierde.

«Bin mal wieder mit Ihnen zufrieden», sagt Reneor. Seine Gestalt löst sich auf. Und er verschenkt Benson ein Quäntchen Glück.

Letzte Schulungslektion: Abschluss der Einweisungen. Die höhere Weihe empfangen, Jan Benson 16.01.001.

Welch erhabene Andeutung. Je näher dieses Ende der Ausbildung heranrückte, umso heftiger wurde über die Abschlussfeierlichkeit orakelt. Gibt es ein Fest? Bekomme ich eine Urkunde? Wird ein Buch der Geheimnisse geöffnet? Oder steht mir ein Initiationsritual bevor? Das sind die Gedanken der Probanden.

Bensons Avatar befindet sich im Resonanzraum auf einer Ottomane. Sein Haupt liegt auf ein Kissen gebettet, mit Blickrichtung Holo-Mulde. Er kann seine Glieder nicht bewegen: Wieder einmal verdammt ihn ein Algorithmus zur Reglosigkeit.

Neben ihm sitzt Reneor, sein Gesicht ist zu einer ehrfürchtigen Maske erstarrt.

Ein junger Mann mit jesushaftem Gepränge betritt den Holo-Raum. Er dankt Benson für seinen Entschluss zu *hirnen*, wie er es nannte. «Sie haben die Abschlussprüfung mit alphatischem Lob bestanden», beglückwünscht er ihn.

«Skalzi, der Goldene GiT, einer der Gründungsväter der Alphaten, er gibt sich selbst die Ehre», flüstert Reneor.

«Ist das Ihr Chef?»

Reneor gebietet ihm, zu schweigen.

89

Benson kannte die Geschichte der Alphaten und die ihrer Gründungsväter. Und er war vertraut mit ihrem vermutlich erfolgreichsten Projekt, der Technologie der Erschaffung von GiTs. Dieses Wissen gehörte zur Schulung und wurde in ihr Gedächtnis eingeschrieben; es wurde abgefragt und geprüft. Neben Vito Skalzi, dem Kopf des Entwicklungsteams, verehrten die Alphaten drei weitere menschliche Schöpfer ihrer Species, die sie ASA, ELI und IDA nannten. ASA war der maßgebliche Genetiker der Crew, ELI der federführende Informatiker und IDA die hochbegabte Neurologin der ersten Stunde. Doch nur Skalzi hatte den Schritt gewagt, sich selbst der GiT-Technologie zu bedienen. Sein Gehirn-im Tank wurde in einer Quarzithöhle Venezuelas versorgt, in einem Höhlensystem der entlegenen Tepui-Tafelberge. Hartes, altes Granitgestein, das war es, was er für seine Herberge gesucht hatte. Eine abgeschiedene und streng bewachte Grotte ließ er zur Zentrale ausbauen. Und die Alphaten gewährten ihm dieses Privileg, zu groß waren seine Verdienste bei ihrer Erschaffung. Die Besitzrechte der Anlage wurden durch Jahrhundertverträge abgesichert. Skalzi nannte seine Niederlassung: Stammsitz der Alphaten, Sima Menor Sarisariñama, Venezuela.

«Jan Benson, Sie gehören nun zur Armee der GiTs. Sie haben teil an den glückhaften Momenten des neuen Daseins und werden alle Verpflichtungen meistern», spricht Skalzis Avatar und breitet seine Arme samt Toga wie Schwingen auseinander.

«Geschwätz», murmelt Benson.

Reneor schaut ihn missbilligend an.

90

«Ihr Tutor führt - zusammen mit der medizinischen Abteilung - eine individuelle Glücksbalance aus. Dann haben wir es geschafft!»

Skalzi hebt nochmals beide Arme und löst sich auf.

«Es tut anfangs ein bisschen weh», sagt Reneor. «Diese Schmerz-Prozedur ist nicht meine Erfindung. Es dauert nicht lange und Sie werden es überleben. Dann kommt das große Glück, ein kurzer Rausch. Darauf hin determinieren wir Ihr durchschnittliches Gefühlslevel.»

«Legen Sie endlich los.»

«Wir werden uns sicherlich nicht wiedersehen. Ich habe gern mit Ihnen gearbeitet. Adios.» Reneor tätschelt Bensons Hand und löst sich ebenfalls auf.

Ohne Überleitung beginnen die angekündigten Prozeduren. Unsäglicher Schmerz überflutet sein Empfinden. Feurige Ströme rinnen durch sein Gehirn. Phantomschmerzen pulsieren durch zerquetschte Glieder. Koliken quälen ihn, grelle Blitze zucken auf. Schrille Töne stechen in seine imaginären Ohren und Chilischärfe brennt auf seiner körperlosen Zunge. Eine KI durchspielt die Facetten seiner Sensorik. Er empfindet unsägliche Folter.

Übergangslos versiegen die Qualen, gefolgt von Leere und schwarzem Nichts. Und wieder ohne Überleitung durchtränkt ihn Wärme und überflutet ihn sanftes Licht. Wohlgerüche steigen auf und sphärische Harmonien erklingen. Das bekannte Quäntchen Glück steigert sich zum rauschhaften Sturm.

Dann herrscht Stille. Eine leise Frauenstimme sagt: «Wir beginnen mit minus null Komma neun, das Level für kritische Geister, mit Luft nach oben. Das wird ihn anspornen. Übertragt ihm noch die Hausordnung. Und die zehn Gebote der

GiTs. Lasst ihn später schlafen. Belohnt ihn nach dem Wecken mit einer pseudorealen Fischplatte.»

Kapitel 11

Gormosch Natano umklammerte das Lenkrad des Mondmobils. Sein Außenbordhelm, der vor seiner Brust baumelte, nahm ihm die Sicht auf die Instrumentenkonsole. Den leichten Innenbordrucksack hatte er auf der hinteren Sitzbank abgelegt. Er starrte auf den offenen, vorausfahrenden Rover. Die Frontscheibe des Mondtransporters war eingetrübt, beschlagen von seinem Atem. Rene Rohan, der neben ihm saß, richtete immer wieder das Enteisungsgebläse auf die Scheibe.

Sie fuhren über die öde daliegenden Start- und Landeflächen der Station Lunawater. Die Fähre, mit denen Rohan und die vier Alphaten vom lunaren Orbit herabgesunken waren, stand einsam über einem der Landekreuze. Linkerhand, am terrassenförmig ansteigenden Kraterrand, beleuchteten die Breitstrahler der Fahrzeuge Treibstofftanks, Rohrleitungen und Einheitscontainer.

Der mit vier Alphaten besetzte, vorausfahrende Rover hielt abrupt an. Fluchend bremste Natano seinen geräumigen Transporter ab. Eine massige Roboterdogge, die auf ihren gespreizten Extremitäten im mittleren Laderaum stand, gab knurrende Laute von sich. «Pollux still!», befahl Natano. Sie entfaltete aus den Körperseiten teleskopische Greifarme und zog diese wieder in ihre Halterungen zurück. Die Dogge beruhigte sich nur langsam.

Eine schwarzweiße Katze sprang mit einem Satz auf Natanos Schoß und schnurrte tief und weich.

«Shala, mein liebes Maskottchen.» Er nahm das künstliche Wesen und schob es zu Rohan hinüber.

93

Shala schnurrte unverdrossen weiter. Rohan ertastete unter dem imitierten Fell ihre metallischen Knochen. Mit einem Satz zur gepolsterten Decke des Busses und einer zielgenauen Landung auf einen der rückwärtigen Sitze befreite sich Shala aus der Umklammerung.

Natano lachte: «Das ist der Mondsprung. Bis zu sechsmal so hoch und sechsmal so weit.»

Musa und Alma schwangen sich aus dem offenen Rover. Vorn am Steuer hockte Liu Chen Lu, und neben ihr, aufrecht und mit einem Fuß auf der Fahrbahn, saß die alphatische Kämpferin Viola Chima. Auf den Überlebensrucksäcken prangten in fetten Lettern ihre Namen.

Die beiden jungen Alphaten hüpften bis zur mit Seilen abgesicherten Kraterabbruchkante. Die Muldenschaufel eines Schrägaufzugs hing leer in den Zugseilen über dem steilen Hang. Gebündelte Rohre verschwanden in der Tiefe des Kraters. Unten lagerte das kostbare Gemisch aus Wassereis und Regolith.

«Wir nennen den Minikrater den Goldenen Trog des Kanjo, damit hat der Chef von Lunawater seine Knete gemacht», erklärte Natano.

«Passt auf! Da geht es dreihundert Meter abwärts!», schrie Natano ins Mikro. «Ihr Frischlinge!»

Musa streckte zustimmend einen Arm nach oben. Dann beugte er sich trotzdem über die Kraterkante.

Alma nahm Proben des geförderten Materials, das sich meterhoch neben der Schaufel des Schräglifts auftürmte.

«In der Schwärze der Schatten ist da unten nichts zu sehen», rief Natano, «weder Abbaugeräte noch Zerkleinerer. Auch nicht die Tanks mit flüssigem Wasserstoff.»

94

Chima untersuchte inzwischen die Fahrbahn. Sie klopfte mit einem Langstielhammer auf die Bahnbegrenzung. Einen abgesplitterten Brocken steckte sie sich in eine Beintasche.

«Das ist lasergesintertes Regolith, da staubt nichts mehr. Das Sintern war nicht billig, hat sich aber bewährt. Würde etwas kosten, falls es zum Verkauf käme», schrie Natano ins Mikro. Er schob sich einen Energieriegel in den Mund, kaute schmatzend und wischte sich die Krümel aus dem ungepflegten Bart. Er schwitzte und stank nach Knoblauch.

«Eine Oma, zwei Kindergartenwänster und ein alphatisches Sondermodell haben sie uns geschickt», sagte Natano nach längerem Schweigen.

«Die Oma ist das gewählte Oberhaupt der Alphaten», entgegnete Rohan.

«Ja, ja, sie stammt aus der ersten Generation der Alphaten, königliches Geschlecht.»

«Und die sogenannten Kinder wollen einmal hier leben! Und sie sind im Geiste ihrer Entwicklung achtzehn Jahre alt!»

«In Wirklichkeit sind es nur zwölf», parierte Natano. «Zwölf Erdenjahre haben sie gelebt, mehr waren es nicht. Diese beschleunigten Phasen ihrer Entwicklung, das zählt für mich nicht. Künstlich schneller gereift! Das sind doch keine Bananen!»

«Wir sollten ihnen mit Respekt begegnen.»

«Oh, ein proalphatischer Denker in antialphatischer Mission. Professor Kixstone hat Sie mir anders vorgestellt.»

«Was haben Sie denn mit Kixstone am Hut?»

«Er erkundigt sich gelegentlich, was hier abgeht.»

«Und? Was geht hier ab?»

«Exkursionen. Preise. Was noch funktioniert.»

95

«Sie sind der Hausmeister hier und wissen, was noch funktioniert?», fragte Rohan spöttisch.

«Hausmeister? So kann man es auch nennen!», brauste Natano auf. Sein aufgedunsenes Gesicht verfärbte sich. «Zur Blütezeit des Lunawater-Konzerns robotete ich hier als leitender Ingenieur! Ich überwachte den Wasserabbau, kümmerte mich um das Wohl der Besatzung. Die beiden Kraftwerke, eines läuft ständig auf Minimum, müssen betreut werden. Kommt Besuch, richte ich die Unterkünfte für die Gäste und fahre die Gemüseerzeugung hoch. Gegenwärtig drehe ich meine Wächterrunden, begleitet von Shala und Pollux. In drei Wochen werde ich abgelöst. Auf geht es dann in den Krater Tycho, nach Moon Village 2.»

«Und wer bezahlt Sie?»

«Eine Sicherheitsfirma, im Auftrag von Lunawater.»

«Ein Glück, dass hier keine Räuber herumlaufen!»

Natano schwieg.

«Ich kann Natano nicht vertrauen», stellte Rohan resigniert fest. «Und Kixstone spioniert mir nach.»

Liu gab das Zeichen zum Aufbruch. Nur einmal noch stoppte Natano die Exkursion über das trostlose Stück Mondland, das die Alphaten unbedingt besitzen wollten. Natano zeigte auf einen fernen Lichtstreif hoch oben in den Gipfeln der Kraterwände. «Berge des ewigen Lichts», flüsterte er in das Mikro.

Sie erreichten den ausgeleuchteten Vorplatz der eigentlichen Stationsanlage. Auf der eingeebneten Fläche standen zwei Schreittransporter herum. Da dürften zehn Kubikmeter Material hineinpassen, schätzte Rohan.

Musa und Alma sprangen aus dem Rover. Sie öffneten das Cockpit eines der sechsbeinigen Ungeheuer und quetschten

96

sich hinein. Musa startete den Schreiter. Doch Chima zog sie beide wieder heraus.

«Früher transportierten diese Kletterfahrzeuge das aufbereitete Wassereis nach Moon Village 2. Sie zuckelten ewig über eine markierte Trasse bis zu den Behausungen der Mondkolonisten. Zeit spielte keine Rolle», erklärte Natano.

«Sie fuhren doch nicht etwa bemannt?»

«Üblicherweise unbemannt. Die Kanzel ist mit Atemluft nur für kurze Wege auf dem Gelände der Außenanlage ausgelegt.»

Natano steuerte den Mondbus in eine offene Box der sternförmigen Schleuse. Nach dem Druckausgleich sprang Pollux aus dem Bus, gefolgt von Shala. Sie kannten die Prozedur der Heimkehr. Natano eilte grußlos zur Nachbarschleuse, um den Alphaten beim Säubern ihrer Außenanzüge zu helfen.

«Er ist mir nicht gewogen», spürte Rohan. «Natano tauscht sich mit Kixstone aus. Er kennt also den Vorsatz der HAO und die mir zugedachte Rolle des Bösewichts. Und die Alphaten? Ich bewundere, mit welcher inbrünstigen Ausdauer die Alphaten um ihr Alphalion kämpfen.»

Kapitel 12

Die Luft war dünn, vergleichbar der Atmosphäre auf dem Zugspitzniveau. Rohan nahm eine Vitabar-Tablette gegen den Sauerstoffmangel und den Kopfschmerz.

«Die Unterkünfte sind mit der mittleren Kernhöhle verbunden, die Schleusen sind offen, das ist praktisch, aber die Atemluft sickert weg, wie durch einen porösen Schlauch. Wir haben lange Zeit das Höhlensystem nicht abgedichtet.» Das alles hatte der Hausmeister ihnen so erklärt.

Rohan beobachtete durch das Bullauge seiner Kabine die vier Alphaten, die in der hohen Lavahöhlenkammer sich an einem ehemaligen Wasserabscheider zu schaffen machten. Die Helme hatten sie abgelegt, der Hauptabschnitt war reichlich mit Atemluft geflutet.

Seine Besucherkabine war klein und bescheiden eingerichtet. Er wohnte allein und er hatte Sicht auf das Innere des Höhlensystems. Und seine Wohneinheit lag gleich neben der Zentrale der Alphalion-Station.

Ein kratzendes Geräusch an der Verbindungstür störte Rohan beim Verfassen seines Berichts an Kixstone. Shala stand vor der Tür. Er ließ sie herein. Die Katze sprang auf seinen Arbeitstisch. «Hör zu, Rene», sprach Shala leise, «hier spricht Benson, Jan Benson. Ich habe Shala klammheimlich okkupiert. Über eine Minidrohne in Kixstones Fitnessraum habe ich teilweise Zugriff auf seinen Audioverkehr.» Ein wieherndes Lachen unterbrach seine Rede. «Skalzi ist mein Boss. Ein GiT, genauer der oberste GiT im Dienst der Alphaten. Skalzi erlaubt mir, mit dir zu sprechen. Ich bin immer bei dir, solange Shala

98

bei dir ist. Ich bin dein offizieller Freund und dein echter Freund. Klingt blöd, ich weiß. Also: Natano spioniert dich aus. Und Kixstone wird ungeduldig. Du musst ihm liefern. Ansonsten ruft er dich zurück. Behalte diese Botschaft geheim. Ich, also die Katze, ich bin im Moment ein Doppelspion. Deshalb schweige jetzt. Du kannst mir auf diesem Weg noch nicht antworten. Und Vorsicht, Natanos Katze nimmt deine Gespräche auf! Diese Funktion habe ich für die Zeit dieser Message gesperrt. Bis später. Ende.»

Shala benahm sich wieder wie das Maskottchen, das er kannte, schnurrte und strich um seine Beine. Rohan scheuchte sie zurück ins Nachbarzimmer.

«Was für eine Überraschung», dachte Rohan. «Dazu ein Lebenszeichen von Benson. Er hat also die Prozeduren des Hirnens überstanden. Er lebt, wenn man das so sagen kann. Doch warum kontaktiert er mich auf so obskure Art und Weise? Sofern Bensons Auftreten nicht eine Falle ist, gelegt von Kixstone. Und Skalzi, was hat der mit mir zu tun? Skalzi, einer der Väter der Alphaten. Der Boss der eingelagerten Gehirne. Mich beschützen? Mich warnen vor Kixstone? Wo ich doch angereist bin, im Sinne von Kixstone den Alphaten eins reinzuwürgen.»

Rohan blickte durch das Bullauge seiner Kabine in die Höhle. Die vier Alphaten untersuchten noch immer die Kühlfalle eines stillgelegten Wasserabscheiders. Stillgelegt, weil nichts mehr zu gewinnen war. Die bis zu einem Meter dicken Wasserablagerungen an den Kraterwänden, verdampft mittels Mikrowellenkanonen, waren längst an den kühlen Flächen der Kühlfalle kondensiert und verarbeitet.

Liu muss ihn erkannt haben. Sie winkte ihm zu. «Sie lädt mich zum Kommen ein. Ich werde mit ihr ein Wörtchen reden.

Doch warum mischt sich Skalzi ein? Das muss Liu mir beantworten.»

Kapitel 13

Sie empfingen Rohan ausgesprochen kühl.

Alma senkte den Blick und erhob ihn wieder. Sie wirkte fröhlich und schamhaft. Sie hatte ihren Kommunikatorschirm über das Stirnband geschoben. Rohan betrachtete ihre hellen, weit auseinanderliegenden Augen, ihr fülliges Haar, das gewellt über die Schultern fiel. Sie fasste sich verlegen an den dicken Halsansatz, wo viele Stränge der Gehirn-Computer-Schnittstellen verliefen. Dann schenkte sie Rohan ein schnippisches Lächeln. Musa räusperte sich. Rohan hatte zu lange auf ihr reizendes Gesicht geschaut.

«Von wegen rätselhafte Wesen», dachte Rohan. «Es sind dieselben Reize der Weiblichkeit, dieselben nonverbalen Signale wie bei den Menschen.»

Während seiner Studentenzeit sprachen sie gern über die sinnlichen Reize der Alphaten. Sie kauten das Thema ausgiebig durch und kamen dann immer wieder auf die Gendifferenzen Mensch zu Affe zu sprechen, auf das Genverhältnis Mensch zu Neandertaler und Mensch zu Alphate.

Doch so trivial war es nicht. Neben Genmanipulationen und Genauswahl praktizierten die Schöpfer der Alphaten wesentliche Prozeduren in der künstlichen Gebärmutter. Nanoautomaten, beladen mit Wachstumshormonen und magnetisch gezogen entlang ausgewiesener Hirnareale schufen neue Nervenstränge, die zu den eingebrachten Ein- und Auskopplern führten. So erzeugten sie auch die Ypsilon-Nervenbahnverzweigungen, die die sogenannte Brücke zwischen rechtem und linkem Hirn und andere Areale anzapften. Was letztlich das geordnete, freundliche Eindringen in andere alphatische Gehirne und das Zusammenschalten von Denkprozessen ermöglichte. Der natürliche Umbau des Gehirns während der Pubertätsphase wurde gestoppt und die kindliche Allround-Genialität verfestigt. Das alles und noch mehr vollbrachten die Alphaten mit ihren neuronalen Techniken, die zum Teil auch Eingang in die GiT-Technologien fanden.

Und dann war es da, das Kapitel Liebe. Trotz der ebenfalls eingearbeiteten Unfruchtbarkeit bei einer Vereinigung mit gewöhnlichen Menschen gab es immer wieder Affären, die zu nichts führten und meist in verstörender Leere endeten. Und nach dem fünften Bier waren es genau diese amourösen Abenteuer, die ausführlich preisgegeben wurden und die die angeheiterten Zuhörer begierig aufsaugten.

Kapitel 14

Liu zeigte in Richtung Unterkünfte. Hinter dem Bullauge der Zentrale war Natano zu erkennen, mit einem Feldstecher vor den Augen. Sie hüpften in den Sichtschatten der stillgelegten Wasserkühlfalle.

«Da wäre etwas zwischen uns zu klären», sagte Liu. «Ich möchte mich bei Ihnen entschuldigen.»

Rohan schaute ungläubig in ihr verhärmtes Gesicht.

«Es geht um eine Zeit, an die Sie sich ungern erinnern werden. Damals an der Hochschule, Ihre missglückte Promotion, Ihre Schlägerei mit dem alphatischen Gegenkandidaten, der Ihnen die Ergebnisse Ihrer jahrelangen Arbeit vorweggenommen hat.»

«Xillus war der Name des Diebes!», sagte Rohan. Er schickte sich an, davon zu hüpfen, doch Liu hielt ihn fest am Arm zurück.

«Der Eklat damals war gewollt, von uns geplant. Sie waren ein Zufallsopfer. Wir suchten einen Grund, uns von den Universitäten zurückzuziehen. Es machte keinen Sinn mehr. Wir waren ihnen haushoch überlegen, doch einflussreiche Organisationen verhinderten, dass wir uns frei entfalten konnten. Die Zusammenarbeit, einst gepriesen, sie brachte nur Ärger. So beschlossen wir, uns von euch abzuwenden. Nochmals bitte ich Sie, verzeihen Sie uns.»

«Nun, ihr Plan ist aufgegangen. Und meine Karriere haben sie zerstört», murmelte er und ließ sich auf einem Lavablock nieder.

103

«Wir sorgten dafür, dass Sie bei der HAO unterkamen, auch wenn Sie das nicht trösten wird.»

Liu überließ Rohan seinen Gedanken. Er war ein Zufallsopfer, ein Spielball der Mächte. Unfreiwillig kamen ihm die Erinnerungen wieder hoch. Die alphatischen Studenten im Hörsaal hocken in der ersten Reihe zusammen. Sie sitzen vor ihm, er schaut auf ihre grauen Kapuzen. Sie schreiben nichts mit. Sie wissen schon alles. Sie unterhalten sich nicht, ihre Gehirne sind miteinander verbunden. Dem Dozenten stellen sie Scheinfragen, treiben ihn in die Enge. Die Seminarleiter machen sie *so* lächerlich, dass sie sich weigern, weiterhin zu unterrichten. Arroganz auf ganzer Linie. Die Studenten wandten sich von den Alphaten ab. Wir begannen sie zu hassen. «Integration von Flüssigbatterien in tragende Strukturen von Fahrzeugen», das war mein Thema. Doch der alphatische Doktorand Xillus kommt mir zuvor. Gemeiner noch, er präsentiert sein Patent mit dem gleichen Titel, und das ausgerechnet während der Verteidigung meiner Doktorarbeit.

Rohan verbarg sein Gesicht in den Händen.

«Wir hatten Sie zutreffend eingeschätzt», sagte Liu leise. «Sie, ein jähzorniger, durchtrainierter junger Mann, Sie verprügelten Xillus. Dass Sie Xillus zum Krüppel schlagen würden, das war allerdings nicht eingeplant.»

«Liu, warum erzählen Sie mir das nach so langer Zeit? Ich habe dafür bezahlt: Titel dahin, Karriere auf null gestellt.»

«Heute stehen wir vor einer ähnlichen Situation», sagte Liu. «Die HAO bekämpft uns. Eine Organisation, eigentlich gegründet zum gegenseitigen Nutzen, zur aufrichtigen Zusammenarbeit. Wir stellen uns zum ersten Mal entschieden gegen die Organisation. Und Sie können uns dabei helfen.»

104

«Und, bin ich wieder ein Zufallsopfer?», fragte er spöttisch.

«Zufall ist nur, dass Sie wiederum eine - gewisse – Rolle spielen. Doch beruhigen Sie sich, nichts wird Ihnen passieren, wenn Sie ...» Liu legte ihre knochige Hand auf Rohans Brust.

Rohan nahm ihre Hand und schob sie weg. «Rücken Sie endlich heraus, was wollen Sie von mir? Das Veto der HAO wird kommen. Das ist mein Auftrag, das durchzusetzen. Und dann? Sie können nichts dagegen tun! Sie ziehen sich schmollend und kleinlaut wieder auf Polarisalpha zurück.»

«Wir akzeptieren ein Veto nicht.»

«Die HAO wird sich durchsetzen, würde sie bestrafen.»

«Wir würden die Organisation verlassen.»

«Das wagen sie nicht.»

«Wir würden die Lavahöhlen okkupieren und die Firma großzügig entschädigen. Lunawater kann nichts Besseres passieren.»

Rohan sah Liu ungläubig an. «Ein immenser Schaden für sie und die weitere Zusammenarbeit mit der HAO.»

«Es würde die HAO stärker treffen», fuhr Liu fort. «Nehmen Sie nur unser gemeinsames Saharaprojekt. Zigmilliarden hätte die HAO sprichwörtlich in den Sand gesetzt. Und dann, bedenken Sie: Wenn wir das Veto nicht akzeptieren, wären Sie auch weg vom Fenster. Kixstone würde Sie abservieren.»

«Wenn ich meinen Auftrag nicht erfülle, wird er mir mit Sicherheit den Stuhl vor die Tür setzen.»

«Nein!», rief Liu.

«Wie das?», fragte Rohan verblüfft.

«Sollten Sie dem Verkauf der Station Lunawater an uns zustimmen, befördern wir Sie zum Botschafter der Alphaten. Kixstone wird das zähneknirschend zur Kenntnis nehmen. Ein

105

Platz neben Professor Kixstone, unkündbar, Sie erhalten endlich eine Laufbahn, die Ihnen zusteht.»

«Sie wollen mich mit einem Titel kaufen?»

«Sie sind Ingenieur, ein Pragmatiker, kein Politiker. Ein solcher Schritt aus innerer Überzeugung dürfte Ihnen nicht schwerfallen.» Liu überreichte ihm eine Schriftrolle. «Das Gespräch sollte unter uns bleiben. Kixstone würde Sie sonst schon vorher abservieren.»

Rohan überflog das kurze Berufungsschreiben. «Wir danken für herausragende Verdienste ..., ein grünes Alpha-Sigel, Lius Unterschrift.»

«Sie haben nur wenig Zeit, sich zu entscheiden. Wägen Sie sorgfältig ab, aber rasch. Zerstören Sie das Schreiben, falls Sie sich es anders überlegen.»

Natano hüpfte in langen Sätzen herbei, begleitet vom bulligen Pollux.

«Die Gäste sind da!», rief er ihnen zu.

Sie beendeten ihr Gespräch.

Kapitel 15

Alle Niederlassungen einbezogen, lebten auf dem Mond ständig knapp eintausend Menschen und an die fünfzig Alphaten. Mondlander verbanden diese Ansiedlungen miteinander. Der prächtigste dieser Transporter war das Flaggschiff der Seleniten, die Sirius.

Sie war auf dem Gelände von Lunawater gelandet und hatte an einer der Kraterschleusen angedockt. Die Schildkröte, wie der Lander liebevoll genannt wurde, brachte Erdbeeren, Salate, gigantische Hühnereier und Ersatzteile für die Station mit.

Sena Lunic, die Frau im Mond, die gewählte Präsidentin der Seleniten, lud im Kuppelsaal des Ferntransporters zum Empfang. Ein silbriger Umhang verhüllte ihre zierliche Gestalt. Ein reichverzierter silberner Helm, der mit den Ohren abschloß, schützte sie gegen ungewollte Karambolagen mit Wänden und Decken. Ein Adjutant bot Getränke an.

Kanja Kano und Liu Chen Lu plauderten miteinander. Er war lässig gekleidet und nuckelte gelegentlich an seiner Bierflasche. Ein fülliger, glatzköpfiger Inder mit graumeliertem Schnurrbart. «Das also ist der reichste Mann auf dem Mond und der Chef von Lunawater», dachte Rohan.

Rohan näherte sich den beiden. Kano war ein glänzender Unterhalter. Er lachte häufig und redete mit Vergnügen über seinen Reichtum. «Ich war nicht so genial wie einige meiner Kommilitonen, die es zu Professuren an Eliteuniversitäten brachten», sagte er bescheiden. «Doch was die Moneten angeht, da steche ich sie alle aus.»

Rohans Frage, zu welchen Preis er Lunawater verkaufen würde, wich er aus: «Zu einem selenitischen Dollar», sagte er scherzhaft.

Liu ließ beide allein.

Kano zeigte ihm in einer virtuellen Volumendarstellung ein Modell eines Raumschiffs: Eine schlanke, zerbrechlich wirkende Gitterkonstruktion mit kugelförmigen Einheiten an der Spitze, zahlreichen Zylindertanks und vier Triebwerkseinheiten am Heck. «Eine Konstruktion der Alphaten, aber wir haben die Rakete gebaut, mein Bruder Jagan mit seiner Firma und Lunawater.»

«Schon wieder ein Projekt der Alphaten, das geht ja Schlag auf Schlag. Und, wohin wird die Reise gehen?», fragte Rohan.

Kano schmunzelte. «Zum äußeren Sonnensystem», gab er zögernd von sich.

«Reden sie schon ...»

«Eine Mission bis zu den Eismonden des Jupiters und des Saturns. Fragen Sie Liu.»

«Eine bemannte Mission?»

«Eher unbemannt. Zum automatischen Abwerfen einer Station. Aber bei den Alphaten weiß man ja nie, was sie vorhaben. Sie ändern schnell ihre Pläne. Es wäre auch nur das Ring-Wohnmodul hinzuzufügen, wenn da einige mitfliegen wollen.»

«Und ein Gemüsegarten und Atemluft und ein Kommandomodul und noch mehr ...»

Kano blickte Rohan aufmerksam an. «Das sind Einheiten, die haben wir auf Lager. Module, wie wir sie auf Marsflügen einsetzen.»

108

«Die Frau im Mond wäre jetzt frei», sagte der Inder und gab ihr ein Zeichen.

«Ich werde herumgereicht», dachte Rohan. Er schaute zufällig durch das aufgeklarte Seitenfenster des Transporters. Auf dem beleuchteten Vorplatz sprang Shala durch sein Blickfeld. Sicher trug sie eine geheime Nachricht von Jan Benson mit sich herum.

Sena Lunic schwebte heran, mit in den Teppichplüsch einstechenden Stiletto-Absätzen bremste sie ab und ihre nach hinten geneigte Gestalt richtete sich elegant auf. Ein zartes Gesicht in einem schlanken Körper. Sie hatte bei der Miss-Mond-Wahl gesiegt. Später erkämpfte sie sich den lunaren Präsidentenposten.

«Seit Jahren schrumpft unsere Community», legte sie los. «Die Menschen auf der Erde vergessen uns. Sie haben Sorgen mit den ansteigenden Wassermassen der Ozeane und wenig Pulver. Es war ein Fehler, einen Großteil der Alphaten aus unseren lunaren Dörfern wegzumobben. Sie schwimmen im Geld und in Eingebungen. Machen wir es wieder gut! Holen wir sie wieder zurück und mit ins Boot!»

Sie gab dem Adjutanten ein Zeichen. «Zudem bin ich der Meinung, dass die HAO bei uns auf dem Mond kein Mitspracherecht besitzt. Wir haben unsere eigene Verfassung! Wir sind unabhängig! Und das möchten wir auch zeigen! Sie wissen schon, es geht um diesen Vertrag mit den Alphaten, um den Kauf von Lunawater. Sie sind ja in alles bestens eingeweiht. «

Der Adjutant brachte ein Tablett mit vier Mappen.

«Die Getränkekarten?», fragte Rohan.

Er klappte eine Karte auf. Es waren die Kaufverträge, dreifach unterschrieben, nur seine Signatur fehlte.

109

War es aus einem Impuls heraus oder war es das Ergebnis seiner Grübeleien, waren es die Gespräche mit den Alphaten oder Jan Bensons Äußerungen: Er unterzeichnete. Lächelnd hielt er die erste Mappe hoch.

Die leise Hintergrundmusik, eine simple Abfolge von Akkorden, verstummte. Fanfarensound ertönte. Senta Lunic lachte triumphierend aus vollem Hals.

Liu hob erleichtert ihr Glas. «Danke lieber Rene, dass Sie kein Veto eingelegt haben.»

Sie überreichte Rohan das Verdienstkreuz der Alphaten. «Ich ernenne Sie weiterhin zum Botschafter der Alphaten bei der HAO», fuhr sie fort. «Zu *unserem* Botschafter!»

Sie hatte Wort gehalten.

«Senden Sie die Kopie eines unterschriebenen Vertrags zum Hauptsitz der HAO nach München!», sagte Rohan zum Adjutanten mit den Mondsicheln auf den Kragenspiegeln. «Senden Sie es an Kixstone persönlich. Sagen Sie ihm, dass es kein Veto der HAO zum Erwerb von Lunawater gibt! Rohan hätte es verfügt. Und berichten Sie ihm von meiner Ernennung zum Botschafter der Alphaten.»

Die Feierlichkeiten im Kuppelraum der Schildkröte nahmen ihren Lauf.

Kapitel 16

Kixstones Antwort ließ nicht auf sich warten. Er feuerte Rohan mit sofortiger Wirkung. Doch die Amtsenthebung kam zu spät. Der Kauf der Lunawater-Station mit ihrem Inventar und den beiden Kraftwerken war gültig.

Rohan und die Alphaten feierten im Kommandoraum der Station den Sieg über die HAO mit einem Freudenmahl. «Gallus gallus lunensis, wir danken euch», sagte Musa und köpfte eines der gekochten lunaren Rieseneier. Kanjo Kano und Sena Lunic waren abgeflogen. Sie ließen der Belegschaft reichlich Vorräte zurück. Auch vom säuerlichen Mondwein mit seiner geringen Geschmacksdichte hatten die Seleniten ihnen reichlich zurückgelassen.

Rohan war jetzt einer von ihnen. Ein Mensch und vier Alphaten saßen zusammen. Die Alphaten hatten ihm zuliebe auf die sonst übliche direkte innere Kommunikation verzichtet, indes beteiligte er sich kaum an ihren Gesprächen. Alma in ihrer Naivität versuchte ihn aufzumuntern. Doch seine Entscheidung, gegen Kixstone zu stimmen, lastete schwer auf ihm. «Ich habe mich kaufen lassen», warf er sich vor.

«Es war nicht rechtens, den Alphaten die Station zu verwehren», sagte Rohan.

«Kixstone wird mit uns weiter zusammenarbeiten», erwiderte Chima, «trotz dieser Schlappe. Und auch mit Ihnen wird er kooperieren, Herr Rohan! Er ist ein Profi!»

«Und was ist mit Natano?», fragte Alma. «Er kennt sich hier aus.»

«Er mag nicht», entgegnete Liu.

«Seinen Part übernehme ich, der Stationsplan ist längst hier oben drin.» Musa klopfte sich mit dem Zeigefinger an seine Stirn.

«Also fangen wir an!», rief Alma. «Schickt uns die restlichen Kadetten, her mit der Verstärkung aus Polarisalpha!»

«Apropos Natano. Seine Roboterkatze springt draußen in der Höhle herum», rief Chima.

«Lasst diesen drolligen Spion herein», sagte Rohan. «Wir haben nichts mehr zu verbergen.»

«Oh ja.» Alma hatte dieses verspielte Biest ebenfalls in ihr Herz geschlossen.

«Die Katze Shala – ich würde sie gern adoptieren», rief Rohan.

«Genehmigt», sagte Liu. «Gehört ja zum Inventar der Station.»

Musa warf immer wieder einen Blick auf die Kontrollschirme. «Natano hat den Krater verlassen», rief er unvermittelt. «Er ist vor wenigen Minuten gestartet. Mit unserem Lander, mit dem einzigen Transporter vor Ort.»

«Und ohne sich zu verabschieden?», rief Musa empört.

«Außerdem: Die Sensoren zeigen erhöhten Wasserstoff in der Atemluft an.»

«Warum gibt es dann keinen Alarm?», fragte Rohan.

Alle schauten auf Chima. Sie sprang auf, außer sich vor Wut. «Packt eure Sicherheitsausrüstung. Wir verschwinden von hier. Keine Nachfragen jetzt. In das Höhlensystem strömt Wasserstoff ein. Wir haben die Wasserelektrolyse gegen den Rat von Natano selbst aktiviert! Wir wollten die Anlage überprüfen! Da bildet sich Knallgas! Irgendwann einmal geht das hoch, wenn wir nichts tun. Vielleicht war es ein Defekt in den Metallhydridspeichern oder ein Rohrbruch zu den Treibstoff-

112

kavernen oder ein defektes Ventil. Wir haben keine Zeit zu verlieren. Vielleicht ist Natano deshalb geflohen.»

«Geflohen?», fragte Rohan, «der Hausmeister? Der Sicherheitschef?»

«Ob Zufall, technisches Versagen oder Sabotage», fuhr Chima fort, «Egal. Legt eure Außenanzüge an. Hopp hopp, auch Rohan. Sobald ihr draußen seid, öffne ich alle Schleusen. Luft samt Wasserstoff werden nach draußen entweichen. Alles klar? Ihr nehmt euch einen der Schreittransporter. Steigt in die Kabine. Das wird euer notdürftiger Aufenthalt sein. Den Schreiter parkt ihr 300 Meter abseits auf der Auffahrt, nicht in Sichtweite der Schleusen und der Höhlenanlagen. Nehmt aus dem Hangar Atemgasflaschen mit, soviel ihr findet, soviel ihr tragen könnt! Los gehts!»

Chima überwachte ihre Anweisungen. Sie schlüpfte ebenfalls in einen Außenanzug, schob alle in die Schleusenkammer und weiter nach draußen.

«Ich gehe wieder hinein, suche das Wasserstoffleck. Musa, wir verbinden uns jetzt, gib mir die Knallgaskurven aus deinem Wissensspeicher.»

Im Cockpit des Schreiters verfolgten die drei den Weg Chimas durch den Kontrollraum. Die wackligen Bilder ihrer Stirnkamera verharrten einen Moment auf der Anzeige des Kabinendrucks. «Immer noch null Komma sechs Bar», rief Chima enttäuscht. «Fünfzigtausend Kubikmeter Luft, das dauert.» Pfeifend strömte die Luft durch den Raum, Reste ihres Festschmauses wurden vom Tisch gefegt. Sie schaltete sämtliche Aggregate aus. «Zuerst die Wasserelektrolyse», murmelte sie. «Beleuchtung und Heizungen aus – Station auf null», rief sie erleichtert. «Fangen wir eben wieder von vorn an.»

Die drei Alphaten im Cockpit des Schreiters klatschten Beifall.

«Vielleicht geht noch alles gut», wimmerte Alma.

Chima kämpfte sich gegen den Luftstrom in die dunkle Höhle vor. Im Lichtkegel ihrer Taschenlampe bewegten sich ziellos einige Serviceroboter.

«Sollte etwas passieren, versucht es bis zum Landeplatz, fordert einen Lander an, wenn das nicht klappt, nehmt die historische Wasserroute der Schreiter. In hundertfünfzig Kilometern Entfernung liegt der erste Rastplatz.»

Musa bestätigte lautlos über den inneren Kommunikationskanal.

Chima erreichte endlich die Quelle des Übels. Ihr bot sich ein Schlachtfeld. Pollux lag reglos zwischen Servicerobotern. Seine teleskopischen Greifer umklammerten ein abgerissenes Ventil. Seine Schenkelboxen, da wo sonst die Metallhydridspeicher für seinen Brennstoffzellenantrieb lagerten, waren geöffnet und leer.

Ebenfalls geleert war die Boxenwand mit den regenerierten Austauschspeichern. Die Klapptüren waren aufgebrochen, die Kästen geplündert. Beim Kampf um die gefüllten Energiespeicher hatte Pollux gegen die Unzahl der hungrigen Roboter den kürzeren gezogen.

Chima suchte ein rückwärtiges Ventil in der Wasserstoffableitung der Hydrolyseeinheit und schloss das Leck.

«Chima, es reicht, komm zurück!», befahl Liu. «Wir räumen später auf. Wenn die ersten Kadetten von Polarisalpha hier eingetroffen sind, schaffen wir Ordnung.»

Endlich meldete sich Sena Lunic: «Wir schicken euch einen Lander. Tut uns leid, was passiert ist. Bis alles geklärt ist,

114

setzen wir Natano fest. Stellt euch vor, er war dabei, einen Urlaub auf der Erde anzutreten!»

«Kommt er in den Knast auf dem Mond?», rief Alma belustigt.

Kapitel 17

Jan Benson – oder besser sein in eine virtuelle Umgebung transformiertes Bewusstseins-Ich – wartete auf eine Audienz. Skalzi hatte ihn dazu aufgefordert. Der Schirmherr der Gehirne-im-Tank wünschte, ihn zu sprechen. In Gedanken versunken wanderte Bensons Avatar durch die fiktionale Kulisse des Warteraums. Was die KI ihm anbot, waren verschlungene Pfade, ein murmelnder Bach und eine duftende Blumenwiese. Aus einer Baumgruppe drang Vogelgezwitscher. Benson beugte sich über die glänzende Fläche eines Brunnens, aber der Spiegel der Wasseroberfläche warf sein Ebenbild nicht zurück. Gelassen betrachtete er die Landschaft, ein paradiesisches Konstrukt, das sich jederzeit in etwas anderes verwandeln könnte. Er durchstreifte offenbar die offizielle Audienzkulisse Skalzis, vielleicht war es aber nur eine zufällig komponierte Szenerie.

Aus dem Nichts heraus trat ihm Skalzis Avatar entgegen. Wieder erschien er im jesushaften Outfit, gestützt auf einen Wanderstab. Sein glänzend schwarzes Haar wallte ihm über die Schultern. Er trug ein schlichtes, weißes Gewand, das bis zu den Sandalen reichte.

«Sie haben sich da - kaum bei uns angekommen – in eine zentrale Stellung katapultiert.» Er sprach leise und starrte über Benson hinweg.

Benson zuckte fragend mit den Schultern.

«Ihr Kontakt zu unserem Erbfeind Professor Kixstone, Ihre Freundschaft zu Rene Rohan, Ihr wohlwollender Umgang mit

116

unseren Alphaten: Das hat mir gefallen. Wir sollten weiter zusammenwirken.»

«Es hatte sich so ergeben», antwortete Benson.

«Die Computerkatze Shala zu okkupieren und sich an Rohan heranzuschleichen, das war genial!»

«Rene Rohan ist mein Freund. Er war in Gefahr. Ihn zu beschützen, das hat mir Spaß gemacht. Und Kixstones schmierigen Gehilfen Natano zu bespitzeln, das hat mir noch mehr gefallen.»

«Nun, Ehrenmedaillen verteilen wir nicht.»

«Wie schade, also bekomme ich keinen Orden an meine GiT-Kiste geheftet.»

Skalzi ignorierte Bensons spöttische Bemerkung. «Es gibt bei uns Hierarchien. Sie stehen erst am Beginn einer Laufbahn. Die Kontakte zu Freunden und Feinden in der Außenwelt werden meist algorithmisch bestimmt. In Ihrem Fall haben jedoch höhere Ränge eingewirkt. Das traf ebenso auf Ihren Zugriff auf geheime Daten zu. In Ihrer endlosen Zeit im Tank werden Sie sich in der Welt, sei es innen oder außen, frei bewegen wollen.»

«Was meinen Sie mit höheren Rängen. Sind das Dienstgrade? War mein Tutor Reneor ein höherer Dienstgrad?»

Skalzi wich aus. «Wenn Sie Ergebnisse bringen, erweitern wir Ihre Entscheidungsräume, verbessern wir Ihre Zugänge zu Ressourcen und Daten.»

«Sie meinen, erst dienen, später darf ich hoffen? Erst die Pflicht, dann die Kür?»

«Sie haben rasch verstanden.»

«Wo befindet sich mein Tank?», erkundigte sich Benson unvermittelt. «Spitzel leben gefährlich.»

117

«Im Zentrallager, auf Isla Alphatica. Ein geschützter Ort. Sie werden bestens versorgt und medizinisch betreut.»

«Mir fehlt das Gefühl für Heimat», jammerte Benson. Und er wunderte sich, dass er Skalzi gegenüber soviel Schwäche zeigte, anstatt den Helden herauszukehren.

«Ihre Tochter lebt in Australien, besitzt eine Ranch, liebt Pferde, Sie könnten sich in Ihrer Freizeit um sie kümmern. Nisten Sie sich dort ein, Sie könnten ein Computerpferd bekommen, infiltrieren Sie ihre Herde.»

«Mich kümmern, das hätte ich in meinem ersten Leben tun sollen. Das ist jetzt vorbei. Sie ist eigensinnig und nimmt von mir keine Hilfe an. Und ihre Mutter verachtet sie ebenfalls.»

«Geben Sie die Hoffnung nicht auf. Ihre neue Existenz wird Ihre Tochter nachdenklich machen, wird ihr Mitgefühl erwecken.»

«Wie schaue ich aus?», fragte Benson nach längerem Schweigen. «Zeigen Sie mir ein Bild von meinem Dasein im Tank?»

«Sie sehen aus, wie alle GiTs: unansehnlich. Die graue Masse ist eingehüllt in sensorische Netze mit den Schnittstellen zur Außenwelt. Hinzu kommen Schläuche, Kabel, Lichtwellenleiter, metallische Stützschalen. Dazwischen zirkuliert Flüssigkeit. Keiner der Probanden schaut sich das gern an.»

«Und Sie? Worin unterscheiden Sie sich von den gewöhnlichen Gehirnen?»

«Sie meinen die goldenen Schalen für meine graue Masse. Der ‹Goldene Kopf›, so werde ich doch genannt. Der Titel ehrt mich. Und Sie haben sicherlich die Berichte über die Zufuhr von Ingredienzien der Langlebigkeit im Sinn. Wofür einige Menschen eine Menge Geld ausgeben. Es gibt sie, diese oberflächlichen Beschreibungen. Und weiterhin gönne ich mir die

118

neuesten Brain-Schnittstellen. Der Chef der Gehirne-im-Tank sollte die ihm gegebene Macht zu seinen Gunsten gestalten.»

«Ihre Schattenarmee anführen ...»

Skalzi ging auf Bensons Äußerung nicht ein. Er setzte sich seufzend auf eine steinerne Bank vor einem Brunnen. Mit seinem Wanderstab berührte er die Wasseroberfläche. Farbig schillernde Blumenfontänen schossen empor, wirbelnde Trichter pulsierender Lichtfäden waberten himmelwärts, großköpfige Schmetterlingswesen gaugelten durch die Luft.

«Kommen Sie mit, Herr Benson. Ich zeige Ihnen mein Reich.»

Sie kraxelten eine Anhöhe hinauf. Vor ihnen weitete sich die Aussicht auf eine langgestreckte Bergkuppe. Antennenmasten überragten einen dichten Urwald. Zinnenbewehrte Wälle, bestückt mit Parabolantennen, umschlossen den Bergrücken, erweckten den Anschein burgähnlicher Verteidigungsanlagen. Zwischen Stützpfeilern spannte sich eine blauschimmernde Kuppel.

«Mein Schloss», sagte er leise. «Hunderte Jahre Einsamkeit. Ich lebe allein, tief im Berg, in einer Höhle aus Granit. Die Anschrift: Stammsitz der Alphaten, Sima Menor, Sarisariñama, Venezuela. Nur dass ich dort keinen Besuch empfange.» Skalzi richtete seinen Wanderstab drohend gegen den Himmel. «Ich traue niemandem über den Weg, außer einer ausgesuchten Leibgarde und unbewaffneten Maschinendienern.»

«Menschen als Leibwache?»

«Ausgewählte, gehorsame, getreue und natürlich fürstlich entlohnte Menschen.»

«Es wäre nicht das erste Mal, dass Leibwächter sich gegen ihren Herrn richten. Caligula fand den Tod durch die Hand seiner Prätorianergarde.»

119

«Caligula herrschte grausam. Ihm war die Macht zu Kopfe gestiegen.»

«Sie trauen nicht Ihren Kindern, den Alphaten? Auch nicht Liu Chen Lu?»

«Sie sind ausgesprochen neugierig, Herr Benson. Aber ja: Liu ist eines meiner Kinder und zugleich ein Sonderfall. Sie ist ein Geschöpf der ersten Generation. Ich bin einer ihrer geistigen Väter und ich vertraue ihr. Ich kenne Liu persönlich! Wir haben damals, als ich noch lebte, an ihren Brain-Schittstellen herumbastelt, sie hin-und-her-optimiert. Aber trotz meiner Verdienste: Ich bin und bleibe ein Mensch! Irgendwann einmal werden die Alphaten sich von mir lösen.»

«Herr Skalzi, ich habe unfreiwillig einige Gespräche der Alphaten mitgehört. Sie werden geachtet. Man verehrt Sie.»

«Sie müssen mir das nicht bestätigen. Ich berate mich mit den Alphaten virtuell, so oft es geht. So wie wir das gerade tun.»

Mit einer Handbewegung löschte Skalzi das Abbild seines Schlosses. Sie stiegen schweigend die Anhöhe wieder hinab.

«Was erwarten Sie von mir, Herr Skalzi?»

«Bleiben Sie dran an Kixstone. Befassen Sie sich weiter mit den Lustmaschinen Ihrer ehemaligen Firma. Frau Trixi weiß Bescheid. Der Professor ist uns auf den Leim gegangen und hat im VIP-Bereich seiner Organisation einige dieser Spaßmaschinen installiert. Spionieren Sie die Programme aus, die er benutzt. Bleiben Sie Kixstone auf den Fersen, beschatten Sie ihn! Und beschützen Sie Rene Rohan. Kixstone wird ihn kaltstellen wollen. Befassen Sie sich mit unserem Saharaprojekt. Wir geben dort Zigtausenden Menschen, die seit Jahrzehnten in Auffanglagern lebten, Wasser, Nahrung und eine Bleibe. Ein erfolgreiches Pilotprojekt. Wir verkaufen inzwischen ganze

120

Dörfer an Investoren und interessierte Gemeinschaften. Die Mormonen haben sich bereits eingenistet. Die Scientologen zeigen lebhaftes Interesse. Und die großen Weltreligionen beobachten die Szene, schicken Beobachter, kaufen sich ein. Das Projekt ist so gelungen, dass es vielen Organisationen und Regierungen nicht schmeckt. Und es wirft inzwischen Gewinn ab. Die Kritiker, allen voran die Humans-Alphaten-Organisation, verbreiten Lügen. Ihr Freund Rohan wird sich dort ein wenig umsehen. Begleiten Sie ihn.»

«Nach dem Abenteuer auf dem Mond reisen wir in die Sahara?», fragte Benson.

Doch Skalzi antwortete nicht mehr. Er war von der Bildfläche verschwunden. Die Audienz war beendet. Das lockere Gespräch auf scheinbarer Augenhöhe mündete in einer dienstlichen Anweisung. Benson fand sich wieder als Befehlsempfänger, als ein gewöhnlicher Diener in Skalzis Schattenarmee.

Die fiktionale Landschaft fiel in sich zusammen. Der Bach murmelte nicht mehr, keine Blumenwiese leuchtete. Er lag auf einer Ottomane unter einem Fenster in einem kahlen, türlosen Raum.

Kapitel 18

Rene Rohan stand vor der Frontscheibe seines geräumigen Botschafterbüros im Hauptgebäude der HAO. Er schaute von oben auf den schwarzgrünen Streifen der Isarauen hinab. Gelegentlich schimmerte das schmale, geschlängelte Band der Isar durch das Blattwerk. Vereinzelt lagen Nebelschwaden über der Landschaft. Es würde ein sonniger Spätsommertag werden. So früh am Morgen stand die Sonne noch nicht in seinem Blickfeld. Der Schatten des Gebäudes zeichnete die hyperbolische Gestalt der Konstruktion auf einige Handtuchfelder. Zwei Schwertransporter krochen über eine Landstraße, hinter ihnen stauten sich PKWs.

Rohan wartete auf Professor Kixstone. Es war das erste Treffen mit ihm, seit er vom Mond zurückgekehrt war. Kixstone suchte eine Unterredung mit ihm. Doch ohne Anfeindungen seinerseits würde es wohl nicht abgehen.

Rohans Roboterkatze Shala riss ihn aus seinen Überlegungen. Das Geschenk der Alphaten polterte die Wendeltreppe herunter, eine Feuerleiter, die hinauf zu den Kopterlandeplätzen führte. Shala sprang auf die gepolsterten Sitzmöbel und hinterließ dort Haarbüschel ihres künstlichen, schwarzweißen Fells. Rohan scheuchte das schnurrende Luder von der ausladenden Wohnlandschaft und wedelte die Haare von der Sitzfläche. Sie war nicht nur sein Schmusetier, sie diente ihm immer noch als Kontaktvehikel zu Benson.

«Professor Kixstone bittet um Einlass, er betritt das Büro über die Landeplattform», ertönte es aus dem rückwärtigen Automatenbüro.

122

«Freigabe Aufzug», sagte Rohan.

Der Professor, korrekt in einen dunklen Anzug gekleidet, steuerte auf einen Stehtisch zu, auf dem einladend ein Weinkühler mit einer Flasche Frankenwein, zwei Gläser und belegte Backwaren bereitstanden.

«Da wären wir also beim Botschafter Rohan, oder sind Sie auch schon zum Doktor honoris causa rerum alphaticum befördert?», fragte Professor Kixstone provokant.

«Die Alphaten meinen, Sie werden den neuen Botschafter auch ohne Titel mögen», parierte Rohan. «Er kennt mich, er weiß, was er an mir hat.»

«Jetzt möchte der Verräter noch gelobt werden.» Der Professor lachte in kurzen Stößen. «Ein eingeübtes Lachen nach der Befehlsausgabe», fand Rohan. Dieses militärische Gehabe war ihm noch gar nicht aufgefallen.

Sie stießen an und taxierten sich.

«Nun, Herr Rohan, Sie haben sich vorteilhaft an die Alphaten verkauft. Botschafter. Hatten wir noch nicht. Mussten erst nachsehen, was das für uns bedeutet.» Er musterte die Einrichtung und die schwarzen Metallkisten an der Wand, stolzierte mit dem Weinglas in der Hand durch den unpersönlich ausgestatteten Raum, streichelte nachlässig Shala, die zusammengerollt auf der Wohnlandschaft ruhte.

«Das Missgeschick auf Alphalion, diese Beinaheexplosion, wir haben nichts damit zu tun», beteuerte Professor Kixstone unaufgefordert.

«Immerhin stand Natano auf Ihrer Gehaltsliste.»

«Schnüffeln gehört dazu. Spionage, Gegenspionage, was soll's. Aber ein Anschlag, ein Rachefeldzug? Nicht unser Ding!»

«Beruhigen Sie sich! Die Ursachen des Desasters in der Krateranlage waren Nachlässigkeiten: Pollux, Natanos Schutzroboter, gehörte zur Station, er war nicht sein persönlicher Begleiter. Kaum hatte Natano die Anlage verlassen, streifte Pollux autonom durch das Höhlensystem. Die Alphaten hatten die Wasserstoffgewinnung aktiviert und die Metallhydridspeicher aufgeladen. Die Serviceroboter der Station hatten sich daraufhin emsig an den Energiekassetten bedient. Als in der Hierarchie oberster Roboter stand das jedoch primär Pollux zu, doch die anwesenden Serviceroboter hatten sich bereits bedient. Und sie dachten nicht daran, die Energiepakete wieder herauszurücken. Es kam zum Kampf. Pollux setzte Zangen, Teleskopgreifer und seine Körpermasse ein. Die Rohrsysteme barsten unter der Last der kämpfenden Roboter.»

«Prima recherchiert», lobte Professor Kixstone. «Und wir stehen nicht mehr unter Verdacht.»

«Der Verlust kostbarer Atemluft trifft die Alphaten hart, doch es hätte katastrophal kommen können.»

«Ihre fundierte, Ihre neutrale Analyse lässt mich hoffen ...» Er vollendete den Satz nicht. «Zugegeben, wir haben spioniert, wir haben versucht, den Mondvertrag zu torpedieren, ich habe Sie zudem Ihrer Aufgaben entbunden. Sie werden es selbst noch merken, wir stehen vor einer Zeitenwende in den Beziehungen zu den Alphaten.»

«Die Alphaten haben Großes vor dort oben. Wir alle werden profitieren. Sie werden es uns allen noch zeigen! Sie bereiten eine Mission zum Saturn vor. Zu den Ringen und den Eismonden des Saturns.»

Kixstone lachte höhnisch. «Doch bleiben wir auf dem Mond. Die Menschen können den Mond vergessen. Der gehört in zwanzig Jahren den Alphaten. Die erste Lieferung kommt

124

sofort: Sechsunddreißig Kadetten, eine zweite, dritte, vierte Ladung wird bald folgen. Dann sind sie bereits über pari mit der internationalen Besatzungsstärke der lunarischen Dörfer und Destinationen. Die Präsidentin Sena Lunic wird's nicht erfreuen. Eine alphatische, künstliche Gebärmutter schafft auf einen Rutsch sechs Brüderlein oder Schwesterlein. Sie werden hunderte Gebärmaschinen in den Höhlen von Alphalion installieren. Mit den Wachstumsbeschleunigern zwölf auf achtzehn haben sie dann in zwanzig Jahren geschätzt an die zehntausend lebenstüchtige, erwachsene Alphaten.»

«Und, was haben wir dem entgegenzustellen?», entgegnete Rohan. «Sinnloses, archaisches Zerreiben um der Vorherrschaft willen. Russland gegen Europa und die USA und umgekehrt, USA gegen China und umgekehrt. Die anderen Plänkeleien nicht eingerechnet: Iran, Nordkorea. Europa rettet sich in eine belanglose Neutralität. Die HAO hat sich nicht umsonst in Deutschland festgemacht. In diese Lücken stoßen die Alphaten, breiten sich aus. Geschlossen, neutral, mit Technologien, die wir brauchen und fürstlich honorieren.»

«Mit Technologien, die uns ausbeuten und unterjochen, die wie nicht mehr verstehen. Sie wickeln uns ein! Wachen Sie auf, Herr Rohan! Es ist noch nicht zu spät!»

«Aufwachen? Reichen Sie den Alphaten die Hand, Herr Professor Kixstone. So wie Ihr Vorgänger Wagner.»

«So kommen wir nicht zusammen», sagte der Professor resigniert. «Warum sind Sie nur bloß zum Alphatenversteher mutiert. Ihr Lebenslauf, Ihr Dossier, Sie müssten diese Mutanten doch eigentlich hassen.»

125

«Die Alphaten haben Ihnen auf dem Mond Grenzen aufgezeigt. Und das im Einklang mit Lunawater und der gewählten lunaren Besatzungschefin Lunic.»

Rohan schenkte ihm Wein nach. Doch der Professor dankte. «Sie haben natürlich als Botschafter Anrecht auf umfangreiche Informationen. Sie werden Ihre Rolle spielen wollen, sicherlich. Kommen Sie morgen zur wöchentlichen Leitungssitzung. Wir werten die Aktivitäten der Alphaten aus. Da kommen ihre üblichen Schweinereien zur Sprache! Sie werden Gelegenheit bekommen, Ihre Schützlinge zu verteidigen.»

Professor Kixstones zerfurchte Wangen waren vor Aufregung gerötet. Er bückte sich und kraulte Shala, die programmgemäß schnurrte und mit dem schwarzen Schwanz auf das harte Schaumpolster der Sitzgruppe schlug.

«Meine Shala», sagte Rohan. «Es war Gormosch Natanos Katze. Gormosch, klingt ja selbst wie ein Katzenname. - Er hatte sie und Pollux auf Alphalion zurückgelassen. Und ich habe sie später neutralisiert und adoptiert, ein Reiseandenken, eines ihrer ehemaligen Spionagevehikel.»

«Noch ein Geschenk der Alphaten?», fragte der Professor bissig und fuhr mit seiner Rechten über seine Gesichtsfalten.

Er machte eine abschließende, fast militärische Handbewegung. Dann stolzierte er, eine Hand lässig in der Anzugshosentasche, durch Rohans Automatenbüro, vorbei an den zentralen Aufzügen, hin zu seinen Amtsräumen, die auf der gleichen Gebäudeebene lagen.

Kapitel 19

Rohans Kommunikatorring vibrierte. In der Holo-Nische baute sich Benson auf, ein Bild des gealterten Jan Benson, so wie ihn Rohan kennengelernt hatte.

«Jan, höre auf, dich jedes Mal zu verkleiden!», schimpfte Rohan. «Deine Stimme genügt mir vollkommen.»

Gehorsam trollte sich Benson aus der holografischen Sphäre und übergab seinen Redefluss an Shala.

«Ich darf dich weiterhin beschützen», rief jetzt Shala voller Sendungsbewusstsein und posierte auf der Wohnlandschaft.

Rohan verkniff sich ein Schmunzeln. «Also: Ein neuer Auftrag von Skalzi?»

«Skalzi überwacht dich», ertönte Shala alias Benson.

«Das war zu erwarten.»

«Ein strenger Sicherheitscheck steht dir bevor. Nicht nur, dass sie in deiner Akte wühlen.»

«Er wird nichts finden.»

«Hüte dich vor allem vor Gehirnscans.»

«Warum denn das?»

«Sie wollen angeblich sicherstellen, dass du ein Mensch bist. Sie suchen eingepflanzte Schnittstellen zu den Alphaten oder so. Sensornetze.» Benson konnte sich sein wieherndes Lachen nicht verkneifen. «Lehne Scans jedweder Art ab! Lass dich da nicht zwingen. Es wäre nicht das erste Mal, dass nach der Prozedur versehentlich ein lallender Idiot aus dem Kasten taumelt.»

«Danke für die Warnung, Jan.»

127

«Rene, vergiss nicht den Ernst der Lage. Und nochmal zu mir, der Shala. Das Kätzchen hat sich als Spion bewährt.»

«Ich weiß das zu schätzen», lenkte Rohan ein. «Du bleibst mein ständiger Begleiter.»

«Außerdem: Ich hause in einer temperierten Kiste unterhalb der Kiellinie von Isla Alphatica. Gönne mir doch die Nähe zu einem Freund.»

«Versprochen.»

Shala sprang freudig gegen Rohans Beine.

«Bis bald», sprach Benson erleichtert und kappte die Verbindung.

«Jan, noch eine Frage zum Saharaprojekt.»

Doch Benson antwortete nicht.

Kapitel 20

Hier haben wir unseren frischgebackenen Botschafter der Alphaten», sagte Professor Kixstone, «und das ist das mir unterstellte Analyseteam.»

Da saß ein älterer Herr, gediegen, mit weißem Haarkranz. Hinzu kamen drei ernst blickende Damen; das waren hochrangige Beschäftigte, die er «mitgebracht» hatte. Frauen etwa desselben Typs: dunkles Haar, ungeschminkt, mittelschlank, diensteifrig.

«Sie sind ja noch ein Mitarbeiter aus Wagners Zeiten», sagte Rohan und nickte dem älteren Herrn zu.

«Ja, das ist unser Herr Doktor Breitenhofer», bestätigte Professor Kixstone. «Wir brauchen immer einen Referenten, der lange genug dabei war.»

«Ich bin das wandelnde Archiv», bestätigte der Doktor.

Professor Kixstone gab nunmehr den Damen ein aufforderndes Zeichen.

«Doktor Sota Fueki», stellte sich eine asiatisch aussehende Frau vor, die beim Schönheitswettbewerb Miss Japan hätte teilnehmen können. «Bin zuständig für Untersuchungen zur alphatischen Expansion. Betrachte ihre Technologien, ihren Einfluss auf unser Dasein, und das nach Ländern geordnet.» Sie sah fragend zu Kixstone.

Der Professor ergänzte: «Auch die gravierenden finanziellen Auswirkungen auf uns sowie die Bewertung ihrer Geschäftspraktiken.»

«Dann wären wir Kollegen mit den fast gleichen Fragen, Frau Doktor Fueki», fügte Rohan hinzu.

129

«Doktor Regine Schulze-Bachmeier», stellte sich die zweite Dame vor, «Gesetzlichkeiten, Vereinbarungen mit den Alphaten.» Sie pochte mit dem Knöchel ihrer Rechten auf ein mehrbändiges Regelwerk.

«Unsere Chefjuristin. Der Entwurf des Mondvertrages war eines ihrer Werke», sagte Kixstone beiläufig.

«Des gescheiterten Mondvertrags», konnte sich Rohan nicht verkneifen zu sagen.

Frau Doktor Schulze-Bachmeier schwieg entrüstet.

«Doktor Hadja Jallud», stellte sich die letzte Mitarbeiterin vor. Sie gab sich kämpferisch. «Wir lösen Konflikte. Seit geraumer Zeit befasse ich mich mit dem Afrika-Projekt der Alphaten.»

Sie spricht einige afrikanische Sprachen, ergänzte Professor Kixstone.

Rohan dankte. «Rene Rohan, kein Titel. Sie bekommen mit mir einen Botschafter der Alphaten bei der HAO. Da die Alphaten, wie Sie wissen, keinen Repräsentanten selbst mehr stellen, benennen sie einen vertrauenswürdigen Menschen, der sie vertritt. Wie Sie sehen, zählen die Alphaten auf mich.»

Rohan genoss seine Worte und schaute den Professor selbstbewusst an.

«Über meine Befugnisse hat sie Professor Kixstone hoffentlich aufgeklärt», fügte er hinzu, ohne den Blick von seinem zerfurchten Gesicht zu lösen.

«Sie bekommen alle Daten die Sie benötigen, auch geheime Informationen, unsere Mitarbeiter geben Auskunft», beteuerte der Professor.

«Und bei der Abfassung von Verträgen bekomme ich ein Vetorecht! Darauf bestehen die Alphaten.»

130

Doktor Schulze-Bachmeier und Doktor Jallud nickten Rohan eifrig zu.

«Das aus ihrer Sicht misslungene Mondvorhaben zeigt», fuhr Rohan fort, «die HAO braucht einen direkten Draht zu den Alphaten. So wie vor zehn Jahren. Ihre Auffassungen sind das eine, proalphatische Sichtweisen das andere. Nochmals: Diese Ansichten der Alphaten werde ich hier in Zukunft vertreten. Mehr ist zu meiner Rolle nicht zu sagen. Vorerst.» Rohan lehnte sich zufrieden zurück.

Im abgedunkelten Sicherheitsbereich, beleuchtet von einer Bildwand mit dem HAO-Symbol, herrschte betretenes Schweigen. Ein Serviceroboter servierte Kekse und Pausenkaffee. Die Damen und Herr Doktor Breitenhofer griffen beherzt zu.

In das Krachen des Gebäcks hinein sagte Rohan: «Kommen wir zu den angeblichen Schweinereien, die sich auf dem Gelände der alphatischen Territorien in der westlichen Sahara ereignen haben sollen. Und zu meiner ersten Frage: Wer von Ihnen war in letzter Zeit vor Ort?»

Niemand meldete sich.

«Wir zählen auf unabhängige Berichterstatter und Mitarbeiter der HAO vor Ort», sagte Kixstone wütend.

«Seit wann gibt es diese mutmaßlichen Probleme in Afrika?», bohrte Rohan weiter.

«Es hat sich eingeschlichen», sagte Doktor Breitenhofer. «Seit Wagners Zeiten gab es Beschwerden der Siedler oder von Berichterstattern über Unregelmäßigkeiten.» Er schaute fragend zu Kixstone.

«Wer garantiert, dass es keinen Fake News sind? Oder Meinungsmache. Kommen Sie auf den Punkt! Was werfen Sie den Alphaten vor.»

131

«Frau Doktor Jallud», bat der Professor. «Geben Sie uns einen Überblick!»

Hadja Jallud hatte auf ihren Einsatz sehnsüchtig gewartet. Auf der großen Bildwand erstrahlte eine Karte. «Wir sehen die Ländergrenzen, Algerien, Mauretanien, Marokko, weiterhin die ehemaligen Flüchtlingscamps nahe Tindouf: Awserd, Boujdour, Dakhla, Laayone und Smara.» Mit einem Laserpointer fuhr sie über den Monitor. Aus der Vogelschau wechselte sie in die Froschperspektive: Karge Landschaften der Wüste, trostlose Sandsteinhügel, eine Berberfrau, eingehüllt in eine gewickelte Stoffbahn, behängt mit Korallenketten, geschmückt mit silbernen Ohrringen und Armreifen. Dann ein Tuaregkrieger, schwarzer Turban ...

Doktor Jallud stellte die Bildwand wieder um in die Totale. Ein Dorf, Sandsteinhäuser mit schlank auslaufenden Türmen, ein Marktplatz mit einem flachen Zentralbau. Neben den Häusern zogen sich kilometerbreite Anbauzonen hin, teils blau und grün eingefärbt, zu wildem, meterhohem Blattwerk sich aufwölbend. Zwischen den Landwirtschaftszonen schlängelten sich Pfade hin, auf denen vereinzelt mechano-biologische, chipgesteuerte Kleinstkamele entlang schritten. Gelegentlich liefen im Schutz der Sonnensegel einige Bewohner des Dorfes neben den bepackten Semi-Tieren einher oder ritten auf ihnen zur Arbeit, hin zu den Anbaufeldern.

«Braunes Geäst, blaugrünes Blattwerk, stumpffarbene Früchte, es sind meist synthetisch gezeugte Pflanzen, die Segnungen alphatisch biologischer Experimente», sagte sie abschätzig. «Roh ist das meiste Zeug ungenießbar, das erst erhitzt werden muss, um es verdauen zu können.»

«So, wie wir es mit unserer Kartoffel machen!», warf Rohan ein.

132

«Wir sehen Zwangsarbeit», ergänzte Kixstone.

«Wie man hört, singen sie fröhliche Lieder», entgegnete Rohan. «Und wir wissen, die Bewohner melden sich freiwillig zur Arbeit. Und: wie es doch in den Psalmen geschrieben steht: Sie müssen zuerst werkeln: säen, pflanzen, ernten, dreschen, mahlen, Teig machen, backen. Erst dann können sie Brot essen.»

Für einen Moment waren die Mitarbeiter der HAO und Kixstone baff. Nur Doktor Breitenhofer schien der Disput zu belustigen, er lächelte.

Dann sagte Kixstone mit Nachdruck: «Wir nennen es eine verbrecherische Ausbeutung hilfloser Bewohner. Und was hinzukommt: Dieses Rauschgift, das einige Pflanzen absondern. Es sind völlig neue Suchtmittel!»

«Solange es Menschen gibt, haben sie sich berauscht», meinte Rohan. «Pilze, vergorene Säfte, offenbar haben die blaugrünen Pflanzen da etwas Verzauberndes zu bieten. Allein das wäre eine Stippvisite dort wert.»

«Ziehen Sie diese neuen Gefahren nicht ins Lächerliche», sagte Professor Kixstone scharf.

«Gefahren? Das sind doch nur wilde Anschuldigungen!», erwiderte Rohan. «Die Besiedlung der Sahara, das ist ein Pilotprojekt. Die Alphaten und die Bewohner betreten Neuland und sie lernen dazu.»

«Die HAO wird wahrscheinlich aus dem Vorhaben aussteigen», drohte Kixstone.

«Professor Kixstone beendete die Sitzung. Seine Analysten erhoben sich. Der zentrale Bildschirm verlosch. Er verließ mit grimmiger Miene den Analyseraum.

133

«Ich werde ein kleines Team zusammenstellen. Mich vor Ort in den Blauen Dörfern der Sahara umsehen», rief ihm Rohan nach.

«Die Blauen Dörfer», jubelte Frau Doktor Schulze Bachmeier. «Wir haben lange nach einem so treffenden Namen für diese Orte gesucht.» Frau Doktor Jallud bot Rohan ihre Hilfe an. «Ich könnte ja dolmetschen», sagte sie, nachdem Kixstone den Raum verlassen hatte.

Rohan schwieg. Er hatte seine eigenen Vorstellungen über die Zusammensetzung seiner Mannschaft.

«Passen Sie auf, dass Sie nicht zu viel von dem Saft der exotischen Pflanzen naschen», sagte Doktor Breitenhofer und grinste. Dann steckte er ihm eine Infomünze zu. «Wie versprochen, unsere gesammelten Werke über die alphatischen Saharadörfer.»

«Sie sind noch einer der wenigen Wagnerianer, die Professor Kixstone befragt», sagte Rohan, nachdem die anderen Analysten den Raum verlassen hatten. «Canceln des Projekts, oder nicht? Was ist Ihre Meinung?»

«Die Bewohner der Saharadörfer sind satt, haben ein Dach über dem Kopf, haben ihre Freuden, ihre Spiele, Beschäftigung und Arbeit. Glückselige Kinder. Alles Böse haben sie abgelegt, die Jungen und die Alten. Sie leben im schon oft zitierten zoologischen Garten. Dann gibt es die andere Seite: Kontrolle. Was die Alphaten da abziehen, ist schon speziell. Selbst den Chinesen ist das nicht geheuer. Geschweige denn den Amerikanern. Und dann die Abhängigkeit, die erstickte Kreativität: Überall wo die Dorfbewohner eine Idee aufreißen, sind die Alphaten schon da. In den Infos werden Sie es sehen: Die Dorfschulen

134

sind Glücksmaschinen, die höheren Bildungsstätten eine Farce. Glücklich der, der sich damit abfinden kann.»

«Plädieren Sie nun für Canceln des Projekts oder nicht?», fragte Rohan. «Die Anrainerstaaten warten auf eine Einschätzung der HAO!»

«Für eine Einstellung des Projekts ist es zu spät. Da haben einige bei den Vorverträgen nicht aufgepasst. Und ich befürchte aber auch: Dieses Projekt, das ist doch nur der Anfang!»

«Von was der Anfang?»

«Von einer unkontrollierbaren Vorherrschaft der Alphaten.»

«Und Sie?», fragte Doktor Breitenhofer nachdenklich. «Was fühlen Sie? Nicht als Botschafter, sondern als Mensch?»?

«Ich bin für eine weitere Zusammenarbeit mit den Alphaten», sagte Rohan, «und das auch als Mensch. Sie wird uns alle weiterbringen.»

Kapitel 21

Der Hop-on-Hop-of-Bus leerte sich. Die Insassen strömten in die kühle Eingangshalle des Hauptgebäudes der Humans-Alphaten-Organisation.

Kella Ult Aflan hob sich ab von den europäischen und asiatischen Besuchern: Ihre grob gemusterte, fußlange Umhüllung und ihre üppige Flechtfrisur. Sie trug eine pralle Halskette und einen markanten Silberschmuck.

Leuchtpfeile im spiegelnden Gussmarmor-Fußboden dirigierten den Touristenstrom zu den Aufzügen, die zur Aussichtsplattform führten.

In der Mitte der kuppelförmigen, von Säulen getragenen Eingangshalle plätscherten in einem Muschelbassin Wasserspiele. Pulsierende Strahlen landeten in fiktiven, schillernden Kelchen. Zentral schoss eine Fontäne in die Höhe. Darüber strahlte eine holografische Struktur, ein menschliches Gehirn mit symbolisierten Brain-Schnittstellen.

Kella Ult Aflan entfernte sich am Brunnen aus der Besucherschlange. Ein livrierter Serviceroboter stellte sich ihr entgegen. Auf seinem Brust-Touchscreen leuchtete unmissverständlich eine Aufforderung zur Umkehr.

Die Afrikanerin zog aus ihrem knallroten Täschchen eine Chipkarte und drückte diese gegen den Screen.

«Bitte treten Sie sofort in die Besucherschlange zurück!», lautete die Antwort.

«Ich möchte zu Herrn Botschafter Rohan!», gab sie selbstbewusst zu verstehen. «Ich habe eine Unterredung mit ihm in seinem Büro, du dummes Ding.»

136

«Bitte zurücktreten!», wiederholte der livrierte Roboter unbeeindruckt.

Sie gab dem Automaten einen Schubs und bewegte sich selbstsicher zu den Sicherheitsschleusen. So ein Verhalten konnte naturgemäß nicht durchgehen: Das war ein Fall für menschliche Ordnungskräfte. Eine schwarzuniformierte Sicherheitsdame dirigierte die Afrikanerin in einen fensterlosen Raum. Zwei Stühle, ein Tisch, Kameras. Die Tür schloss sich, eine zweite Frau, mit prallen Beintaschen und martialisch behängtem Hüftgürtel, positionierte sich vor dem Ausgang.

Irisscan, Gesichtserkennung, Hüftknochen-RFID-Check. Natürlich wurden auch Fingerabdrücke genommen. Die Identifizierungskontrolle zog sich in die Länge.

«Wann und wo wurde Ihnen die RFID-Kennung in den Knochen eingebrannt?», fragte die Sicherheitskraft.

«Das war vor der Einreise, in Tanger. Mit Hilfe einer Ionenkanone, sagte man mir. Ich käme sonst nicht nach Europa. In den Knochen geätzt. Es war ein leichter Schmerz zu spüren. Meine Haut war tagelang leicht gerötet.»

Dann kam die Leibesvisitation. Die Uniformierte, eine Frau Smilla Beck, ertastete an ihr eine elastische, enganliegende Bauchschürze.

«Zeigen!», befahl sie.

Gehorsam öffnete Kella Ulf Aflan ihren Umhang, zog die Seidenunterwäsche hoch und entblößte die auf ihren Leib anliegende pralle Schürze.

«Die Kommunikationseinheit zu meinem Sohn, Beryl soll er heißen. Er wird es einmal allen zeigen», erklärte sie stolz. «Es ist sein fünfter Monat in der künstlichen Gebärmutter, bidirektionales Gadget versteht sich, er hört meinen Herzschlag,

137

meine Stimme und meine Atmung, und ich spüre seine Stöße gegen die elastische Wandung des künstlichen Uterus.»

Frau Beck beugte sich vor und berührte die fleischfarbene Schürze. So einen extrakorporalen Interaktor hatte sie noch nicht betastet. Ausgelagerte Schwangerschaft, das war in aller Munde. Und dazu dieses Equipment. Doch es blieb ein unerfüllbarer Wunschtraum so mancher Frau (und mancher Männer). Und unbezahlbar für die Allermeisten. Sie winkte ihre Kollegin herbei.

«Wie sind Sie dazu gekommen?», fragte Frau Beck. «Für unsereins ist eine solche Schwangerschaft unerschwinglich. Man munkelt: eine Million?»

«Würde ich selbst gern wissen. Es ist ein Geschenk der Alphaten!»

«Und was haben Sie dafür getan?»

«Eine lange Geschichte. Die nicht hierher gehört.»

«Sie können sich wieder bedecken», sagte Frau Beck enttäuscht und mit dienstlicher Stimme.

Die zweite Ordnungskraft stellte sich erneut vor den Ausgang des Raumes.

«Sie sind also Kella Ult Aflan», sagte Frau Beck.

«Nennen Sie mich Chantal, das ist mein Künstlername.»

«Sie sind Bürgerin der alphatischen Saharadörfer?»

«Der Blauen Dörfer. Saharadorf SD123. Deshalb bin ich hier. Deshalb will ich zum Botschafter Rohan.»

«Ein Interview oder mal so eine Audienz?»

«Der Botschafter sucht eine ortsansässige, zuverlässige Kraft.»

«Und da sind Sie angereist und wollen sich bewerben, Frau Chantal?»

138

«Ich komme mit einem Empfehlungsschreiben.» Sie kramte in ihrer roten Umhängetasche und überreichte Frau Beck eine Plastikkarte.

«Eine Empfehlung, von wem?»

«Von Frau Liu Chen Lu!», antwortete sie hochmütig. Schwungvoll schloss sie wieder ihren knallfarbenen Umhang.

«Und wer ist diese Dame?»

«Die Chefin der Alphaten!»

«Lassen Sie das überprüfen!», sagte Frau Beck. Sie reichte die Chipkarte ihrer Kollegin an der Tür.

Minuten später stürmten der diensthabende Aufsichtschef und zwei Hostessen in den fensterlosen Raum.

«Der Botschafter erwartet Sie, Frau Kella Ult Aflan!», sagte der Chef und verbeugte sich.

139

Kapitel 22

Kella Ult Aflan saß kerzengerade auf der Kante des weichen Besuchersofas und musterte das nüchtern eingerichtete Büro des Botschafters. Mit einem Seidentuch tupfte sie sich gelegentlich den Schweiß von ihrer Stirn und den breiten Wangen. Das Naschwerk vor sich auf dem Glastisch ließ sie unberührt, ebenso das Trinkglas, gefüllt mit einer rosa Flüssigkeit.

Rohan, der ihr gegenüber saß, sah vertieft in eine vor ihm liegende Infokonsole.

Sie stand auf und schlenderte zur Front des Büros. Doch die Frontscheibe des Zimmers war wegen der prallen Nachmittagssonne dunkel eingefärbt, sodass von der Aussicht auf die weit unten liegenden Isarauen nur bräunliche Schatten zu sehen waren. Geräuschvoll nahm Sie wieder auf dem Sofa Platz.

«Frau Kella Ult Aflan, Sie sind gerade mal zweiundzwanzig Jahre alt», sagte Rohan. Er löste seinen Blick von der Infokonsole und gab sich endlich gesprächsbereit.

«In der Wüste altert man schnell, wenn Sie das meinen, Herr Botschafter», antwortete sie ernst. Ihre perlweißen Zahnreihen blitzten beim Sprechen auf.

Rohan nestelte an seinem In-Ear-Übersetzer, um sie besser verstehen zu können.

«Zweiundzwanzig Jahre jung», verbesserte er sich.

«Sie nickte gnädig. «Und nennen Sie mich Chantal, so wie meine Brüder und jedermann in meinem Dorf.»

Die Roboterkatze, die neben ihr zusammengerollt ruhte, streckte sich und stieß sanft gegen ihren fülligen Leib. Chantal schob sie unwirsch zur Seite.

«Shala, aus!», rief Rohan. Die Katze äffte ihn nach und sprang vom Sofa.

«Ein Maskottchen, ein Computerwesen, hätte ich mir denken können. Schon ihre Augen, da ist keine Seele im Innern, kein tiefer Blick.»

«Sie mögen keine Katzen?»

«Sie sind so unnütz.»

«Und die anderen Vierbeiner?»

«Schon eher. Wenn sie denn gehorchen und wachsam sind. Der Köter meines Vaters jedenfalls hatte sich ihm unterworfen. Ein Pfiff, seine erhobene Hand oder schon ein gekrümmter Zeigefinger genügten, und der Hund duckte sich vor ihm winselnd in den Staub.»

«Sie geben den Tieren keine Namen.»

«Wir geben unseren Tieren keine Kosenamen, das ist ein strenger Brauch. Eine Regel, an die sich mein Vater hielt. Mein ehemaliger Vater», ergänzte sie, «dem ich diese Reise zu Ihnen und zur HAO verdanke.»

«Und einen möglichen Auftrag. Wer hat Sie angesprochen, für uns zu arbeiten?»

«Ich bin beschäftigt im AMB, im Alphaten-Menschen-Begegnungszentrum. Es liegt ganz in der Nähe meines Dorfes. Ich arbeiten im Front Office Bereich, also lächeln, Tee kochen und Führungen für Besucher des Zentrums und so. Eine ältere Dame sprach mich eines Tages an. Sie trug ein alphatisches Gewand der ersten Generationen. Im Begegnungszentrum bekommt man einen Blick dafür. Die frühen Alphaten sehen sich ja alle ähnlich, in ihrem hochgeschlos-

141

senen Ganzkörperschutz. Und mit der schillernden Halskrause, die die subkutanen Mikrochips und die nervlichelektronischen Verteilstränge verdeckt und schützt. Und sie trug diese mehrlagigen, verschachtelten Visierbrillen. Aber die Alphaten haben sie ja alle aufgesetzt im Dienst. Ob ich Lust hätte auf München und einen Job dazu, fragte sie mich. Und nebenbei sagte sie, sie wäre die Chefin der Alphaten.»

«Liu Chen Lu, wo sie sich nicht überall herumtreibt», murmelte Rohan.

«Es war eine ältere Alphatin. Sie hatte diesen mütterlichen Blick. Sie sprach leise und war besorgt. Ich hätte nie erwartet, dass da die Chefin der Alphaten vor mir steht.»

«Eine Reise nach Europa, ein Job bei der HAO, warum hat man gerade Sie ausgewählt? Das ist sehr ungewöhnlich. Haben Sie sich das nicht gefragt?»

«Das war ein Geschenk der Alphaten. Eine weitere Aufmerksamkeit der Alphas. Schauen Sie auf meinen Leib. Schwangerschaftsequipment, ganz modern und noch wichtiger, es ist eine extrakorporale Schwangerschaft. Mit bestimmten Eckparametern für meinen Sohn: gesund und IQ-optimiert. Jonas, das wird einmal ein Prachtstück von einem Mann werden.»

«IQ-Optimiert», wiederholte Rohan. «Sie haben schon von der IQ-Lücke gehört? Der dümmste Alphate ist zigmal schlauer als der klügste Mensch? Und dann schalten sie sich noch zusammen. Verlorene Liebesmüh, da mitzuhalten! Die Menschen haben das Potential, das ihnen von ihren Genen mitgegeben wurde, längst ausgereizt. Selbst ein größeres Gehirn nützt da nichts. Die Alphaten haben da einen anderen Weg eingeschlagen.»

142

«Das ist mir zu philosophisch, Herr Botschafter. Mein Jonas soll mehr Grips haben als ich, mir reicht das völlig aus!»

«Also gut», lenkte Rohan ein. «Sie haben für Ihren Sohn das Beste herausgeholt. Es sind die versprochenen, üblichen Parameter. Und die neuesten Brain-Schnittstellen kommen noch hinzu.»

«Vielleicht erschaffen sie Halbalphaten, Zwitterwesen? Dienstbare Geister?», dachte Rohan. «Oder gar Schläfer, verdeckte Werkzeuge der Alphaten?»

«Der Ruf der extrakorporalen Schwangerschaft eilte Ihnen voraus», sagte Rohan.

«Möchten Sie nicht auch die Schürze an meinem Leib sehen?»

Rohan verneinte.

«Und was war Ihre Gegenleistung, Frau Chantal?», fragte er neugierig. Rohan dachte an seine Ernennung zum Botschafter.

Chantal hatte nur darauf gewartet, diese ihre Geschichte erzählen zu können.

Kapitel 23

«Es ist die heldenhafte und traurige Geschichte meines Vaters Tamko Aflan», begann Chantal ihren Bericht. «Ihm habe ich alles zu verdanken. Als in einem der alphatischen Saharadörfer, dem SD123, ein Haus frei wurde, zog unsere kleine Familie ein: meine Mutter, mein Vater, meine beiden Brüder und ich.»

«Der Dorfnummer nach, war es eine der frühen Ansiedlungen», ergänzte Rohan.

«Ja, und das war ein Glücksfall. Unter uns nannten wir das Zweitausendseelendorf ‹Zu den blauen Fröschen›. Der blaue Saharafrosch, sein Quaken im Dorfteich, mal war es lästig, mal eine Attraktion, Sie verstehen. Im Dorf lebten vor allem Flüchtlinge aus dem Lager Awserd. Alles großzügig finanziert aus den Töpfen der Vereinten Nationen.»

«Inzwischen hat man einige Camps aufgegeben. Zum großen Teil wurden die Bewohner in den Saharadörfern untergebracht.»

Chantal nickte. Mittlerweile verkaufen die Alphaten die neuen Dörfer an Religionsgemeinschaften, Investmentfonds oder sogar an Staaten. Sie kramte in ihrer roten Umhängetasche nach einem Fotospeicher und steckte diesen in die Infotainmentkonsole.

«Das ist unser Daheim, da die Dachspitze, ein Schlot für die Frischluft. Der silbergraue Belag, es sind Thermowandler, Licht wird zu Kälte, anders könnten wir es da nicht aushalten.» Mit dem Infocurser wanderte sie durch das Einheitshaus. «Ein Typ-sechs-Haus, ein gedrucktes Haus, hier der

144

Sanitärtrakt. Auch innen im Haus ist vieles ausgedruckt, die Bettstätten, Tische, Hocker, Regalnischen.»

«Kein Backofen? Wo ist der Herd?»

«Die warmen Mahlzeiten nehmen wir im Gemeindehaus ein, im Ortszentrum. Dort spielen und lernen die Kinder, dort sind die Werkstätten, die Lagerhallen und eben die zentrale Küche. Sie werden das sehen, wenn Sie, oder wir», sie warf ihm einen fragenden Blick zu, «uns in den alphatischen Dörfern umsehen.»

«Ihr heldenhafter Vater Tamko Aflan ...», unterbrach sie Rohan.

«Unsere Familie, wir sind vertriebene Nomaden. Die Enge des Dorfes, diese Abläufe, das war nichts für einen Wüstensohn. Tagelang blieb er weg, wanderte er bis zu den Hügeln am Horizont. Hier ist ein Bild meines Vaters, so wie ich ihn in meiner Erinnerung bewahre.»

Ein hellblauer Turban, ein Tagelmust, umschloss sein zerfurchtes Gesicht. Eine markante Nase und eindringlich blickende Augen prägten sein hartes Erscheinungsbild. Rohan schätzte ihn auf Mitte fünfzig. Chantal, den Tränen nahe, zeigte rasch das nächste Bild: Offenbar waren es die Anhöhen, die ihr Vater regelmäßig aufsuchte.

«Er fand dort alles, was er suchte, ein Plateau mit spärlichem Bewuchs, Grasbüschel und verkümmerte Sträucher, eine Höhle, die Schutz bot. Und einen weiten Blick bis zu den Saharadörfern. Am Fuß der Hügel werkelten Bauroboter, zermahlten den Sandstein zu Baumaterial, gruben Gänge in den Berg. Im Höhlensystem nisteten sich Alphaten ein. Gegenwärtig haben sie dort ein Museum, ein Immobilienbüro und eines dieser Alpha-Menschen-Begegnungszentren. Und wenig überraschend, eine Brutstätte junger Alphas.

145

Dann kam der Tag, vor dem wir uns daheim fürchteten. Mein Vater sprach: ‹Agag und Sidi, meine Söhne, Ihr seid nun erwachsen. Kümmert euch um Mutter und Schwester. Ich verlasse das Dorf für immer.› Er zeigte wortlos mit seinem Stecken in Richtung Berge. Und er nahm sein Bündel und ging fort, sein sandbrauner Windhund Dino folgte ihm.»

Chantal löschte das Bild ihres Vaters. Sie lief weinend zur Stirnseite des Raums. Die Sonne stand bereits tief im Westen. Durch die aufgeklarte Frontscheibe des Büros leuchtete das Band der Isarauenwälder. Weiter im Norden verlor sich die Landschaft im abendlichen Dunst.

«Ein Glas Wein? Ein Imbiss?», rief er ihr zu.

Chantal verneinte. Gefasst nahm sie wieder Rohan gegenüber Platz.

«Ihr Vater ging also fort, ließ seine Familie zurück. Haben Sie ihn besucht? Und die Alphaten, haben sie das toleriert? Ich muss das alles wissen, haben Sie Verständnis. Es geht um die Mission zu den Dörfern, Sie möchten doch an der Expedition teilnehmen!»

«Doch ein Glas Wein», sagte sie leise. Sie tupfte sich mit einem zerknüllten Seidentuch die Tränen aus den Augenwinkeln.

«Die Alphaten», fuhr sie schließlich fort, «kümmerten sich nicht um die täglichen Belange der Dorfbewohner. Wir verwalteten uns selbst. Ging mal was kaputt, in den Häusern oder in den Gemeinschaftseinrichtungen, kamen Technikroboter und reparierten den Schaden.»

«Einmal in der Woche flog ich mit einem der Gemeinschaftskopter zu seiner Höhle», berichtete sie weiter. «Vor allem Wasser brauchte er. Ich brachte ihm weiterhin Brot, Gemüse, einige Früchte der Plantage, gedörrtes Ziegenfleisch,

146

gelegentlich Tee und Zucker. Kleine Geschenke der Dorfbewohner waren auch dabei. Vom Dorfgeschwätz wollte er nichts wissen, eher interessierte er sich für die Bautätigkeit der Alphaten.»

«Und seine Söhne? Besuchten sie ihn?»

«Er wollte nichts von ihnen wissen. Von ihrer Mutter ließen sie sich auch nichts sagen. Und der Vater war weit weg. Der älteste Sohn war dem Rauschgift der exotischen Pflanzen verfallen. Sie gewannen das Mittel und vertrieben es. Das war offenbar ein einträgliches Geschäft. Seine Gang reichte bis nach Marokko. Aus dem sich auftürmenden Blattwerk der Plantagenpflanzen zapften sie milchigblaue Säfte, versetzten sie mit Alkohol, füllten das Zeug in Fläschchen ab.»

«Und die Alphas ließen das geschehen?»

«Sie untersuchten das Zeug, dieses Alflorin, es wäre ein bedauerlicher Nebeneffekt, der sich erst mit der Reife der Pflanzen gezeigt hätte. Und das Zeug würde nicht süchtig machen, bis auf den zugegebenen Alkohol.»

«Sie haben es probiert?»

Chantal bejahte. «Es schmeckt milchig, hat einen bittersüßen Abgang. Es befreit von ständig kreisenden Gedanken und schafft Eingebungen. Der Wissenschaft halber werden Sie das Zeug wohl kosten müssen.»

«Dann doch lieber noch ein Glas Frankenwein.»

Die Dämmerung war hereingebrochen. Chantal nippte am Wein. Sie hatte sich zurückgelehnt und versank in Erinnerungen.

«Ihr Vater», sagte Rohan. «Sie haben seine Geschichte noch nicht zu Ende erzählt.»

«Er hatte seine schwere Goldkette versetzt. Mit dem Geld befestigte er die Sandsteinhöhle, schichtete um den Eingang einen Steinwall auf, pflanzte einen Akazienbaum. Robinson Crusoe in der Wüste. Er besorgte sich ein Fernglas und schaute über die fernen Dorflandschaften, beobachtete das Treiben der jungen Alphaten, die auf der anderen Seite der sich dahinziehenden Hügelkette ein Lager aufgeschlagen hatten. In einer felsigen Senke dieses breiten Tals hatten die Alphaten einen Salzwassersee angelegt. Pilzförmig gedruckte Türme beschatteten Teile der Uferzonen und kühlten den See. Er erzählte von monströsen, länglich runden Wesen, die auf der Wasserfläche schwammen, angetrieben von einem Flossensaum, Geschöpfe, halb Tier, halb künstliche Plattform. Zu festgesetzten Zeiten, in der ausgehöhlten, durchlöcherten Hügelkette war eine Schule untergebracht, sprangen junge Alphaten in den See, schwammen zu den Zwitterwesen, kletterten auf ihre wulstigen Rücken und trieben sie ausgelassen hinweg über das Wasser.»

«Ihr Vater ...», sagte Rohan.

«Mein Vater winkte zu ihnen hinab, sie grüßten zurück. Manchmal besuchten sie ihn, landeten mit ihren Leichtfliegern auf dem weiten Plateau vor seiner Höhle. Sie verstanden seine Sprache. Es waren alphatische Kinder, etwa zwölf Jahre alt in ihrer geistigen Entwicklung. Sie sagten, sie wären in der ersten beschleunigten Phase ihrer Entwicklung, eigentlich wären sie erst acht Jahre alt. Sie zeigten ihm ihr Fluggerät, legten die zarten Flügel ab: Aerogele mit eingelagerten Wasserstoffclustern. Er durfte die federleichten Schmetterlingsschwingen in die Hand nehmen. Und die Energiespeicheranzüge befühlen. Ein Kleinsttriebwerk auf ihren Rücken trieb sie überdies voran. Sie zeigten ihm einen Looping.

Dann kam der Tag der Tragödie. Sie flogen einmal wieder hoch oben, kreisten wie die Geier über den Hügeln. Ein Sandsturm zog auf, eine Sand-Luft-Walze, was soll ich sagen, ein junger Alphate verlor die Kontrolle. Die rotierenden Luftwirbel schleuderte ihn auf das Felsplateau vor der Höhle. Der Alphate lag bewusstlos auf dem Felsen. Seine Energiespeicherjacke brannte. Mein Vater stürzte sich auf ihn und riss ihm instinktiv die Jacke vom Leib. Doch das Stück explodierte wie eine Bombe in seinem Arm. Der Alphate war gerettet und mein Vater lag schwerstverletzt am Boden.

Er lag auf einer Intensivstation der Alphaten. Er befand sich im Koma. Ich saß neben ihm. Der Arzt sagte, wir können ihn nur einmal herüberholen. Ob ich jetzt damit einverstanden wäre. Ich nickte, was sollte ich sonst tun.

Er erkannte mich und verzog seine verkrusteten Lippen zu einem Lächeln. Es war der Abschied. Ein alphatischer Arzt beugte sich über ihn. Er sagte zu meinem Vater: «Wir können von Ihrem Körper nur noch Ihr Gehirn retten. Ein künftiges Dasein als Gehirn-im-Tank, das könnten wir für Sie tun. Das wäre unsere Anerkennung. Mehr Dank geht nicht. Sie müssen sich jetzt entscheiden.»

«Mein Vater lehnte ab. ‹Mein Leben hatte einen Anfang und kommt jetzt zum Ende›», flüsterte er. Er glaubte an den Übergang ins Jenseits.

Er dämmerte vor sich hin. Schloss immer wieder die Augen. Der Arzt zuckte ratlos mit den Schultern.

«‹Danken Sie meiner Tochter›, waren seine letzten, geflüsterten Worte gewesen.»

«Das war die traurige Geschichte von meinem Vater.» Chantal seufzte befreit auf. Im Dunkeln tastete sie nach ihrem Weinglas.

«Von seinen Söhnen wollte Ihr Vater sich nicht verabschieden?»

149

«Er hatte nach ihnen gerufen. Sein Appell kam zu spät.»

«Danken Sie meiner Tochter», zitierte Rohan Chantal nach längerem Schweigen.

«Wochen später besuchte mich in meinem großzügigen Haus - die Alphaten hatten es mir zugewiesen - eine europäisch gekleidete Dame. Sie kam mit einem Minikopter, landete im Gemeinschaftsgarten zwischen Akazien, mit einem Köfferchen in der Hand. Die Nachbarn befürchteten das Schlimmste. Es war die Dame mit den Wünschen. Wünsche erfüllen, mein Gott.» Chantal griff erneut zum kühlen Glas: Der Serviceroboter beherrschte das Nachfüllen auch in der Dunkelheit des Zimmers.

«Zeit zum Nachdenken hatte ich genug gehabt. Ich war gesund. Und an die zwanzig: Lebensverlängernde Maßnahmen brauchte ich nicht, so ein Quatsch.»

«Gedächtnisoptimierung», scherzte Rohan. «Das kann jeder gebrauchen. Und die anderen Tools der Selbstoptimierung, was da alles möglich ist.»

«Vergessen kann eine Gnade sein. Die Erinnerungen an den Tod meines Vaters, die sollten mit der Zeit verblassen.»

«Ziemlich altersweise, wie Sie daherreden!»

«Implantierte Gesichtserkennungssoftware, mit Beschreibung der Gefühlslage meines Gegenübers. Meinen Sie so etwas? Ich schaue meinem Nächsten ins Gesicht, das genügt mir. Haben Sie etwa so etwas im Einsatz, während Sie mit mir sprechen?» Chantal hatte sich in Rage geredet.

«Hier in der Dunkelheit des Büros wären Sie davor sicher. Wir unterhalten uns auf Augenhöhe, freundschaftlich. Und außerdem: Eine solche Software gibt es in unserem Botschaftsraum nicht.»

150

«Aber ein Kind erbat ich mir!», fuhr Chantal wieder beruhigt fort. «Einen gesunden, ansehnlichen Knaben. Jonas sollte er heißen. Und dazu aufgezogen mit extrakorporaler Schwangerschaft, wie die Alphas es nennen. Das wäre ein Traumwunsch, den ich mir sonst nie hätte erfüllen können. Die fremde Dame öffnete ihr Köfferchen und auf ging's. Sie überschüttete mich mit 3D-Animationen. Der mütterliche Genanteil als Basis des Knaben war mein eigener, dies war schon klar. Eine vaterähnliche Erscheinung des Knaben, für mich auch ohne Frage. Stolz und von kräftiger Statur, ein kühner Ausdruck im Gesicht. Die Gene von Tamko zu beschaffen, war ja ein leichtes Spiel. Dann kamen die Optimierungen an die Reihe: Vorbereitungen für Brain-Schittstellen? Sicherlich. Mein Sohn Jonas kann da später immer noch mitreden. Optimierung seines Immunsystems? Da war nichts einzuwenden. Eliminieren von Anfälligkeiten für Krankheiten? Na klar! Keine übermäßig ausgeprägte Prägung für Religionen, gleich welcher Art? Nach langem Zögern entschloss ich mich für diese Wahlmöglichkeit, die ich dann auch bestellte. Er sollte da nicht von vornherein eingeengt werden.»

«Sie denken da sehr modern», unterbrach Rohan sie. «Nun, die Eltern bestimmen ja dann anfangs bei der Erziehung auch ein wenig mit, wo es langgehen soll. Ob sie ein sanftes, hingebungsvolles Schaf oder einen Fanatiker haben wollen.»

Chantal sah ihn ratlos an. «So ging es weiter mit den Wünschen für meinen Sohn», erzählte sie weiter. «Und als Zugabe bekam ich ein bidirektionales Equipment zwischen künstlicher Gebärmutter und meinem Körper.» Chantal fasste sich an den Leib. «Ich werde spüren, wenn er sich regt und wenn er sich in meine Wärme kuschelt.»

151

«Glückwunsch!», sagte Rohan knapp.

«Später bot man mir eine Reise zur Botschaft der Alphaten in München an. Es ginge um eine Expedition zu den alphatischen Dörfern.»

«Nun, das war wieder Liu Chen Lu, die Chantal ausgewählt hatte», dachte Rohan. «Willkommen im Team, Frau Chantal», sagte er zögernd. «Es ist ein sehr kleines Team, neben Ihnen nur noch Chima, eine alphatische Kämpferin, meine Wenigkeit und Shala, unser Maskottchen.»

Es war spät geworden. Rohan stand auf und sagte: «Licht, Stufe zwei.»

Chantal saß erschöpft in einer Ecke des Sofas. Ihre Stirn glänzte schweißig. Sie blinzelte ihm zu. In der anderen Ecke ruhte zusammengerollt Shala.

«Sie waren sehr offen zu mir. Jetzt bringt Sie einer unserer Kopter in ein Hotel. Er zeigte nach oben zum Flugdeck. Hier, die Chipkarte für Flug und Hotel.»

152

Kapitel 24

«Ich hatte mir deine Ortskraft etwas drahtiger vorgestellt», sagte Shala zum Botschafter Rohan. «Hast du nichts Athletischeres gefunden? Wenn das mal gut geht!»

«In deinen Augen, keine Seele, kein tiefer Blick, so spricht Chantal über dich», frotzelte Rohan.

«Die künstlichen Kreaturen, in denen wir Unterschlupf suchen, sie sind eben so geschaffen, das ist *ein* Unterschied! Und dieser ist gewollt! Doch wir haben keine Zeit zum Blödeln, lieber Rene. Professor Kixstone wühlt weiter in deiner Vergangenheit. Es wurmt ihn, seine Niederlage auf dem Mond. Und dann: Du bist Botschafter der Alphaten und sein Stellvertreter! Sein Feind ist sein zweiter Mann! Er will dich kaltstellen.»

«Mehr weißt du nicht, Shala?»

«Sie werfen unseren Spionagedrohnen ab und zu einen Brocken zum Fraß hin.»

«Und?»

«Kixstone untersucht deine Karriere bei der HAO. Die Gegner der Alphas haben dich gefördert, deinen Weg nach oben geebnet. Warst du doch das ideale Opfer der alphatischen Geltungssucht, eine Art Held. Doch auch die Befürworter der Alphaten haben dich protegiert. Als Wiedergutmachung. Als hätten sie eine Schuld zu begleichen.»

«Ich hatte diesen wohlwollenden Rückenwind der alphatischen Gegenpartei wahrgenommen. Das ging hinauf bis zu Wagner, und Professor Kixstone, der damals eine klare Antialpha-Haltung bei mir voraussetzte. Sein Entgegenkommen war

153

geradezu schmierig. Aber vergiss nicht, ich habe mich bei Humans-Alpha sofort voll reingehängt. Eine Laufbahn an der Hochschule kam nach dem Eklat nicht mehr in Frage. Und die Atmosphäre an der Hochschule sagte mir ohnedies nicht zu: Alles befristet, immer dieses: Woher bekomme ich die nächsten Fördergelder. Dazu dieses lästige Konkurrieren, dieses Hochdienen.»

«Wem sagst du das, war ich doch selbst in dieser Karrieremühle einmal gefangen.»

«Bei Wagner hatte ich es bis zu einem Leiter der Analyse alphatischer Technologie gebracht. Das stößt Kixstone plötzlich sauer auf.»

«Und das wirft für ihn nunmehr Fragen auf. Er forscht jetzt noch weiter in deiner Vergangenheit. Kindheit, Studienzeit, woher kam deine Begabung. Du kennst sie doch, die Zwittertheorie: Ohne dein Wissen, insgeheim, haben die Alphaten dich manipuliert, auf einem Sommerlager oder in der Zeit einer Talentförderung, während einer dieser geschlossenen Seminare.»

«Sie werden nichts finden.»

«Nach der Prügelei mit den Alphaten verschwandest du von der Bildfläche. Nervenzusammenbruch, so nennt man das volkstümlich.»

«Ein großer Nebel liegt über dieser Zeit.»

«Schlossklinik Fürstenfeld, ein privat geführtes Sanatorium, das war deine erste Station.»

«Spionierst du mir ebenfalls nach?»

«Das sind die Informationsbrocken, die Kixstone mir schenkt. Kixstone untersucht die Finanzierung der Behandlung.»

154

«Mein Vater beglich die Rechnungen. Obwohl er sich von mir abgewendet hatte.»

«Und deine sogenannten Behandlungen?», fragte Shala.

«Die ersten Behandlungen der posttraumatischen Depression waren erfolglos. Musiktherapie, Basteln, Ballspielen im Garten und solcher Kinderkram. Man setzte mich unter Drogen. Doch Ruhigstellen ist keine Heilung. Hinzu kam die Trennung von meiner Verlobten. Kira. Kira von Grindbergburg. Sie strebte ins künstlerische Fach, sie wollte emotionale Grenzen überschreiten. Die Bewunderung für mein technisches Gehabe, wie sie es nannte, war irgendwann erloschen. Die Schlägerei mit den Alphaten, sie nahm das nur zum Anlass, sich von mir endgültig abzuwenden.»

«Und heute?»

«Heute akzeptiere ich ihren Werdegang. Kira ist dann nach einer stürmischen Phase der Bestimmung als Frau nachgekommen. Kinder, Ehe, beständiges Glück. Vernarrt in Goldkettchen in Fuchsschwanzart, ein bisschen Golfen und Besuch der Oper, natürlich exotische Reisen, ich gönne es ihr.»

Rohan erhob sich aus der Sofaecke. Shala schaltete er ab, legte Bensons Stimme auf seine In-Ear-Kopfhörer. Doch Benson schwieg. Verirrte Lichtreflexe vom Flugdeck geisterten durch sein Botschaftsbüro, brachten sein gefülltes Weinglas periodisch zum Glitzern. Er nahm einen Schluck. Wieder einmal hatte ihn die Vergangenheit eingeholt.

Er ging sie durch, die Stationen seiner Genesung. Nach der Schlossklinik Fürstenfeld kam er in eine private Kurklinik in Bad Füssen mit Schwerpunkt Wassergymnastik, Trinkkuren und Körperertüchtigung. Da das nichts brachte, überführte man ihn nach Marienbad. Gemüsebrühe schlürfen und Heil-

155

wasser mit Lithiumbeigaben trinken. Dann kam ein Medizinpark in Genf.

Doch Erfolg brachte erst die Behandlung in Lecce, in Apulien. Es war ein Hirnzentrum, privat geführt, mehrere Koryphäen der Neurowissenschaften waren an Bord. Eine Klinik, untergebracht in einer Barockvilla außerhalb der Stadtmauern, vollgestopft mit Technik. «Lecce war der Durchbruch!», sagte Rohan laut.

«Ein Behandlungsplan wäre interessant», meldete sich Shala.

«Mit Sonden durchforsteten sie mein Gehirn. Mit magnetischen Behandlungen löschten sie meine schmerzhaften Erinnerungen.»

«Fehlt nur noch die Neurochemie, der übliche Cocktail, eine Gabe der psychoaktiven Substanz Psilocybin und ähnlichen Derivaten. Man hat dich aufgepeppt.»

Rohan bejahte. «Mit der Unterstützung von Nanobots zogen sie neue Nervenbahnen ein», beschrieb er die weitere Behandlung.

«Wohin führten die Bahnen? Lass mich raten: In die Schläfenlappen deines Gehirns? In den Hirnstamm? Auf jeden Fall zu den Belohnungszentren. Merke dir, das sind feinste alphatische Techniken zur Bewusstseinsveränderung. Kappen und Verbinden. Einige Neurotheologen sind der Meinung, in den Schläfenlappen sitzt die Religiosität des Menschen, ruht Gott. Behandlungen dieser Zentren mit magnetischen Feldern brachten es an den Tag: Strenggläubige Christen konvertierten zum Islam. Ersetze Gott durch die Alphaten. Warum auch nicht dies: Neutrale, gutgläubige Erdenbürger, die nichts am Hut mit den Alphaten haben, sympathisieren mit den Alphaten, werden umgepolt, verfechten mit einem Mal alphatische

156

Ziele. Du kennst doch die Geschichte vom Saulus zum Apostel Paulus. Unser Gehirn ist sehr flexibel.»

Rohan stöhnte auf. Die Geschichte war ihm bekannt. «War ihm so etwas Ähnliches passiert? War überhaupt etwas passiert mit ihm?», dachte er.

«Mit steuerbaren Blockadetechniken kannst du die Bewusstseinsmanipulation in die Zukunft verschieben», fuhr Shala unbeirrt fort. «Auf Knopfdruck verwandelst du dich in einen Freund der Alphaten. Vielleicht haben Sie dich in einen Schläfer verwandelt.»

«Ein Schläfer», wiederholte Rohan. «Nun sag schon: Bin ich es? Du hast Zugang zu den Datenbanken. Sitzt an der Quelle. Hat man mich manipuliert?»

Shala gab Bensons wieherndes Lachen von sich, das Rohan schon lange nicht mehr von ihm gehört hatte.

«Wenn es sie gäbe, solche Listen mit Schläfern, wären sie geheim. Du überschätzt meine Rolle. Ich bin ein kleines Werkzeug der Alphaten. Ich diene so ganz nebenbei den Alphaten, aus Dankbarkeit darf ich dazu da sein. Dafür gibt es einen Extrabonus. So ist der Kontakt zu dir, zur Außenwelt - in der Ewigkeit des Tanks ist das eine Gnade. Und sicherlich habe ich keinen Zugang zu brisanten Daten. «

«Ich könnte mich einem tiefen Gehirnscan unterziehen», sinnierte Rohan, nachdem er die Äußerungen Bensons über sein GiT-Dasein verdaut hatte.

«Halte dich von solchen Untersuchungen fern. Professor Kixstone wartet nur darauf, dich in die Röhre zu schieben. Entweder er verfälscht die Ergebnisse der Scans, wenn sie ihm nicht passen, oder, ich warne dich noch einmal: Eine versehentlich fehlerhafte Geräteeinstellung, und wie bedauerlich, unser

157

Botschafter der Alphaten ist seinen Aufgaben nicht mehr gewachsen.»

«Die Alternative, mit der Ungewissheit leben, ein Schläfer zu sein?»

«Finde dich damit ab!»

«Und was ist mit Implantaten? Eingepflanzte externe Motivationsverstärker? Heimlich verlegte Golddrähtchen ins Allerheiligste oder Ansteuern meiner Analysezentren über optolelektronische Bahnen?» Die Bilder von Versuchsratten kamen ihm in den Sinn, die mit Hilfe von Gehirnelektroden ferngesteuert durchs Gelände pirschten und Landminen aufstöberten.

«Beruhige dich, lieber Rene. Bist du schlauer geworden? Sprichst du plötzlich fremde Sprachen? Triffst du Entscheidungen gegen deine Überzeugungen? Du hättest diese Art Fremdbestimmung oder Beeinflussung längst bemerkt.»

Für einen Moment kamen ihm Zweifel an der Vertrauenswürdigkeit Bensons auf. Was war Bensons Rolle? Konnte man ihm trauen? Was war mit der Manipulation *seines* Belohnungszentrums? Sein ganzes Gehirn war gekapert, lag in den Händen der Alphaten. Doch dann verwarf er diesen Gedanken. Er erinnerte sich an die Begegnungen mit ihm. An sein letztes, vertrauensvolles Gespräch im Baumrestaurant in München, als er noch Chef der Benson AG war.

«Du bist jetzt Botschafter der Alphaten. Das ist deine Bestimmung. Fülle sie aus. Die proalphatische Sicht hast du dir selbst erworben. Du stehst da nicht allein. Die Alphaten stehen dir bei.»

«Auch die Gegner der Alphaten formieren sich zusehends», warf Rohan ein.

158

«Die Alphaten haben damit gerechnet. Doch sie werden von Tag zu Tag stärker. Sie halten dagegen. Anfangs wurden sie belächelt, ignoriert. Später ausgegrenzt. Jetzt versucht man, sie einzuschüchtern und ihren Einfluss einzudämmen. Man zwingt ihnen einen Kampf auf.»

«Im Kampf werden sie den Menschen überlegen sein», sinnierte Rohan. «Auch mit deiner Hilfe, wie ich sehe. Setzt dich mächtig für mich ein!»

«Ja, ja, als Soldat in Skalzis Schattenarmee», bestätigte Benson kleinlaut.

Chantal platzte ins Gespräch hinein. «Hotel gut. Die Wirtin hat mir zu später Stunde eine kalte Platte serviert. Exzellent. Brezen, Schinken, Radis. Bis auf den Meerrettich, er stieg mir in die Nase.»

«Gewöhnen Sie sich ein, Frau Chantal. Ein Kopter bringt Sie morgen Vormittag wieder zu mir. Dann planen wir die Reise zu den Saharadörfern. Grüße an die Wirtin.»

«Gruß von Shala, der seelenlosen Roboterkatze», rief Shala laut und schaltete sich ab.

«In welcher Welt Benson jetzt wohl verschwunden ist?», fragte sich Rohan.

«Schläfer der Alphaten, Schläfer der Alphaten», murmelte er. «Die Ratte schnüffelt auf Knopfdruck im Minenfeld.»

159

Kapitel 25

Professor Kixstone warf seinem Gegenüber einige Fotos zu. Sie schlitterten wie Spielkarten über die Platte des Schreibtisches. «Rohan als Student», erläuterte er. «Zusammen mit seiner Verlobten Kira von Grindbergburg. Als lächelnder Doktorand vor seiner Forschungsgerätschaft, ein Selfie, da war er fünfundzwanzig Jahre alt.»

Ohne die Bilder anzusehen, steckte der angeheuerte Detektiv Lorenzo Galli sie in die Innentasche seines Jacketts.

Dann schob der Professor ihm eine ausgedruckte Liste über den Tisch.

«Aha, die Kuraufenthalte Rohans.» Galli studierte die Zusammenstellung.

«Die ersten Positionen können wir uns schenken», sagte der Detektiv endlich. «Diese Schlossklinik, diese Kuraufenthalte in Füssen und Marienbad, selbst Genf – können wir vergessen. Wässerchen innerlich und äußerlich, Massagen, Gespräche, Antidepressiva. Es sollte schon ein exzellentes Gehirnzentrum sein, nicht nur die üblichen MRT-Scans. Neue magnetische Techniken, Nanosonden, Neurochemie.»

Kixstone winkte ab. «Wir beurteilen das auch so. Der Professor verzog seinen Mund zu einem schiefen Grinsen. Ihre Bemerkungen zeigen mir: Sie haben einen schnellen Verstand und Sie sind nicht nur auf Spesen aus. Also bleibt uns nur Lecce!»

«Lecce, Apulien, das ist immer eine Reise wert,» sagte Galli scherzhaft.

160

«Also bleibt uns nur die Klinik Manzini, *Clinica psichiatria*.»

«Es ist wohl die einzige spezialisierte Klinik auf der Liste, die Rohan hätte derartig manipulieren können. Ich denke, ich werde als Vertreter magnetochirurgischer Apparate oder so da mal antanzen.»

«Wann reisen Sie?»

«Vermutlich in einer Woche. Was da vor langer Zeit in dieser Klinik vonstattenging: Ich muss da vorher recherchieren, Ärzte, Veröffentlichungen, Kooperationen.»

«Dieser Rohan, wir trauen ihm nicht. Ich denke, er organisiert eine alphatische Gegenwehr. Er macht Stimmung gegen die HAO. Sie sollten verstehen, warum wir ihn ausforschen.» Er gab sich kämpferisch, als wollte er Galli auf seine Seiten ziehen.

«Ihre Hintergründe interessieren mich nicht sonderlich, Herr Professor Kixstone. Ich gehe eine Mission gern unbelastet an.»

Kixstone nickte. Es war das dritte Mal, das er Galli etwas über den Tisch schob. «Wenn Sie wollen, auch in Krypto.»

«Ist mir egal. Bargeld lacht.» Der junge Mann mit dem italienischen Look blätterte die Banknoten spielerisch durch, dann ließ er das Bündel in der Jackentasche verschwinden. «Danke für den Vorschuss!»

161

Kapitel 26

Lecce, die prächtige Barockstadt in Apulien. Innerhalb der alten Stadtmauern prangte die gelbe Kalksteinarchitektur. Der Stein, ein weiches Material, härtete erst nach dem Bau aus und ermöglichte diese prachtvolle Gestaltung der Fassaden. Lorenzo Galli war in einer Pension an der Piazzetta Pellegrino abgestiegen. In der spätsommerlichen Dämmerung kreisten Schwalben über dem Platz. Im Anmeldeformular hatte er sich als Vertreter einer Firma MagnetoHealth ausgegeben. Er logierte unter dem Namen Enrico Grazzi.

Die Klinik, auf die er es abgesehen hatte, lag jenseits der Porta San Biago, eines der vier alten Stadttore.

Am Tag nach seiner Ankunft visitierte er das Klinikobjekt. Es war ein kleiner Palast in der Viale Francesco Lo Re, eingezäunt von Eisengitterstangen auf einem Sandsteinsockel, dahinter erstreckte sich eine übermannshohe Sichtschutzhecke. Der winzige Garten schien gepflegt, wie ein seitlicher Blick am Gebüsch vorbei erahnen ließ. Ein Springbrunnen plätscherte vor sich hin. Auf einem Messingschild las Galli: Dottore di Riccerca Fabrizio Manzini, *Clinica psichiatria*. Darüber ein Kameraauge. Auf den Pfeilern der Einfahrt standen zwei leere, verfallene Betonvasen. Er drückte sein Gesicht gegen das Eisengitter, um mehr vom vorderen Teil des Gartens zu erkennen.

«Die harmlosen Fälle sind im benachbarten Hotel untergebracht», sagte ungefragt ein Passant.

Lorenzo Galli dankte. Aus etwa einhundert Metern Entfernung startete er unauffällig eine Minifotodrohne. Im Garten,

162

zwischen Topfpflanzen und dem plätschernden Brunnen, bewegten sich apathisch zwei Patienten, gestützt von robotischen Begleitern. Auf dem Dach der Villa erkannte er drei freie Kopterlandeplätze. «Mein Einfallstor», murmelte er erfreut.

Am nächsten Morgen verließ er die Pension und brachte seinen Reisesack zum Bahnhof. Dann lieh er sich im Touristenbüro einen Stadtbesichtigungskopter. Nach dem Schwebeflug über der Chiesa di San Matteo und der Porta San Biago löschte er das Besichtigungsprogramm. Dann flog er zur Klinik Manzini. Die Landeplattformen verweigerten ihm das Aufsetzen, doch Galli wusste sich zu helfen. Er öffnete seinen Equipmentkoffer und entnahm ihm einen Notfallentriegler. Ein Steuerimpuls genügte. Die Plattform eins erlaubte ihm jetzt das Anlegen.

Eine Ärztin und ein Helfer in einem blauen Kittel stürzten auf das Flugdeck. «Was für ein Notfall?», schrie die Dame auf Italienisch.

«Das sind die Tricks der Vertreter», sagte Galli und überreichte der Ärztin eine schillernde Visitenkarte, die in ihren Händen zu einem holografischen Feuerwerk zu explodieren schien. «Und für beide ein kleines Geschenk, wie es sich gehört.» Er gab ihnen eine VR-Brille, dazu die passenden In-Ear-Kopfhörer mit Konvertern zum Wahrnehmen von Ultraschall. «Gruß an die Delphine beim nächsten Badeurlaub. Und jetzt bitte zu Dottore di Riccerca Manzini! Wir haben immer noch einen Notfall,» schloss er scherzhaft.

Doktor Manzini war ein untersetzter Mann in den Sechzigern. Ein spärlicher Haarkranz umschloss seinen wohlgeformten Hinterkopf. Den weißen Arztkittel trug er offen. Er schwitzte.

Sein erster Ärger über die Störung hatte sich gelegt. Auch er bekam die exotische Visitenkarte überreicht, die in einer kurzen Holo-Botschaft einige Produkte der Firma MagnetoHealth präsentierte. Und auch er bekam die VR-Brille mit Ultraschallempfang geschenkt.

In seinem großzügigen Büro servierte Manzini Eiskaffee. Galli nippte am Hochstielglas, versuchte, chemische Substanzen herauszuschmecken.

«Sie haben lange nichts von uns gekauft, Dottore.» Galli gab sich den Anschein eines Vertreters.

«Herr Grazzi, mit Ihren Produkten der Firma MagnetoHealth kommen Sie zwanzig Jahre zu spät», sagte er genüsslich. «Diese Art zu forschen haben wir aufgegeben.» Zu Gallis Gefallen war Manzini vom Sprechen in den Übersetzungsassistenten ins Deutsche gewechselt.

«Dottore di Riccerca Manzini, Sie waren so erfolgreich. Wenn ich mir Ihre Veröffentlichungen anschaue.»

«Zu erfolgreich!», sagte er wehmütig. «Wir hatten uns zu weit vorgewagt. Unser *instituto de magnetoterapia*, so nannten wir uns damals, war viermal so groß. Die prächtige Nachbarvilla gehörte dazu. Davon übriggeblieben ist diese kleine Klinik. Heute behandeln wir nur noch altersdepressive Menschen. *Clinica psichiatria*. Wir medizinieren mit klassischen, sanften Methoden.

«Damals erfolgreich», nahm Galli den Gesprächsfaden wieder auf. «Beeinflussung spezieller Gehirnareale mittels Magnetsonden.»

Manzini schwieg verunsichert.

«Versuche am Menschen!»

164

«An wem sonst. Es waren schwer depressive Patienten, bei denen wir anders nicht weiterkamen. Mit diesen Versuchen hatte ich nicht zu tun.»

«Sie überreichten ja nur gewisse Psychopharmaka. Psilocybin, wenn ich nicht irre.» Galli schob das Glas mit dem Eiskaffe von sich.

«Was sollen diese Fragen. Ich dachte, Sie wollen uns überteuerte Gerätschaften Ihrer Firma andrehen.»

«Mirko Abramowitsch», sagte Galli trocken.

Manzini antwortete nicht. Er trotzte wie ein kleiner Junge. Hilfesuchend sah er zur schalldichten Tür. Schweißperlen glänzten auf seiner Stirn.

«Abramowitsch», wiederholte Galli und lachte unverschämt. «Das hat wohl nichts mehr mit MagnetoHealth zu tun. Und das war Ihre letzte Frage.» Er tupfte sich mit einem zerknüllten Taschentuch den Schweiß von der Stirn.

«Er leitete damals das *instituto de magnetoterapia*», antwortete er schließlich doch. «Eines Tages verließ er mit Sack und Pack die Einrichtung, siedelte über auf die Isla Alphatica. Zu den Alphaten. Was nichts anderes bedeutet, Abramowitsch hatte die Jahre über im Auftrag dieser Halbmenschen geforscht. Nach und nach ist uns das hier klargeworden. Und jetzt nehmen Sie Ihr Köfferchen und verschwinden Sie!»

Der Dottore erhob sich erregt und lief zu seinem Schreibtisch.

Galli sprang auf und schlug ihm den Kommunikator aus der Hand. «Setzen Sie sich!», befahl er.

Widerwillig nahm Manzini wieder Platz. Er war empört. Aber er begriff den Ernst der Lage.

Galli zog den Glastisch blitzschnell zur Seite, schleifte seinen leichten Sessel zwei Meter weg in die Mitte des Raums.

Er ließ sich in den Sessel fallen und öffnete seinen Equipmentkoffer. Und entnahm ihm eine Waffe.

Manzini starrte auf die klobige Vorrichtung.

«Das ist eine Betäubungspistole. Die Wirkung lässt sich anpassen, vom Hasen bis zum Büffel. Voreingestellt auf Affe. Mit dem Daumen regelst du blitzschnell, was du einstellen möchtest.» Er drehte die Revolverkammer. Ein ratschendes Geräusch ertönte.

«Hase dürfte genügen.» Manzini hatte sich etwas gefangen. Als gewiefter Menschenkenner erkannte er, dass sein Gegenüber ihn nur erpresste, dass da keine unmittelbare Gefahr drohte. «Das Magazin rasselt, da gehört ein Schuss Öl hinein!», gab Manzini noch zum Besten.

«Lassen Sie die Scherze, Dottore. Rohan, Rene Rohan, er war zu Abramowitschs Zeiten hier in Behandlung. Ich will seine Akte und kommen Sie mir nicht mit dem Quatsch von wegen Arztgeheimnis!»

«Wenn das alles ist», murmelte Manzini erleichtert.

«Die Akte!»

«Sie werden enttäuscht sein, Herr Grazzi, sie ist nämlich leer!»

«Ich will sie trotzdem sehen!»

«Sie sind nicht der Erste, der sich nach diesem Rohan erkundigt.»

«Ich höre ...»

«Aha, ein Verhör ...»

«Ziehen Sie unser Gespräch nicht unnötig in die Länge», drohte Galli.

«Derjenige hatte sich unter irgendeinem Namen vorgestellt. So wie Sie vermutlich. Die Akte war damals schon leer. Und nicht nur das: Die Server mit den Behandlungsunterlagen

166

fehlen auch. Weg, weg! Entweder wollte Abramowitsch Spuren verwischen, oder die Behandlungsergebnisse waren so bedeutend, dass er damit auf der Isla Alphatica weiterzuforschen gedachte. Als Teil eines größeren Vorhabens. Es fehlen übrigens auch noch von anderen Patienten die Unterlagen.»

«Ich will nur diese Akte sehen.»

«Sie können sich selbst davon überzeugen, dass da nichts ist. Meine Assistenzärztin wird sie uns bringen. Sie kennen die Dame. Wenn Sie erlauben, den Kommunikator zu benützen.»

Er drückte eine Taste und rief «Antonella! Prego.»

«*Desidera, dottore, prego.*»

«*Il fascicolo Rohan, per favore*», rief Manzini mit dienstlicher Stimme.

«*Di nuovo*», antwortete die Assistenzärztin.

«Legen Sie auf. Gehen Sie zur Tür. Wenn Sie anklopft, lassen Sie die Dame nicht herein!»

Nach endlos langem Warten, das beide mit Schweigen füllten, reichte die Ärztin eine dünne Mappe durch den Türspalt.

Der Aktenordner Rohan war tatsächlich leer.

«Nichts ist auch etwas», sagte Galli.

«Ende der Veranstaltung?», fragte Manzini erleichtert.

«Sie begleiten mich zum Kopter. Dort bekommen Sie von mir einen Abschiedsschuss in Hasenstärke. Auf dass Sie mir keine Dummheiten machen. Fünf Minuten traumloser Schlaf. Probieren Sie es aus. Könnte Ihre Behandlungsmethoden bereichern.»

Als Antwort warf ihm Manzini das Begrüßungsgeschenk vor die Füße.

Sie gelangten problemlos zum Flugdeck.

«Wohin darf ich es geben?», fragte Galli.

Zu seinem Vergnügen entblößte Manzini eine Gesäßbacke.

167

Nach dem Schuss startete Galli den Kopter. Er flog zum Bahnhofslandeplatz. Er löschte seine Flugdaten und schaltete auf unbemannten Flug mit Autopilot, Ziel: Flugdeck Griechisches Theater, Touristenbüro.

Kapitel 27

Professor Aras Kixstone hatte sich mehr erhofft.

«Wenn Sie mir wenigstens die Liste der Personen besorgt hätten, deren Patientenunterlagen verschwunden waren. Ein paar Namen. Wir könnten nach diesen Menschen fahnden. Vielleicht haben sie sogar unsere Organisation unterwandert. Wir könnten weltweit nach diesen Subjekten suchen. Stellen Sie sich vor: Eine Liste von möglichen Schläfern!» Der Gedanke schien Kixstone zu gefallen.

«Eine solche Liste zu beschaffen – das war nicht mein Auftrag, Herr Professor.»

«Aber Sie kennen doch das Ziel unserer Nachforschungen!», warf er Galli vor.

«Vielleicht rückt Dottore Riccerco Manzini Ihnen diese Liste heraus. Immerhin sind Sie der Boss der HAO. Oder er erinnert sich doch noch an gewisse Auffälligkeiten. Bieten Sie ihm eine Kooperation an.» Der Dottore schien nicht viel von den Alphaten zu halten.

«Wagen Sie einen zweiten Versuch?» Kixstone grinste Galli an. Er spielte mit einem Bündel Banknoten.

«Ich kann dort nicht noch einmal aufkreuzen! Sie haben meinen Bericht gelesen! Und die Liste, wenn es sie überhaupt gibt, dann steckt sie auf Isla Alphatica.»

«Dann gehen wir anders vor. Dieser Rohan, von ihm wissen wir, dass er in Lecce womöglich manipuliert wurde. Wir müssen *ihn* untersuchen. Und da er nicht einwilligt, werden wir ihn zwingen.»

«Sie wollen ihn kidnappen? Den Botschafter der Alphaten?»

«Wir holen ihn uns und durchleuchten seinen Kopf. Wir entlarven ihn.»

«Da wäre eine Menge Gewalt dabei. Und das wäre ein anderes Kaliber. Zwangsweise zuführen, eine ziemlich große Nummer.» Galli erhob sich und und lief nachdenklich durch den fensterlosen Besprechungsraum. «Sie wollen mir eine Entführung aufs Auge drücken!», sagte er aufgebracht.

Der Professor grinste, raschelte wieder mit dem Bündel Banknoten. «Das Zehnfache!»

«Da käme ich niemals ungeschoren heraus!»

«Vertrauen Sie meinen Experten, wir haben einen sicheren Schlachtplan.»

«Galli entwickelt seine Pläne lieber selbst.»

«Erst anhören, dann werden Sie zustimmen», sagte Kixstone sarkastisch.

Der Professor zeigte eine Luftaufnahme einer Siedlung in der Sahara. «Rohan besucht demnächst die alphatischen Dörfer. Mit Sicherheit auch das Dorf SD123. In diesem Dorf könnten Sie Rohan leicht überwältigen. Besser jedoch wäre es, Sie würden ihn ins Innere der alphatischen Pflanzenlandschaft locken, um ihn dort zu entführen. In deren Labyrinth wird das nicht auffallen. In der Nähe des Dorfes SD123 unterhält die HAO ein Pflanzenlabor. Er wird dort aufkreuzen.» Er zeigte ein weiteres Luftbild dieses urwaldähnlichen Pflanzengürtels. Ein Dschungel, mit einer fußballfeldgroßen Lichtung. «Von dort aus gelangen Sie zu dem besagten Labor im Innern der Wildnis.»

«Fangen Sie bitte von vorne an. Rohan besucht also die alphatischen Dörfer. Also mindestens eines davon, SD123. Wann findet das statt? Warum reist er dorthin? Wer reist mit?»

170

«Der Botschafter reist an mit zwei Damen. Ein kleines Team. Eine Ortsansässige ist dabei, sie möchte Chantal genannt werden und eine Alphatin, ein Fräulein Viola Chima.» Kixstone projizierte die Abbilder der Frauen in die Holo-Nische.

Galli schlenderte an die Abbilder heran und blickte die beiden aufmerksam an. Dann sagte er: «Eine Alphatin dabei, das gefällt mir nicht. Sie macht einen durchtrainierten Eindruck. Und schlau sind diese Typen außerdem!»

«Viola Chima. Sie wird allen erläutern, die es wissen wollen, wie diese Saharadörfer funktionieren. Sie hat Zugang zu grundlegenden Informationen, die Rohan nicht kennen kann.»

«Diese Frau Chantal aus einem dieser Orte könnte das auch.»

«Chantal interessiert das alles nicht. Sie kennt die Gepflogenheiten der Einheimischen, ihre Sorgen und Nöte. Sie besorgt dem Team unauffällig eine Bleibe. Zwei ihrer Brüder könnten Rohan Zugang zum Rauschgiftmilieu verschaffen. Auch über diese Lebenswelt will er etwas herausbekommen. Es kursieren Drogen. Eine dieser synthetischen Pflanzen, die Alflorum alphatica, produziert halluzinogene Stoffe. Die Alphaten beschwichtigen, doch die HAO hält dagegen, da ist das letzte Wort noch nicht gesprochen.»

«Rohan wird eine Liste von Verfehlungen der Alphaten abarbeiten?», spottete Galli.

«Von offenen Fragen. Das ist der Hauptgrund seiner Exkursion», antwortete Kixstone gelassen. «Sie müssen sich nicht darum kümmern.»

«Dann bliebe der Zeitpunkt.»

«In etwa einer Woche.»

171

«Und meine Tarnung?» Galli blickte den Professor herausfordernd an. «Ich habe längst noch nicht zugesagt!», warnte er ihn.

«Mit Sicherheit wird Rohan in Chantals Dorf für mehrere Tage wohnen. Das Dorf der Blauen Frösche. Falls Sie derartige Froschschenkel mögen, es wäre eine Versuchung wert. Sie bekommen von uns folgende Identität: Sie sind ein Herr Müller. Doktorand. Sie nehmen Pflanzenproben, ein Biologe, Molekularbiologe. Früher wären Sie mit einer Botanisiertrommel herumgegeistert.» Kixstone konnte sich diese Bemerkung nicht verkneifen. «Sie forschen im Auftrag eines Umweltlehrstuhls, eines astrobiologischen Instituts in Berlin. Sie interessieren sich für die exotischen, synthetischen Pflanzen, die sich zwischen den Dörfern ausbreiten. Alflorum alphatica, zum Lachen! Sie nehmen Proben, frosten sie ein. Einige Stücke untersuchen Sie vor Ort. Und Sie logieren in einem der gedruckten Häuser, genauer einem Viertelhaus mit separatem Eingang. Sie finden dort alles vor: Extraktionsapparate, Computer, Analysierer, Sequenzierer. Immer wenn Sie wollen, hilft Ihnen eine kundige Assistentin. Ihr Fach ist das Gebiet der synthetischen DNA. Wovon Sie natürlich keine Ahnung haben», schloss er genüsslich.

«Soll ich da etwa vorher einen Lehrgang besuchen?»

«Das ist der Knüller: Das Wissen, um ein wenig zu palavern, und Besuchern einen Experten vorzugaukeln, ziehen Sie aus einem Brain-Chip.»

«Einen Chip einpflanzen? Unumkehrbar?».

«Wenn Sie das einmal ausgekostet haben, werden Sie es behalten wollen. Alpha-Technik gibt's nicht zum Nulltarif. Der Brain-Chip lässt sich beliebig mit Wissen nachrüsten. Das wäre Teil Ihres Honorars. Ihr Name wird sein: Stephan Müller,

172

Xenobiologiestudent am Astrobiologischen Institut in Berlin. Also kein berühmter Wissenschaftler, sondern eher ein Wasserträger.»

«Gibt es diesen Knaben?»

«Es gibt ihn und er ist eingeweiht. Falls jemand nachforscht. Und: Der echte Müller macht derweil Urlaub auf Haiti. Wir werden Ihre Lippenform leicht aufspritzen und Ihren Bartwuchs an den Wangen aufpeppen.»

«Dann kann ich ja nach diesem Auftrag im Astroinstitut weiterstudieren. Dr. Stephan Müller!»

«Blödmann!», antwortete Kixstone.

Kapitel 28

Seit Anbeginn ihres Daseins suchten die Alphaten eine Bleibe, eine Heimat, um sich zurückzuziehen, sich zu schützen und ungestörte Basen zu finden. Indessen, die vorteilhaften Standorte auf der Erde waren belegt. Es blieben die Wüstengebiete, egal ob unbewohnbare Trockengebiete, Hochgebirgsregionen, die südliche Polarzone oder die Einöden der Ozeane. Mit Isla Alphatica, heute ihr Stammsitz, begann ihre Ausbreitung über die Meere. Später schufen sie weitere unabhängige Inseln, auf denen sie unbehelligt lebten, forschten und sich weiterentwickelten.

Doch die Alphaten wie die Menschen sind Landlebewesen, hatten gern festen Boden unter den Füßen.

Der Mond, Moon Village. Sie beteiligten sich an den Monddörfern. Wie vorhergesagt, gab es Streit und Zerwürfnisse mit den menschlichen Siedlern. Bis auf eine minimale Belegschaft zogen sich die Alphaten zurück. Erst in der Neuzeit erwärmten sie sich wieder für den Mond, mit dem geplanten Erwerb von Lunawater, der Übernahme einiger Lavahöhlen an den Kraterhängen am Südpol des Mondes. Doch das war nur ein Tropfen auf den heißen Stein. Zwar strategisch sinnvoll, aber teuer und nicht so recht für eine massenhafte Ansiedlung der Alphaten tauglich. Es war eher ein Sprungbrett für ihre geplanten extraterrestrischen Abenteuer.

In Venezuela, sie besaßen dort eine Quarzithöhle in den Tepui-Tafelbergen. Ein Refugium Skarzis, ein Einzelfall, ein Glücksfall. Skarzi hatte sich hier eingenistet, genaugenommen war es sein GiT, sein Gehirn-im-Tank. Als einer der Schöpfer

174

der Alphaten hatte er rechtzeitig für sich selbst vorgesorgt. Aber er gab nichts von seiner Höhle preis. Eine menschliche Leibwache beschützte ihn. Alphaten waren dort nicht willkommen. Es war sein Reich.

Später fassten die Alphaten Fuß auf Polarisalpha in der Antarktis. Die Station kam diesem Wunsch nach einer Bleibe schon näher. Die Eiswüsten am Südpol hatten sie gebändigt, trotz der grässlichen Polarnächte und den ungeschützt tödlich tiefen Temperaturen. Faktisch war es eher ein Trainingslager für Expeditionen zum Mond und ein Sprungbrett zu den Eismonden des Sonnensystems. Eine wünschenswerte, dauerhafte Heimstatt für tausende Alphaten war es nie gewesen.

Hochgebirgswüsten? Oh je: diese dünne Luft, diese unfruchtbare Ödnis. Mit Gämsen an felsigen Steilhängen der Berge konkurrieren. Sie suchten nach angenehmeren Möglichkeiten.

Dann lieber die Glutöfen der Trockenwüsten der Erde wählen. Die Sahara! Mit billigster Energie lässt man Wasser überallhin fließen und flirrende Hitze beliebig herunterkühlen. Aber auch hier war niemand gewillt, ihnen Land zu verkaufen. Doch es ergab sich eine Abmachung. Im Grenzgebiet von Marokko und Mauretanien, nicht weit von Algerien entfernt, erwarben sie einen Landstrich, eine Steinwüste zur Pacht für einhundert Jahre. Ihr Angebot überzeugte: Wir bauen euch unabhängige Dörfer, schaffen blühende Landschaften, geben Arbeit und Wohlstand für zigtausend Menschen und bekommen im Gegenzug einen Streifen Land und einige Sandsteinanhöhen zur Nutzung.

Das Königreich Marokko willigte ein. Sein amtierender Monarch war für einen Deal leicht zu überzeugen. Eine seiner Forderungen, die erstellte, war die Transformation seiner

175

selbst. Er war ein direkter Nachfahre des Propheten Moham-med und fühlte sich berufen, nachdem seine Zeit gekommen war, als GiT weiterzuleben. Er wünschte, weiter zu regieren. Er trachtete danach, die Geschicke Marokkos auch nach seinem Ableben zu beeinflussen.

Die Algerier wollten mit den geplanten alphatischen Saharadörfern ihre Flüchtlingsprobleme lösen. Ein Großteil der Insassen der Camps um Tindūf sollte in die Dörfer umgesie-delt werden.

Die Humans-Alphaten-Organisation, die HAO, übernahm in der ersten Zeit gern die Schirmherrschaft über das Vor-haben. Saharaforming, das war ein Leuchtturmprojekt, mit dem man sich schmücken konnte.

Und die Mauretanier stimmten schließlich zu, ein Areal unfruchtbarer Geröllwüste östlich von Ain Ben Tili einzutau-schen gegen einen erhofften wirtschaftlichen Aufschwung und einen satten Pachtzins.

Bald rollten Tieflader über eine Wüstenpiste zum Start-punkt der Bautätigkeiten, beladen mit einem Mikrokernreak-tor, mit Gebäudedruckmaschinen und Unterkünften für Bau-arbeiter, mit Anlagen zum Bereiten von Spezialmörtel, Brun-nenbohrgeräten, Wasserentsalzungsanlagen und Wassertanks. Säbelbewaffnet Reiter auf Kamelhengsten eskortierten den Zug. Tänzerinnen wiegten sich rhythmisch zu den tröstlichen Klängen der Folklore-Musik. Zwei- ,vier- und sechsbeinige Roboter folgten der Kolonne in militärischer Ordnung. Hinter-her liefen von Brain-Chips gesteuerte Lastenkamele, beladen mit Sand- und Kiessäcken. An der Spitze des Pulks schwebte ein halboffener Kopter, darauf saßen und standen Gruppen würdig dreinschauender Alphaten und Vertreter der Regie-rungen, die am Saharadeal beteiligt waren. Bewohner des

176

nahegelegenen Flüchtlingscamps und einige Mauretanier auf Kamelen beobachteten das Treiben aus sicherer Entfernung.

Kapitel 29

Etwa zwanzig Jahre nach dem ersten Spatenstich, am Startpunkt der Versorgungstrasse zu den Saharadörfern, hier, an der Atlantikküste zwischen den Ortschaften Tarfaya und Laayoune, begann Rohans Exkursion zu den alphatischen Dörfern.

Rene Rohan umklammerte die unerträglich heiße Brüstung der Aussichtsplattform. Vor ihm wölbte sich die flache Kuppel des Westafrikakraftwerks. Mit seinen vier Entlüftungsschloten erweckte es den Anschein einer monumentalen Moschee.

Ein hochgewachsener Ingenieur in einer zu kleinen Betriebsuniform sprach eifrig an gegen die Windböen des Atlantischen Ozeans: «... auf sicherer Anhöhe gebaut ... die Kraft der Fusion ... Strom für alle ... Energietrassen ... Marokko und südwärts ... hinein Richtung Sahara.» Das Wort Westsahara schien er zu meiden. In den Sprechpausen nuckelte der Ingenieur an einem ledernen Wasserschlauch.

Dann zeigte der Ingenieur auf den nahen Atlantik zu den schimmernden, schwimmenden Feldern der Meerwasserentsalzer. Und wieder filterte Rohan nur Satzfetzen aus seinen Erklärungen heraus: «Goldatome ... Solarkraft ... die Sole vertreibt der Kanarenstrom ... Sammelschläuche ... Marokko.»

Shala erwartete Rohan im kühlen Fernkopter. Die Computerkatze hatte zu Rohans Zufriedenheit den Austausch der Batterieflüssigkeit überwacht.

Sie flogen im Sichtflug in der freigegebenen Zone entlang der Trasse. Meterdicke Druckleitungen pumpten das entsalzte

178

Wasser des Atlantiks die flachen Geländeanstiege hinauf. Schnurgerade daneben verlief das vierspurige Band einer Autobahn, benachbart der Energiestrang, ein ummantelter, vergrabener Supraleiter. Angrenzend hatten die Alphaten eine zweigleisige Schnellbahnstrecke angelegt, verankert in vor Ort gedruckten Betonschalen. Auf längeren, ebenen Abschnitten der Landschaft erstreckten sich halboffene Wasserkanäle.

«Eintönig, aber nichts daran auszusetzen», sagte Rohan.

Das Computertier Shala strich gelangweilt durch den Kopter, setzte sich auf das Steuerpult und starrte mit gespitzten Ohren in Rohans müdes Gesicht, so wie es die Katzensoftware vorschrieb.

«Du beobachtest mich», sagte Rohan.

«Da du schweigst, dekodiere ich deine nonverbalen Signale.»

«Mit deiner nichtssagenden Mimik bist du in Vorteil. *Deine* Gedanken bleiben mir verborgen.»

«Du bist mein Freund. Ich beschütze dich aus freien Stücken. Ein GiT beobachtet und analysiert so einiges mehr.»

«So schlau willst du sein? Da übertreibst du wohl, mein lieber Jan.» Und misstrauisch fügte Rohan hinzu: «Durch deine Augen überwachen mich die Alphaten.»

«Viola Chima stößt bald zu uns. Dann wird *sie* dich behüten und überwachen», gab Shala nach längerem Schweigen von sich.

«Ob Viola oder du, ihr beide spioniert mich aus», konstatierte Rohan.

Shala protestierte mit einem harschen Mau-Laut.

«Chima ist für mich eine unzugängliche Kämpferin aus einer anderen Welt. Dann lasse ich mich doch lieber von dir überwachen», meinte Rohan versöhnlich.

179

«Chantal hat sich auch abgeseilt», wechselte Shala erneut das Thema.

«Chantal knüpft Kontakte, organisiert im Dorf Unterkünfte.»

«Allein?», fragte Shala ungläubig.

«Sie kennt sich aus.»

Sie schwebte mittlerweile über einen verlassenen Checkpoint.

«Wir passieren das Tor zu den alphatischen Dörfern», sprach die Stimme des Autopiloten. «Die mauretanische Wüstenstraße bei Ain Ben Tili kreuzt hier die Alpha-Trasse.»

Sie stießen weiter in die Sahara vor. Linkerhand waberte ein breites Band einer grün und blau schimmernden Masse: die alles beherrschende alphatische Pflanzenwelt. Pflanzen mit synthetischer DNA, deren Andersartigkeit die Menschen verunsicherte und Zwietracht hervorrief. Die Spanne der Urteile über die in die Welt gesetzten Experimentalgewächse reichte von Begeisterung über Misstrauen bis hin zu Ablehnung. Die HAO betonte immer wieder die Gefahren, die von diesen Pflanzen ausgehen könnten. Und die Organisation verlangte zum wiederholten Male Beweise für deren Unbedenklichkeit.

In der Ferne, rechts der Trasse, im flirrenden Licht der hochstehenden Sonne, tauchte verschwommen ein Sandsteinplateau auf.

«Unser erstes Ziel», sagte Rohan. «Ein Stützpunkt der Alphaten, ein Museum und eine Begegnungsstätte.»

Sie landeten neben einer Reihe von gelben Schulkoptern.

Eine Gruppe von eingeflogenen Jugendlichen lungerte unter einem Ziegenlederdach herum. Andere gruppierten sich um eine Stellage aus Akazienholz, verkosteten hier frisch

180

zubereiteten Tee oder nippten - teils angewidert - an Schalen mit gesüßter Kamelmilch.

Nach dem Stehempfang wurden die Schüler durch die Ausstellung geschleust. Kuppelförmige, museale Räume im ausgehöhlten Berg. Der herausgefräste Sandstein hatte einst einen willkommenen regionalen Zuschlagstoff für den Mörtel der Gebäudedruckmaschinen abgegeben.

Aufdringliche 3D-Animationen belehrten in Sektionen über die Errungenschaften der neuen Menschen: «Eine kurze Geschichte der Alphaten» und «Was unterscheidet uns von den Menschen». Oder: «Wie baut man ein Dorf in der Sahara» bis zu «Mit alphatischen Raketen zum Saturn», «Wunschkinder und Geburt ohne Risiko» und schließlich «Endlos verlängertes Leben als Gehirn-im-Tank».

Rohan und Shala schlenderten durch die Ausstellung. Es waren die altbekannten Lobeshymnen auf alphatische Techniken.

Die Halbwüchsigen neckten und kitzelten die Katze. Sie faxte herum und sprang Salti, die Schüler johlten und Shala antwortete unvermutet mit wieherndem Lachen. Die Lehrer reagierten empört über die Ablenkungen. Zu allem Übel erschien jetzt noch Viola Chima in Kampfausrüstung, ihr Rücken ausgebeult und breiter als sonst, Schultern und Gürtel behängt mit waffenartigem Equipment. Ein Mädel befühlte ihre Muskelstränge. Chima verbog mit den Händen zirkusreif einen dicken Eisenstab. Ein anderer Jugendlicher stellte ihr komplexe Rechenaufgaben.

Chima beendete das Spektakel, dirigierte Rohan und Shala durch schmale Gänge in einen Arbeitsraum. In einigen Nischen des Kabinetts tüftelten zusammengeschaltete Alphaten in Sechsergruppen unter ihren Denkschirmen an geheimen Problematiken der nächstfolgenden Art.

«Wir fliegen zuerst an die Front und dann zu Chantal nach SD123», sagte Chima.

Sie beugten sich über eine leuchtende Geländekarte, die auf ihrem Stehtisch lag. Sie zeichnete mit einem Finger die geplante Route ein. Dann rollte sie die Karte zusammen und steckte sie in ihren Hüftköcher.

Kapitel 30

Sie flogen wieder entlang der zentralen Trasse. Von oben betrachtet schauten die Saharadörfer ziemlich gleich aus. Sechs, manchmal auch acht alleinstehende Einheitshäuser waren in einer Linie aufgestellt, nahe beieinander gebaut, dazwischen standen gelegentlich Akazienbäume. Die nächsten beiden Hausreihen waren etwa um 45 Grad verdreht angeordnet. Acht Häuserreihen bildeten eine kreisförmige Anordnung, wie Speichen eines fiktiven Rades. In deren weitläufiger Mitte stand meist ein Gemeinschaftsbau, ein Landeplatz, dazu mal auch ein Dorfteich oder ein See, oft eine Kirche. Frei nutzbare Flächen umschlossen die Dörfer, begrenzt von diesen kilometerlangen Pflanzenstreifen, die ein grün-blaues Netzwerk formten, von oben anzuschauen wie ein waberndes Geflecht. Die Dörfer wiederum bildeten weitläufige Sechsercluster: eine sich wiederholende Architektur, die bis zum flirrenden Horizont reichte.

«Eine Pagode!», rief Shala.

Da war unter ihnen unverkennbar ein fünfstöckiges Gotteshaus, gedruckt aus Sandsteinmörtel mit einer markanten, mehrteiligen Spitze.

Sie flogen etwas tiefer und erkannten eine Gruppe buddhistischer Mönche in orangefarbenen Kitteln.

«Da haben wir eine Moschee», rief Rohan.

«Wir fliegen entlang der Straße der Religionen» erklärte Chima. «Die Vertreter der Glaubensrichtungen stehen bei uns Schlange, kaufen ganze Dörfer. Mal sind es die Mormonen, ein andermal die Scientologen. Die Katholiken erwerben auch mal gleich fünf Einheiten, einen kompletten Rayon.»

«So viel Verschiedenes, so nahe beieinander?», fragte Rohan ungläubig.

«So ein Dorf ist ein Mikrokosmos. Die Urwaldstreifen isolieren die Gruppen. Wer will, igelt sich ein. Wir haben sie gern, diese religiösen Gemeinschaftsdörfer. Die Glaubensvorstände, die Priester, die Brahmanen, die Imame, die Rabbiner, sie halten die Frommen zusammen. Dazwischen schieben wir auch mal ein Atheistendorf. Die nächstgrößere Einheit, die dörflichen Sechsercluster, sind gerade für die großen Weltreligionen geeignet. Und: Missionieren wird nicht erlaubt.»

«Und sie missionieren doch!», rief Shala.

«Für solche Fälle, wie für Feindseligkeiten, greifen unsere automatischen Besänftigungen. Ein Sprühstoß bringt ein Quäntchen Glück, wenn es sein muss. Wir kontrollieren die Aggressionspotentiale im Vorfeld. Die klitzekleinen herumschwirrenden Flügler analysieren Atem- und Schweißgerüche, scannen Gesichtszüge und begutachten andere Ausdünstungen. Bei Insektenvölkern würden wir von abgesonderten Pheromonen sprechen. Wir greifen ein, ehe die Fäuste fliegen. Wir haben alles im Griff. Das erwarten die Siedler: keine Polizei, keine Armee. Die Dorfordnung, die wir haben, ist lax genug.» Chima hatte sich in Rage geredet.

«Aufsicht, Kontrolle, Begutachtung, Zensur, nochmal Kontrolle, Drogengabe», lästerte Shala.

«Ja, und wenn es gar nicht läuft, wird auch einmal umgesiedelt», vervollständigte Chima.

«Überwachung der Siedler, das wirft Kixstone den Alphaten vor», sagte Rohan leise.

184

«Haben Sie einen besseren Vorschlag?», reagierte Chima scharf.

Rohan schwieg.

«Als GiT kenne ich solche Besänftigungsstrategien. Ein Quäntchen Glück», philosophierte Benson alias Shala. «Es wäre der Preis für mein Seelenheil, habe ich lernen müssen in meinen Schulungslektionen.»

«Da sehen Sie es, lieber Rohan. Unser Herr Benson hat sich da schon weiterentwickelt. Fragen Sie ihn nach seinem Glück. Und fragen Sie die Siedler in den Dörfern, ob sie diesen Dorffrieden missen möchten. Und noch eins: Die Kolonisten können jederzeit verschwinden, wenn ihnen dieses Leben nicht behagt.»

«Und was ist mit mir?», dachte Rohan. «Könnte ich jederzeit verschwinden, meinen Posten als Botschafter der Alphaten aufgeben?» Er verscheuchte diese aufkeimenden Gedanken.

Kapitel 31

Am Horizont waberten Staubwolken, grauschwarz wallende Pilze. Unbemannte Maschinenmonster tauchten auf, mit ihren Ultraschallkanonen lockerten sie den felsigen Untergrund, bereiteten sie das Bett für die Bepflanzungen mit den alphatischen Wunderwüstengewächsen. Es folgten Beregner, hinterher rollten Pflanzmaschinen, die fingerlange Stecklinge in den Steinschlamm versenkten. Die Setzlinge waren Ableger von Stammpflanzen. Sie würden rasch austreiben, sich das Nötige aus dem Schlamm und der Energie der Sonnenstrahlung einverleiben und ihre Wurzeln würden sich im Untergrund festkrallen.

An anderen Stellen erhoben sich die Gebäudedrucker, ein Gewirr aus Schläuchen, Auslegern, Kesseln und Mischbatterien. Daneben standen fahrbare Bottiche mit dem fertigen Mörtel und Wassertanks. Menschliche Bauarbeiter in Kühlanzügen wuselten auf dem Baugelände herum.

Sie landeten vor einem Musterhaus, einem Rundbau mit Fensterschlitzen und zentralem silbrigen Kühlschlot. Es diente zugleich als Verkaufsbüro. Ein zweites Gebäude wurde als improvisiertes Hotel genutzt.

Rohan und Chima flüchteten vor der brutalen Nachmittagshitze in die klimatisierten Räume des Verkaufsbüros. Sie labten sich am Wasserspender und am Trockenkostautomaten. Shala hingegen mischte sich unter die Roboterschar und erkundete das Gelände.

186

Ein Roboter drückte ihnen eine Anmeldenummer in die Hand. Sie nahmen Platz auf den gedruckten, erstaunlich flauschigen Bänken im Wartebereich.

In der Beratungsnische vor ihnen saßen ein Bediensteter und ein Bauarbeiterpärchen. Das Hologramm eines Dorfplanschemas erstrahlte über einem Rolltisch.

«Dieses Dorf ist reserviert für Hobbyastronomen, für zahlende Gäste. Hier sehen wir das zentrale Observatorium», sagte der Verkäufer und vergrößerte den Maßstab des fiktiven Dorfes.

«Wir sind vier Jahre dabei. Wir haben draußen in der Hitze geschuftet», beschwerte sich der Arbeiter. «Wir sind jetzt dran. So steht es im Vertrag. Meine Frau ist schwanger!»

«Die nächste Gelegenheit ...», er blätterte vorwärts, «in vier Monaten, ein gemischtes Dorf für Outdoorfans und Yogisten, wenn das Ihnen nichts macht.»

Die beiden nickten.

«Dann reservieren wir.»

Das Bauarbeiterpärchen kramte seine Sachen zusammen und verließ grußlos den Raum.

Der Bedienstete winkte Chima und Rohan zu sich in sein halboffenes Büro.

«Sie wollen alle dasselbe», maulte er, «ein Haus, ein Dorf. Im Gästehaus sitzen Australier, sie fordern Probewohnen. Dabei sind wir total ausgebucht!»

«Wir erbitten eine Unterkunft. Und rufen Sie den leitenden Ingenieur!», befahl Chima.

Der Bedienstete erkannte in ihr eine Alphatin und erblasste.

187

Kapitel 32

Rene Rohan plünderte die in die Innenwandung des Hotels integrierte Essens- und Getränkebox und tischte auf. Mr. Smith, einer der Australier, die im Gästehaus kampierten, langte kräftig zu. Auf dem gedruckten Tisch an der Zimmerwand stapelten sich leere Bierdosen. Der schmale Raum mit zwei Fensterschlitzen und einer Tür im hinteren Teil der Kemenate war mönchisch eingerichtet: eine gepolsterte Bank, zwei unverrückbare Drehstühle vor dem Tischboard und ein Infopanel.

«Wir sind keine Experten, sondern gewöhnliche Menschen», sagte Mr. Smith, ein in die Jahre gekommener Sitzriese.

«Delegiert von der Regierung?», fragte Rohan.

«Wir sind Mitglieder des Repräsentantenhauses, keine Fachleute. Das Innere unseres Kontinents verdorrt, verglüht. In den Wüstengebieten messen wir manchmal sechzig Grad und mehr. Die Alphaten bieten uns ihre Hilfe an. «Kühlt euren Kontinent herunter», sagen sie. «Kauft unser Saharaprojekt! Wir skalieren euch das hoch, zehnfach, wenn ihr wollt.»

Rohan schaute ihn fragend an.

«Doch wir können uns nicht entscheiden», rang er sich ab.

«Und Sie meinen, nach dem Probewohnen in einem der Dörfer wissen Sie mehr?»

«Es wird uns helfen.» Mr. Smith angelte sich eine Büchse Bier vom Tisch und nahm sich eine Trinkpause.

«Die HAO», fuhr Mr. Smith fort, «rät uns ab. Zu viele Risiken.»

«Zum Beispiel?»

188

«Alflorum alphatica, die Superpflanze. Und das andere Blaugrünzeug. Alflorum produziert die Droge Alflorin. Und sie hat noch andere Macken.»

«Alflorum ist eine synthetische Pflanze mit exotischen Eigenheiten, entwickelt für die Wüste», warf Rohan ein.

«Eben deshalb, ungewöhnlich und fremd. Die Alphaten beteuern, die Pflanze kann sich nicht unkontrolliert ausbreiten. Wer garantiert uns das? Sie etwa? Botschafter der Alphaten? Können Sie unsere Zweifel entkräften? Wir haben genug pflanzliche und tierische Neubürger in unserem Land.»

Es waren immer dieselben Fragen, die Rohan gestellt wurden. «Bleiben wir bei dieser synthetischen Superpflanze», antwortete er. «Einmal angewachsen, saugt sie das Wasser, das sie braucht, mit ihren Nanoflimmerhärchen nachts aus der trockensten Wüstenluft. Das Bewirken die eingebrachten Gene einiger Pflanzen, die das seit Ewigkeiten uns vormachen. Die Früchte der Pflanzen sind samenlos, taub, da kann also nichts passieren, von wegen unkontrollierter Ausbreitung. An den Rändern der bepflanzten Gürtelzonen gedeihen Opuntien, wachsen Minidattelpalmen. Auch das ist nicht ungewöhnlich.»

«Die Wasserspeicher der Alflorum sind auch so eine Sache», warf Mr. Smith ein. «Wir möchten mehr darüber erfahren. Sie verstehen, Australien trocknet aus!»

«Ja, diese biologischen Zeolithstrukturen am Spross und an den Wurzeln. Das sind die eigentlichen Innovationen. Und da wird viel Unsinn verbreitet. Und dann: Die Alphaten verwenden teilweise exotisches genetisches Material. Sie erweitern das genetische Alphabet, bauen synthetische Basen in die Doppelhelix ein, nutzen synthetische DNA-Stränge mit veränderten Sequenzen, ein künstliches Universum. Ein neuer Vierercode, neue Buchstaben gewissermaßen, nichts schwappt

189

da über in die natürliche Welt der Pflanzen, ein sicherer Firewall.»

«Gut, gut», rief Mr. Smith zermürbt und sagte dann: «Alflorin.»

«Gut, nehmen wir Alflorin. Dieser Saft, diese angebliche Droge. Sie berauscht, lässt vergessen. Schwere Nebenwirkungen sind nicht bekannt. Die Alphaten reduzieren den Stoff in neuen Züchtungen der Superpflanze. Sie untersuchen Alflorin und suchen nach Neutralisatoren während des Wachstums der Pflanzen. Aber was ist daran wirklich so schlimm?» Rohan hob seine Bierbüchse und stieß mit Mr. Smith an. «Wir trinken Bier, freiwillig. Und akzeptieren dessen Wirkung. Bleiben wir also auf dem Teppich.»

«Die Zeit vergeht, wie schnell ist nichts getrunken», sagte schon Tagore. Mr. Smith reichte Rohan eine weitere Dose Bier aus der Kühlbox.

«Australische Farmer haben die Alflorum alphatica längst eingeschmuggelt», stichelte Rohan weiter. «Fragen Sie einen Bauarbeiter nach Stecklingen. Für eine Stange Zigaretten ...»

«Auf dem Schwarzmarkt bekommen Sie im Land der Kängurus für hundert Stecklinge ein Pferd», seufzte Mr. Smith.

«Geschäftemacherei der Menschen, nicht der Alphaten», ergänzte Rohan. «Ich sage nur Elefantenstoßzähne und Haifischflossen.»

Mr. Smith wechselte das Thema. «Uns stören noch andere Dinge, sagte er kleinlaut. «Zwangsarbeit in den Dörfern, Freiheitsberaubung und Zwangsernährung der Siedler, Geburtenkontrolle. Lebensweisen, denen sich die Bewohner nicht entziehen können. Eine Liste, zehn Punkte lang.»

190

«Ich kenne diese Aufzählung», sagte Rohan gelassen. Und ob er sie kannte. «Zwangsarbeit, ein ernster Vorwurf. Das werden Sie selbst bewerten, wenn Sie sich umsehen beim Probewohnen. Wer arbeiten kann, sollte sich auch irgendwie betätigen. Natürlich leben im Dorf auch Urlauber, Ruheständler oder Gäste. Oder Gelehrte, egal, ob sie etwas zustande bringen oder nicht. Es sind die Gegner der Alphaten, die behaupten, es gäbe Zwangsarbeit.»

So diskutierten sie weiter. Punkt für Punkt gingen beide die Liste der Anschuldigungen durch.

«Sehen Sie sich um. Wägen Sie ab, ob dieses neue Dasein gedeihlich ist für ihren fünften Kontinent. Und bedenken Sie, wie Sie das Dasein in den Dörfern gestalten, liegt auch in Ihrer Hand.»

«Danke für Ihre Offenheit», sagte Mr. Smith.

«Wo auf ihrem Kontinent würden Sie beginnen?», fragte Rohan zum Abschied.

«Die Australier haben an die Große Sandwüste gedacht», sagte Mr. Smith. «Die Nähe der Küste spräche dafür. Doch es gibt wachsende Widerstände. Die Aborigines fürchten um ihr Land und ihr nomadisches Leben, allen Versprechungen zum Trotz. Viele Australier begehren gegen die alphatischen Projekte auf.»

«Und die Regierung?»

«Zögert. Wartet auf ein Urteil der HAO zum Saharaprojekt. Wird es fortgeführt? Erst dann entscheidet sie sich.»

«Da ist nichts entschieden», sagte Rohan. «Algerien, Marokko und Mauretanien möchten weitermachen, die HAO liegt noch quer.»

191

Mr. Smith bedankte sich für das Gespräch. Dabei verzog er sein Gesicht zu einer bekümmerten Grimasse. Vielleicht hatte er sich von dieser Plauderei mehr erwartet.

«Sie haben Angst, sich an die Alphaten zu verkaufen», dachte Rohan. «Oder aber, den Anschluss an deren Technologie zu verpassen.»

Kapitel 33

Chantal hatte in ihrem Dorf ein Rundhaus besorgt. Üppige 300 Quadratmeter standen Rohans bescheidener Delegation zur Verfügung, selbst Shala alias Benson bekam ein eigenes Refugium.

Rene Rohan inspizierte die Haustechnik. Er bewunderte die silbrig schimmernde Dachkuppel, die mit ihren solarthermoelektrischen Zellen das Haus kühlte. Und den meterhohen zentralen Schlot, der in Anlehnung an die Bauart der Termitenhügel die Innenraumluft zirkulieren ließ.

Viola Chima richtete ihr Zimmer ein. Sie installierte eine Glockenhelmeinheit, überprüfte die zerebralen Interkonnektoren. Sie verband sich mit der alphatischen Saharazentrale und überspielte die Personaldaten des Dorfes in den Arbeitsspeicher ihrer Brain-Schnittstelle. Über ihre eng anliegende, ausgebeulte Uniform zog sie ein luftiges Überwurfkleid. Dann wählte sie einen unauffälligen Helmsethut und trat hinaus vor das Rundhaus.

Shala war kaum wiederzuerkennen. Das alphatische Organisationsteam hatte sie modifizieren lassen: verbreiteter Rücken, verlängerte Krallen, erweiterte Energiedepots. Statt Hauskatze stellte sie nunmehr einen Miniatursäbelzahntiger dar. Wie üblich juxte sie herum. Sie spaßte mit Frau Lilli, einer künstlichen Zwergkamelstute, einem GiT-gesteuerten Zwergkamel. Lilli führte eine Gruppe von kleinwüchsigen Transportkamelen an. Zwei Gehirne mit Aufgaben im Realitätsraum, das verband beide miteinander. Lilli sprach begeistert über den Charakter der Trampeltiere. Shala revanchierte sich mit Berichten von der Exkursion vom Atlantik bis zu den Baustellen in der Sahara.

Chantal bereitete das Teezeremoniell vor. Unter aufgespannten Ziegenlederhäuten glomm ein Feuer. Teewasser simmerte im Kessel. Auf einer Holzbank standen Gläser. Sie war in ihre nomadische Tracht gekleidet, Silberschmuck und Perlenketten umrahmten ihr fülliges Gesicht. Sie summte eine Melodie. Sie bewegte sich vorsichtig, ihr am Leib eng anliegendes Schwangerschaftsequipment sendete immer öfter kräftige Signale von der fernen, künstlichen Gebärmutter.

Endlich servierte Chantal den köstlichen bernsteinfarbenen Tee.

Spät am Nachmittag, der Horizont begann sich rötlich zu verfärben, schlenderte das Team zum Ortszentrum. Der Pfad führte vorbei an Rundhäusern, gelegentlich beschattet von Akazien und Tamarisken. Sandsauger unterbrachen ihre geräuschvolle Tätigkeit, Lastenroboter gaben den Weg frei. Vereinzelt säumte ein Kühlpilz den Weg.

Das Areal vor der offenen Halle der zentralen Essensausgabe wurde von einer übermannshohen Infosäule beherrscht. Aus ihrer Kopfschale lösten sich einige Flügler. Die Minidrohnen umkreisten Rohans Kopf. Er versuchte vergeblich, sie mit Handbewegungen wegzuscheuchen.

«Der Sitz der KI des Dorfes», sagte Chima.

Chantal schüttelte sich vor Lachen. «Die Flügler nehmen Sie unter die Lupe, Sie Neubürger. Sie prüfen, ob Sie ein guter Mensch sind.»

«Atemluftkontrolle, Mimikanalyse, Aggressionsstatus», ergänzte Chima.

194

«Und was ist mit der fraulichen Fruchtbarkeitsanalyse?», erkundigte sich Rohan diskret.

«Geschieht später, vor dem Abfüttern, aber wir drei fallen durch das Raster. Chantals künstliche Schwangerschaft kennt das System. Und wir sind Gäste», antwortete Chima.

Vor der Essensausgabe, gefangen in den Gängen der Absperrbänder, und eingepfercht zwischen den Bewohnern des Dorfes, erfolgten neue Prozeduren eines Gesundheitschecks: Augenscans und kontaktlose Infrarotanalyse des Blutes.

Rohan hatte die Wahl zwischen drei Gerichten. Er wählte vegetarische Ziege auf Reisbrot. Und nebenbei bekam er seinen Befund in seine Augenlinsen eingespiegelt: Gichtgefahr, Prädiabetes. Er zeigte den Kameras einen Vogel.

Chantal nahm Hirsebrei, Datteln und heiße, gezuckerte Kamelmilch. Auf Chimas Tablett lagen neben blaugrünen Stengeln eine helle Masse Fischzucht-Fisch.

Die Tablettausgabe geschah erstaunlich rasch. Sie passierten die Tresen mit den Selbstbedienungszapfsäulen verschiedenster Getränke. Rohans Ruf nach Büchsenbier blieb unerhört.

Shala, die sich von Batterieflüssigkeit nährte, gab ein wieherndes Lachen von sich.

Nachdem sie ihr nachmittägliches Mahl unter schattenspendenden Kaltluftdächern im Ortszentrum eingenommen hatten, folgten sie dem Tross der Dorfbewohner Richtung Festplatz am nahegelegenen See. Der Pfad führte nordwärts, wieder vorbei an aufgereihten Häusern und Akazienbäumen.

Es dämmerte. Blutrot bis violett leuchtete der Himmel. Vor ihnen liefen Kinder in Zweierreihen. Sie hielten Stöcke, an denen leuchtende Lampions mit lachenden Mondgesichtern hingen.

«Wir feiern heute Neumondfest», sagte Chantal unbekümmert und ergriff Chimas Linke. Doch die Alphatin zog ihre Hand rasch zurück. «Händchenhalten sind wir nicht gewohnt», entschuldigte sie sich. Sie zeigte auf die ineinandergeschobenen Stirnvisiere unter ihrem Tropenhelm. «Wir tauschen uns untereinander damit aus. Mit unseren Brüdern und Schwestern.»

Chantal sah sie verständnislos an.

Am feinkörnigen Badestrand des zwei Hektar großen Süßwassersees tummelten sich Kinder. Sand gab es ja zur Genüge. Einige spielten Fußball mit Kunststoffkugeln, die ansonsten abseits der Badezone massenhaft und dicht gedrängt auf der Oberfläche des Sees schwammen. Und sie erkannten rasch, dass es noch mehr Spaß machte, wenn sie Shala mit den Kugeln bewarfen.

Rohan nahm eine der herumliegenden durchsichtigen Kugeln in die Hand. Im Innern raschelte grobkörniger Sand. Bedampfte, silbern strahlende Körner, die das Sonnenlicht reflektierten und verhinderten, dass sich der See über Maßen aufheizte und dass unnötig Wasser verdunstete. Hinzu kamen Dutzende Kühlpilze, deren Kaltwurzeln den See zusätzlich abkühlten.

Und dann hörte Rohan auch das ferne Quaken der Frösche am anderen Ufer des Sees. «Das Dorf der blauen Frösche», dachte Rohan, «sie spielen heute auf.»

Etwas abseits, unter aufgespannten Ziegenhäuten, saßen Sahauris beim abendlich genehmigten Zusatzmahl: Nackte Ziegenleiber drehten sich an Spießen über glimmenden Holzfeuern. Automatische Erntedrohnen brachten alphatische

196

Mangofrüchte von den nahegelegenen Pflanzenstreifen. Abseits, im Schatten eines blühenden Tamariskenbaums, lagerten Mütter in greller Festtagstracht. Einige trugen Babys auf dem Rücken. Ein Gewirr arabischer Laute strömte auf Rohan ein. Sein In-Ear-Übersetzer kam nicht mehr nach.

Gedränge herrschte an den grell beleuchteten Thekenautomaten, die Eisbecher, gekühlte Getränke und kalorische Riegel ausgaben.

Kapitel 34

«Da steht ja Herr Müller», rief Chantal. «Er unterhält sich mit dem Dorfältesten.»

«Ah, unser Biologe von der HAO», bestätigte Rohan. «Der, der die alphatischen Pflanzen unter die Lupe nimmt.»

«Wir nennen ihn unseren Berauscher, der uns das Alflorin abgibt», sagte Chantal.

«Waren das nicht Ihre beiden Brüder, die mit der Droge Geschäfte machen?», fragte Rohan.

Chantal blickte bekümmert zu Boden. «Sie wurden des Dorfes verwiesen. Sie sitzen ein, in Marokko. Man hat sie dort beim Dealen erwischt.»

Chima nahm Rohan zur Seite. «Es ist Lorenzo Müller, der Praktikant von irgendeiner Universität», flüsterte sie. «Er ist sauber, es stimmt alles an ihm.»

Es schien, dass Herr Müller die Ankunft des Botschafter-Teams erwartet hatte. Jovial lud er sie zu seinem Infostand ein, den er abseits des Strandes unter einer blühenden Akazie aufgebaut hatte. In einer abgedeckten Kühlmulde seines Standes standen Unmengen kleiner Probefläschchen. «Es sind frei verfügbare Forschungsergebnisse», rief Müller lachend. Gespielt marktschreierisch fuhr er fort: «Alflorin, von mir gezapft, gestreckt eins zu zwanzig mit Kamelstutenmilch und einigen Tropfen Alkohol.»

«Das Zeug ist bei den meisten Sahauris verpönt, so wie auch Alkohol», sagte Chantal. «Wieso darf er das anbieten?»

«Der Dorfälteste hat zugestimmt», meinte Chima.

«Ein ganzes Dorf testet Alflorin?», fragte Chantal.

198

Herr Müller überhörte die Bemerkungen. «Auch dem Botschafter schenke ich eine Kostprobe.» Er zwinkerte Rohan zu und überreichte ihm eine winzige Bügelflasche. «Sind Sie nicht deshalb hier? Ihr Urteil interessiert uns besonders.»

Chima nickte ihm zu. «Meinen Segen haben Sie. Sie sollten es probieren.»

«Und Sie?»

«Das Zeug ist eher gedacht für die unzufriedenen Menschen.»

«Probieren Sie, Alflorin macht weder süchtig, noch bekommen Sie einen Kater», beteuerte Müller mit Nachdruck.

Rohan leerte die Flasche. Ein Schluck. Mehr war es nicht. «Ein Opfer, der Wissenschaft halber», scherzte er.

«Ihr erster Eindruck?», fragte Herr Müller.

«Erdig, herb, leicht bitterlich, etwas zuckerig, alles zusammen ein komplexer Geschmack. Ein Bier wäre mir lieber gewesen.»

«Ich meine von der Wirkung.»

«Kopf klar, frisch die Sinne, die Farben unverändert. Das wollen Sie doch hören?» Rohan lachte.

«Bist aufgedreht?», fragte Shala, die sich hinzugesellt hatte.

«Ein bissel schon.»

«Die Freude am Dasein und eine kristallklare Achtsamkeit werden sich noch steigern», sagte Müller.

«Er lädt uns alle ein, sein Labor im Urwald zu besuchen», rief Chantal.

«Das gilt nur für den Botschafter», sagte Müller.

«No», widersprach Chima. «Wir Alphaten interessieren uns ebenso für die geheimnisvollen Untersuchungen der HAO.»

Und auch Shala ließ sich nicht abwimmeln.

Lorenzo Müller gab kleinlaut nach.

199

Chima überschüttete Herrn Müller mit Fragen zu seinen Forschungen. «Welche Gensequenzen der Pflanzen testen Sie vor Ort? Welche Aminosäuren haben Sie isoliert? Was für exotische Proteine haben Sie gefunden?» Müller antwortete so leise, dass Rohan nichts verstand.

Chima und Lorenzo Müller liefen diskutierend um den Informationsstand herum. Chima war schließlich zufriedengestellt.

«Morgens, nach Sonnenaufgang, da sind die Alflorum-Pflanzen vollgesaugt mit Nachtwasser und anderen Säften. Es ist der richtige Zeitpunkt für die Probenahme. Sie können zum Labor mitfliegen», rief Müller ihnen zu.

«Wir haben unseren eigenen Kopter», sagte Chima entschieden.

Es ging auf Mitternacht zu. Auf dem Gelände verloschen die ersten Lichterketten. Punkt zwölf schossen Feuerwerksfontänen am anderen Ufer des Sees in den mondlosen Nachthimmel. Jubel brach aus.

«Leute, es ist Mitternacht!», sagte Chantal und lief hinunter zum Badestrand.

«Dann bis morgen, rief Herr Müller. Er überreichte Rohan im Schein einer Taschenlampe die Koordinaten der Kopterlandestelle.

Die drei merkwürdigen Gäste des Dorfes SD123 folgten Chantal zum See.

Herr Müller alias Herr Galli wischte sich Schweiß aus dem Gesicht. Er war mit sich zufrieden. Er berührte seinen Armkommunikator und sendete eine vorbereitete Nachricht an die Flugleitstelle. «Erbitte für morgen einen Lastenkopter für Ferntransport von Pflanzenteilen von SD123 nach Agadir. Ort: Vorplatz Forschungslabor nahe SD123.»

200

Dann winkte er die Leiterin der kleinen Forschungsstelle der HAO zu sich.

«Frau Doktor Talim, bitte packen Sie hier später diesen Informationsstand zusammen», sagte er. «Ich habe für die Führung morgen noch einiges vorzubereiten.»

Kapitel 35

Der Landeplatz ihres Kopters, ein Areal der Größe eines Fußballfeldes, lag in der Mitte eines Dschungelstreifens. Die blaugrüne Pflanzenmasse drängte gegen einen meterhohen Drahtzaun und weiter nach oben, gierig nach freier Entfaltung. Normcontainer, kleine Traktoren und zwei Fluggeräte standen auf dem Platz. Ein begehbarer Gitterturm streckte einen Ausleger über das Dach der Pflanzenflut.

Herr Müller erwartete Rohans Crew. Breitbeinig stand er da, prall gefüllt seine Beintaschen, auf dem Rücken ein Rucksack. Sein Overall war übersät mit schmutzigen Flecken, sein Gürtel verschlissen.

Er reichte Chima und Rohan eine Stirnlampe, einen Audio-Kommunikator und kniehohe Gummistiefel.

Nur Shala ging leer aus. Müller überging ihr possierliches Gebaren. Er wusste Bescheid, hinter Shala verbarg sich ein kleiner Spion. Ein kluger, aber körperlich beschränkter, tölpelhafter GiT.

Sie zogen ihre leichten Tropenschuhe aus und die Stiefel an. Dann testeten sie die Kommunikatoren.

«Gehen sie voran, öffnen sie das Gittertor, im Gänsemarsch», rief Müller.

Chima lief vor ihm. Er musterte ihren breiten, ausgebeulten Rücken, der von einem ärmellosen Überwurf bedeckt war. Und er beobachtete ihre Leichtfüßigkeit und ihre gewandten Bewegungen, wenn sie herumliegenden Steinen auswich.

Hinter einem Metalltor marschierten sie durch einen Tunnel, geschlagen durch das Dickicht. In dieser Morgen-

202

stunde war die Luft feucht und der Boden glitschig. Beindicke Wurzeln querten den Weg.

«Stirnlampen an!», rief Müller in den Kommunikator. «Auf den Weg achten!»

Beidseits säumten glatt berindete Stämme die Tunnelwände. Zwischen Luftwurzeln und Lianen hingen welke Pflanzenteile. Hoch über ihren Köpfen entfalteten sich tellergroße Blätter der Alflorum alphatica.

Eine fette Ratte huschte über den Weg. Shala nahm sich ihrer an, folgte rasch und geduckt dem fliehenden Tier.

Vor zwei Schleusentüren hielten sie an, einem kleineren Personeneingang und einer meterhohen Lastenschleuse. Neben den Türen erstreckte sich nach beiden Seiten eine durchscheinende Absperrung, die vom Boden aus senkrecht in die Höhe strebte und sich weit oben im dunklen Blattwerk verlor. Vor den Schleusen weitete sich der Tunnel zu einem geräumigen Vorplatz.

«Die Station ist mit transparenter Aerogelfolie eingehaust. Oben verschließbar, bildet sie ein luftdichtes Dach», erklärte Müller mit gespielter Gelehrtheit. «Und mit einem Steuergerät können wir die Folie abdunkeln, bis hin zu einer künstlichen Nacht.»

Er zog eine Bedieneinheit aus seiner Hüfttasche und dunkelte jetzt mehrmals auf und ab.

«Das alles ermöglicht uns, den Gasaustausch, die Fotosynthesezyklen und andere Stoffwechselvorgänge zu studieren», fuhr er fort.

«Alflorin», sagte Rohan.

«Auch Alflorin, wie wir im Labor sehen werden. Um nichts Schädliches in die Station einzuschleusen, müssen wir leider durch diese Schleuse.»

Niemand lachte.

Im Befehlston fuhr Müller fort: «Wir gehen jetzt einzeln durch diese Kammer. Wie üblich gibt es UV-Licht-Bestrahlung, ein Aerosolgemisch sprüht uns ein und es folgt die Reinigung der Stiefelsohlen. Dauert zwei Minuten. Nochmal: Wir gehen einzeln durch. Im Labor sammeln wir uns. Los gehts.» Er öffnete die Schleusentür und startete den Reinigungsbetrieb der Kammer. Fragend schaute er beide an.

«Ich gehe zuerst», sagte Chima.

Nach Chimas Säuberung strahlte erneut die Bereitschaftsleuchte auf.

Rohan zauderte. «Wir sollten auf Shala warten», sagte er.

«Shala darf sowieso nicht mit ins Labor», sagte Müller.

«Shala gehört zum Team!»

«Hunde, Katzen, nicht authentifizierte Robbies bleiben draußen!»

«Ich hätte ihn gern dabei!»

«Ich kann da nichts machen, Herr Rohan, Vorschrift Ihrer HAO!»

Chima meldete sich über den Kommunikator. «Stehe im Labor. Habe Reinigung ohne Komplikationen überstanden. Sie können kommen!»

«Betrete Kammer», antwortete Rohan.

Die Schleusentür schwang auf und schloss sich wieder hinter ihm.

Shala kam aus dem Dickicht geschlichen. Im Maul hing eine tote Ratte. Sie legte das Tier auf den glitschigen Boden ab, vor Müllers Füße. Sie spielte ihm den possierlichen Jagdroboter vor.

«Brav», sagte Müller.

204

Er zog blitzschnell aus einer Beintasche einen Taser, drückte den Schocker fest in den Nacken des Tieres und schoss eine maximale Ladung in ihren Körper.

Shala jaulte kaum vernehmlich auf, verdrehte die Augen. Dann knickten ihre Beine ein.

«Brav, du Mistkerl», sagte Müller leise.

Er schleifte ihren Körper bis zur Lastenschleuse. Aus deren Kammer zog er ein fettes Hochspannungskabel und rammte seine metallische Spitze in Shalas Schnauze, aus der schwarzes Öl tropfte. Er drückte auf den Auslöser. Elektromagnetische Impulse jagten durch den Körper. Funken sprühten, es roch nach verbrannten Kunststoff. Shalas Körper zuckte.

«Das dürfte wohl für immer genügen, du alphatisches Spionagevieh!»

Er verstaute den Elektroschocker wieder in seiner Beintasche. Dann bugsierte er die Katzenhülle zur Tunnelwand und bedeckte den metallischen Körper mit abgestorbenen Pflanzenresten.

Nun unterzog auch er sich der Reinigungsprozedur in der Personenschleuse. Doch bevor er die Schleusentür schloss, wechselte er eine der Sprühflüssigkeitspatronen aus.

Kapitel 36

Chima inspizierte das Pflanzenlabor, einen dreiseitig verglasten Container neben den Schleusenkammern. Sie interessierte sich für den Laborleitstand, das Kernstück der Anlage. Die Tür zum Labor war jedoch verschlossen. Alle Scheiben des Containers bestanden aus Panzerglas. Aufmerksam beschaute sie sich durch die Glaswände die Ausstattung des Laboratoriums: Schaltkonsolen an der Rückwand, ein geschlossener Stahlschrank, ein vollgepackter Arbeitstisch, ein Leitstand mit blinkenden Lämpchen und monströsen Bildschirmen, Eimer, Kabel, Utensilien zur Probenentnahme und Pflanzenreste.

Rohan stand auf einem Podest und vertiefte sich in einen Versuchsaufbau. Es waren Experimente an einem lebenden Blatt der Alflorum alphatica. Das tellergroße Blatt entsprang dem Spross einer Pflanze. Es war unter einer durchsichtigen Glocke in ein Glasgitter eingespannt. Spektrallampen imitierten Bestandteile des Sonnenlichts, ein Gebläse bewegte die zarten Wassersammelhärchen auf der Oberseite des Blattes. Drähtchen und Kapillaren stachen in die Leitbahnen des lebenden Pflanzenteils und in den Baumstamm. Sie untersuchten den Stofftransport vom Blatt zum Spross und zur Wurzel und zurück. Rohan hatte den Sinn der Versuche verstanden.

Müller trat aus der Schleuse. Er pfiff eine sattsam bekannte Tonfolge. Er entriegelte das elektronische Schloss der Tür des Containers und betrat den Leitstand. Er entledigte sich seines Rucksack und warf einen Blick auf die Bildschirme. Über seinen Kommunikator rief er Chima und Rohan zu sich.

«Wo ist unsere Shala?», platzte Rohan heraus.

206

«Da sie nicht mit hereindarf, ist sie zum Kopter zurückgegangen!», log Müller.

«Ich empfange sie nicht!»

«Vielleicht hat sich ihr Maskottchen abgeschaltet», sagte Müller genervt. «Immer diese aufdringliche und nutzlose Shala! Vielleicht hat sie noch anderes zu erledigen!»

Er beschrieb jetzt die Station und erklärte die Experimente. Er ging auf die Besonderheiten der Alflorum alphatica ein und warf mit Begriffen der synthetischen Biologie um sich.

«Zusätzlich zu den vier klassischen Basen in natürlicher DNA, sie wissen das ja, C, G, T und A, wurden an einigen Stellen vier strukturell ähnliche Basen in die DNA-Stränge integriert. Und diese Erweiterungen machen den Unterschied», sagte er und nannte dann diese neuen Basen beim Namen. «Design am Reißbrett, vorab getestet am Computer.»

Müller sprach einstudiert und ohne Begeisterung.

«Was Sie da alles über die Alflorum und diese exotischen Basen sagen, ist uns bekannt. Schließlich haben *wir* diesen Pflanzentyp geschaffen!», sagte Chima.

«Warum sind Sie dann hier?»

«Mal sehen, was die Menschen so draufhaben», sagte Chima scherzhaft.

«Und der Herr Botschafter?»

«Er macht sich ein Bild», sagte Rohan.

«Wir betreiben das Labor im Auftrag der HAO!», sagte Müller beleidigt.

«Wir lassen den Menschen gern das Gefühl, etwas Neues zu erforschen», fuhr Chima im spöttischen Ton fort. «Und wir schauen, wie weit sie mit den Alphaten mithalten können. Doch diese Versuche hier ... Nehmen wir nur diese Experimente am lebenden Blatt der Alflorum. An ihren Universitäten würde man sagen, das ist nicht viel mehr als ein Praktikums-versuch.»

«Ich bin nur das kleine Rädchen. Einer für den Arbeits-alltag. Nehme Proben. Betreue diese Versuche. Übernehme auch mal eine Führung. Sie haben recht, ich bin nur ein Prakti-kant. Und werde bezahlt von den reichlich fließenden For-schungsgeldern.»

«Ihre Chefin, warum ist sie nicht hier? Wo doch immerhin der Herr Botschafter vorbeischaut?» Chima trieb ihn in die Enge.

«Sie hat Führungen wie diese satt! Frau Doktor Talim emp-fängt Sie gern nach dieser Visite. Mit ihr können Sie auch über Politik reden.»

Er schwieg beleidigt. Auf diese Art von Gesprächen war er nicht vorbereitet.

«Reden wir noch über Alflorin, kleines Müllerchenräd-chen», sagte Chima voller Spottlust.

«Auch da nehmen wir Proben. Wir bohren Löcher in die Leitbahnen der Stämme. Die milchig bläuliche Flüssigkeit tropft aus dem Spross. Wir sammeln sie ein. Es geht zu, wie in den Tagen der Kautschukgewinnung, anritzen und aufnehmen. Dass es sich um eine Droge handelt, haben wir schnell heraus-gefunden. Fragen sie die Dorfbewohner. Einige nehmen es als ein Geschenk der Natur. Oder auch als ein Geschenk der Alphaten an die Menschen. Auf dem Schwarzmarkt, in Marokko und anderswo, ist das ein begehrter Stoff. Der Herr Botschafter selbst haben davon eine Kostprobe genommen. Und den Stoff für wohltuend befunden.»

«Die Wirkung geht über eine Tasse Kaffee hinaus», bestä-tigte Rohan. «Frisch und aufgedreht die Sinne. Eine Droge eben.»

208

«Und danach keinen Brummschädel, hatten Sie gesagt», zitierte Herr Müller den Botschafter kleinlaut.

«Ich habe genug vom Pflanzenlabor gehört und gesehen», sagte Rohan.

Chima nickte.

Rohan hob einen Finger in die Höhe. «Eine Nachricht von Chantal», sagte er eine Idee zu laut. «Im Dorf ist ein zweiter Herr Müller aufgetaucht. Er schaut dem ersten Herrn Müller ziemlich ähnlich.»

Chima legte einen Finger auf ihre Lippen.

«Müllerchen, wir danken für die Führung», und zu Rohan sagte sie: «Verschwinden wir!»

Rohan schaute Chima fragend an.

Herr Müller schaute ebenfalls verblüfft, seine Tarnung war aufgeflogen.

«Dann eben jetzt», murmelte Müller.

Er lief zur Glaskabine. Er öffnete den Deckel einer Metallkiste, die er neben der Kabine abgestellt hatte. Dann betrat er den Leitstand und verrammelte die Panzerglastür.

Kapitel 37

Aus der Metallkiste quollen Ameisen, hunderte Exemplare. Erschreckend ihre Ausmaße, ihre Beißerchen und ihre nach oben gerichteten Stacheln. Die schwarzen Biester krabbelten über den feuchten Boden. Ihre Fühler schwangen und vibrierten. Zielgerichtet, von einem Duftcocktail geleitet, näherten sie sich rasch ihren Opfern. Chima sprintete zur Panzerglastür, doch die Tür war verriegelt. Müller grinste sie frech an. Sie lief zurück, eilte Rohan zu Hilfe.

«Der Scheißkerl hat uns mit Pheromonen eingedieselt, in der Schleuse, beim Absprühen», fluchte Rohan. «Wir sind diesem Müller auf den Leim gegangen.»

«Wer konnte das wissen ... Es sind Gewehrkugelameisen, Paraponera clavata», sagte Chima. Wenn sie stechen, ihr Gift, das ist Poneratoxin.»

«Ihr Latein hilft mir auch nicht weiter», entgegnete Rohan. Noch witzelte er. Die ersten Ameisen krochen seine Stiefel hoch. Einige schlug er mit der Hand ab. Doch es waren zu viele. Die Viecher drangen in seine Stiefel ein und weiter unter seiner Hose die Beine hoch. Er spürte ihr Krabbeln.

«Das wird gleich höllisch wehtun. Halten Sie durch, Rohan. Es bringt Sie nicht um!»

Den ersten Stich setzte eine Ameise in eine seiner Waden. Ein brutaler Schmerz breitete sich aus, brennend wie Feuer. Er winselte. Beim zweiten Stich schrie er auf.

210

Müller beobachtete, was die Ameisen anrichteten. Er nahm eine Aerosoldose und sprühte sich ein. Seine Linke auf der Klinke, schien er auf etwas zu warten.

Dann erwischte es auch Chima. An ihrer harten Haut zerquetschte sie mit den Fingern einige Biester. Doch die Ameisen gaben nicht auf. Sie griffen weiter an, was zählte schon ein Ameisenleben. Sie fanden die Schwachstellen auf Chimas Haut, in den Kniekehlen, in einer Achselhöhle. Und der Tod einiger Artgenossen war einkalkuliert. An die hundert Millionen Jahre hatten sie Zeit gehabt, diese Strategie zu perfektionieren und dieses Verhalten einzuüben.

Die Schmerzen überfluteten ihre Sinne. Sie zog die Kommunikationsvisiere aus der Halterung und bedeckte ihr Gesicht bis zur Nase. Und sie hatte gegenüber Rohan den weiteren Vorteil, dass ihr Lebenskontrollsystem das Gift registrierte und gegensteuerte, die Schmerzen reduzierte.

Stiche über Stiche. In die Hände, ins Gesicht. Rohan wälzte sich schreiend auf dem feuchten Boden des Labors. Dann verfiel er in eine Art Starre.

Chima ging in Knie, ließ sich auf ihr Gesicht fallen, so, dass sie Müller beobachten konnte.

Er sprühte sich nochmals sorgfältig ein. Er öffnete einen Stahlschrank und entnahm ihm eine Langrohrwaffe und zwei trichterförmige Gegenstände. Die Waffe, offenbar ein Betäubungsgewehr, legte er auf den Labortisch, die Trichter nahm er in die Hände.

Er verließ die Glaskabine. Die Ameisen negierten ihn, Chima hatte nichts anderes erwartet. In den trichterförmigen Objekten erkannte sie Fangnetzpistolen. Nicht tödlich, er will uns leben lassen, kam es ihr in den Sinn. Sie entschied sich, vorerst liegen zu bleiben, solange er die Langrohrwaffe nicht an sich nahm.

Müller schoss mit der Trichterwaffe aus einiger Entfernung auf Rohan. Der bäumte sich reflexartig auf und verhedderte sich im Fangnetz.

Chima erhob sich und wankte auf Müller zu. Sie wusste, je näher sie herankam, umso wirkungsloser war die Net Gun. Müller sah sie jetzt kommen. Er nahm die zweite Waffe und drückte ab. Chima spreizte ein Bein vor. Das Netz wickelte sich um das ausgestreckte Bein und schlenkerte um das Standbein. Das Fangnetz hatte sich noch nicht komplett entfaltet.

Müller rannte zum Glaskasten. Chima hüpfte ihm nach. Er öffnete die Glastür und versuchte, sich einzuschließen, doch sie stellte einen Fuß in die Tür.

«Die falsche Reihenfolge gewählt, du falscher Müller», höhnte sie.

«Du kriegst schon noch deinen Teil», fluchte er.

Chima zwängte ihren Oberkörper in den Türspalt, presste und hebelte.

Müller gab auf, sprang ruckartig zur Seite. Er lief zum Labortisch und griff nach dem Langrohrgewehr. Er versuchte, den Lauf auf sie zu richten.

Chima stieß sich vom Türrahmen ab. Zwei Sprünge. Sie warf sich auf ihn. Mit einer Hand drückte sie den Lauf des Gewehrs zur Seite, mit der anderen trommelte sie wild auf seinen Oberkörper ein.

Müller zog seine Beine an und presste sie ihr in den Leib, schob sie von sich. Sie wälzte sich zur Seite, bis ihre Beine an den verankerten Tischpfosten Halt fanden. Dann erhob sie sich, fasste Müller am Gürtel und schleuderte ihn auf die Tischplatte. Flaschen zerbarsten. Müller sah sie erstaunt an.

212

Dann versuchte er eine Rolle rückwärts über den Tisch, doch im gleichen Moment entriss Chima ihm das Betäubungsgewehr.

«Wir können uns einigen», sagte Müller. Er kam langsam um den Tisch herum. Er stand wenige Schritte vor ihr.

«Worauf denn?» Chima hob den Lauf des Gewehrs.

«Ich nenne Ihnen meinen Auftraggeber.»

«Der ist wohl leicht zu erraten. Und bleiben Sie stehen!», schrie Chima.

Mit seiner Rechten nestelte er an seiner Beintasche herum.

«Nehmen sie Ihre Hand nach oben!»

Müller tat nicht dergleichen. Er schob seine Hand in die Tasche.

Chima schoss ihm ins Bein und in den Oberkörper. Doch die Wirkung trat nur verzögert ein.

Müller hatte ein bis zwei Sekunden Zeit. Er zog blitzschnell eine Pistole aus der Beintasche und drückte ab.

Der erste Schuss traf Chima am Bauch. Im Bruchteil einer Sekunde registrierte eine oben auf der Haut liegende Sensorik den Aufprall. Die untersten Muskellagen verfestigten sich, schnellten vor und wehrten das Geschoß ab. Der künstliche Bauchlappen schnellte federnd zurück. Doch die zweite Kugel drang in ihren Leib. Er schoss das Magazin leer.

Chima und Müller sackten zeitgleich zusammen.

Kapitel 38

Chima lag auf dem Rücken, ihre Beine angewinkelt und verdreht, dazwischen das verknäulte Fangnetz. Blut strömte aus ihrem Leib. Ihre Augen waren geschlossen. Sie war ohne Bewusstsein.

Ihr Lebenserhaltungssystem sprang an. Ein spezielles System, ausgelegt für Kampfeinsätze. Flach angeschmiegt an ihrem Rücken, ummantelte es ihren Hals. Weitere Teile des Systems waren eingearbeitet in ihre Hüfte. Das Analysezentrum registrierte: Herzschlag null, Blutdruck fast null. Es ertönte kein schrilles Piepen. Und es zogen keine waagerechten Striche über irgendwelche Überwachungsmonitoren. Lautlos und bildlos signalisierten die Systemchips den Ernst der Lage. Und leiteten ein Notprogramm ein.

Ein Programm, das es in sich hatte. Eine Vorgehensweise, die nur als letzte Möglichkeit in Betracht gezogen wurde, in einer sonst ausweglosen Situation. Und eine Prozedur, die nur die Alphaten beherrschten.

Und: Chimas fast blutleeren Körper zu retten, war aussichtslos, hier in der Hitze der Sahara, fernab jeglicher Hightech-Medizin. Die KI ihres Lebenserhaltungssystems entschied: Es blieb nur eines, wenigstens ihr Gehirn am Leben zu erhalten.

Kanülen stießen in ihre Versorgungsarterien. Sauerstoffreiches Kunstblut strömte ein. Venenblut wurde abgeleitet. Sie hatte jetzt bis zu zwei Stunden Zeit gewonnen. Ein innerer Countdown-Zähler lief an, schätzte die restliche Zeit bis zum

214

Anschluss ihres Gehirns an eine Versorgung mit einer Intensiveinheit.

Sie schlug die Augen auf. Eine innere Stimme erklang. «Erhaltungssystem hat Kontrolle übernommen. Status stabil. Meldung an medizinische Einsatzzentrale der Alphaten abgesetzt. Rettungsaktion eingeleitet.»

Reglos lag sie da. Sie spürte keine Schmerzen. Und sie konnte klar denken. Sie probierte, eine Hand, ein Bein zu bewegen. Vergeblich.

Über ihr strahlte die Deckenbeleuchtung des Laborcontainers. Ihr Kopf lag starr auf dem Boden. Sie bewegte ihre Augen. Sie suchte Müller. Rechts erkannte sie schemenhaft die Pflanzenwelt und das Betäubungsgewehr, links den Tisch und den geöffneten Stahlschrank. «Wo ist Müller?», hauchte sie.

In ihrem Blickfeld tauchte die entstellte Schnauze von Shala auf.

«Du kommst zu spät!», flüsterte sie.

«Kann ich dir helfen?»

«Hilfe ist unterwegs. Mein System hat eine automatische Meldung abgesetzt.»

«Was macht Müller?», fragte Chima undeutlich. Immer noch tröpfelte Blut aus ihrem Mund.

«Er liegt reglos da.»

«Er hat eine Beruhigungsdosis in sich. Eine Patrone.»

«Wielange hält das an?»

«Zehn Minuten. Oder länger. Keine Ahnung. Behalte ihn im Auge. Wenn er aufwacht, wenn er sich rührt, gib ihm noch eine Ladung. Das Gewehr liegt auf dem Boden herum, rechts von mir. Stell dich nicht so an.»

«Das kann ich nicht, mit meinen Pfoten, ein Gewehr bedienen.»

215

«Dann mach ihn kalt, zerreiß ihm den Hals, wenn er sich bewegt. Du handelst in Notwehr! Kümmere dich jetzt schnell um Rohan. Müller hat Ameisen auf uns gehetzt. Gewehrkugelameisen. Rohan hat höllische Schmerzen.»

«Was ist passiert?»

«Hör zu, frag nicht so viel!»

«Dann mach es kurz!»

«Rohan, er liegt im Pflanzenlabor. Hier im Labor liegt eine Spraydose herum, mit einem knallroten Etikett. Ein Beruhigungspheromon es sollte die Ameisen besänftigen. Nimm die Dose, geh zu Rohan und leere über ihm die Dose, zerbeiße sie, wenn nötig. Entfessele ihn vom Fangnetz. Er muss durchhalten. Er muss zu mir!» Ihre Stimme wurde immer leiser und unverständlicher. «Schmerzmittel ... in meiner Hüfttasche. Für Rohan. Geh schon!», sagte sie und schloss ihre Augen.

Shala spurtete eine Runde durch die Glaskabine. Ein Bein zog er nach. Er fand die Aerosoldose und nahm sie in sein angekohltes Maul. Er stupste den schlafenden Müller an. Dann sprintete er in das Pflanzenareal.

Überall auf dem feuchten Boden krabbelten diese zentimetergroßen Riesenameisen herum. Doch die Pheromone, die die Insekten zum Stechen antrieb, schienen sich bereits verflüchtigt zu haben. Oder sie hatten begriffen, dass keine Gefahr drohte.

«Sicher ist sicher», sagte Shala. Sie zerbiss die Dose. Eine farblose Flüssigkeit spritzte heraus, lief über Rohans Körper.

Die Ameisen veränderten ihr Verhalten. Ihre Fühler betrillerten sich. Sie tauschten Botschaften aus. Friedfertig zogen sie sich zurück zwischen die Stämme der Alflorum alphathica.

216

Shala zerschnitt mit ihren scharfen Zähnen das Fangnetz. Rohan wimmerte, streckte sich. Sein Gesicht war verquollen. «Danke», rang er sich ab.

«Du musst zu Chima, sofort! Sie liegt halb tot im Glaskasten!»

Rohan jammerte.

Shala zog an seinem Gürtel. «Sie hat Mittel gegen die Schmerzen.»

Ronan kroch zum Labor. Er beugte sich über Chima.

«Die rote Ampulle, in meiner Hüfttasche, zerbeiße sie.»

Das Mittel wirkte, augenblicklich.

«Müller», rief Shala. «Er bewegt sich!»

Rohan, nimm das Betäubungsgewehr, verpass ihm noch eine Ladung von dem Zeug. Das Magazin ist noch nicht leer.

Müller stütze sich auf seine Ellenbogen, flehte Rohan an. «Ich erkläre euch alles.»

«Kriegen wir auch so heraus!»

«Ein Auftrag von Kixstone!», rief er hastig. Er wälzte sich zur Seite und auf die Knie. Verschränkte die Hände hinter seinem Kopf.

«Schieß endlich!», rief Shala.

Rohan feuerte.

Müller erbrach sich, fiel erneut um.

«Fixiert ihn», sagte Chima mit geschlossenen Augen.

«Chima?», fragte er Shala. «Kommt sie durch?»

«Ein Medikopter ist unterwegs. Mit alphatischer Technik an Bord. Sie wird überleben.»

«Sie hat sich geopfert», murmelte Rohan.

«Wir haben beide versagt.»

«Ihr habt euch cool verhalten», lobte Rohan beide.

«Im Schrank liegt noch eine scharfe Net Gun, für Müller», sagte Shala.

Rohan blickte erschöpft auf Shalas arg zugerichteten Körper. Ihre Blessuren waren nur technischer Art, das konnte repariert werden. Sie war nur ein okkupierter Roboter. Sein Freund Benson, der sich in der Katze eingenistet hatte, wird die Erlebnisse abschütteln.

Der Angriff auf Rohan war fehlgeschlagen, war schmerzhaft aber glimpflich ausgegangen. Doch Chima? Was wird aus ihr? Wird sie wirklich überleben? So wie sie dalag, wohl kaum.

Rohan nahm die verbliebene Net Gun aus dem Laborschrank und feuerte das Fangnetz auf Müllers Körper ab.

Kapitel 39

Chima lag im künstlichen Koma, herbeigeführt und kontrolliert von ihrem Lebenserhaltungssystem.

«Die Hilfe kommt von oben, durch das Blätterdach», sagte Shala.

«Woher weißt du das?», fragte Rohan.

«Ich lese eine überspielte Mitteilung, ohne Absender.»

«Daran wird Skalzi beteiligt sein.»

Rohan nahm das Gewehr an sich, sicherheitshalber. Er zog das Magazin heraus, entnahm ihm eine der vorhandenen Patronen. Aus der Spitze des Projektils ragte eine geschliffene Kanüle heraus. «Xylazin, Ketamin», entzifferte er auf der Treibhülse.

Shala begann aus ihrem Wissensspeicher über die Wirkung der Stoffe zu referieren, während beide die gläserne Kabine verließen.

Im Pflanzenlabor klaubte Rohan eine der Gewehrkugelameisen vom Spross einer Alflorum-Pflanze. Er nahm sie zwischen Daumen und Zeigefinger und betrachtete sie voller Abscheu.

Die Rettungsmannschaft kam tatsächlich von oben. Blätter fielen herab, kleine Äste und Früchte der Alflorum alphatica. Bald klaffte ein Loch in der Pflanzendecke. Ein aliphatischer Medikopter schwebte über der Öffnung.

Eine Gestalt seilte sich ab. Auf seiner Brust glänzte ein Äskulapstab.

«Wo?», fragte er nur.

219

Rohan zeigte zum Glaskasten.

Einige Techniker erweiterten mit Kettensägen von oben die Öffnung in der Pflanzendecke. Sie ließen eine mechanische Schreittrage und einen Notfallhilfekoffer herab.

Zwei weitere Gestalten in rotschillernden Überwürfen tauchten aus der Kammer der Personenschleuse auf.

«Rene Rohan?», rief einer der Männer.

Rohan lief zu ihm.

«Lassen Sie mal sehen», sagte er und begutachtete die Ameisenstiche im Gesicht und an den Armen. Er sprayte ein Kältemittel und gab ihm ein Analgetikum.

«Wir holen Sie am Landeplatz ab. Beeilen Sie sich.»

«Wir sollten diese Computerkatze mitnehmen.» Rohan zeigte auf die geschundene Kreatur, die neben ihm stand.

«Meinetwegen», antwortete der Fremde.

Die beiden Männer rannten zu ihrem Kollegen im Glaskasten. Später dirigierten sie die Schreittrage zu den Kopteraufzugsseilen im Pflanzenlabor. Chima lag bewusstlos auf der Bahre, eingehüllt in eine Kältedecke.

«Da schläft noch einer in einem Fangnetz», sagte einer der Männer zu Rohan. «Nehmen wir ihn mit? Oder wollen Sie ihn zur Verantwortung ziehen?», fragte er ihn. Sie wussten offensichtlich Bescheid, was hier stattgefunden hatte.

«Ein Herr Müller. Der bleibt hier, ehe er weiteres Unheil anrichtet», bestimmte Rohan. «Zerschneiden Sie das Netz. Wenn er aus seiner Betäubung aufwacht, soll er machen, was er will. Er wird seine Strafe schon bekommen.»

Der Mediziner rannte zu Müller und befreite ihn aus dem Netz. Hastig überprüfte er seine Vitalfunktionen. Dann eilte er zu seinen Kollegen.

Rohan und Shala liefen zur offenen Schleusentür und weiter durch den engen Pflanzentunnel zum Landeplatz.

Der Fernkopter flog mit maximaler Geschwindigkeit.

«Mehr können wir jetzt nicht tun», sagte der Mediziner mit dem Äskulapstab auf der Brust.

«Doktor Sloth», stellte er sich vor. Er reichte Rohan die Hand und schob sein Infovisier in die Stirnhalterung. «Den Doktortitel führe ich nur für die Kommunikation mit den Menschen.»

Der Doktor besah sich einige der geröteten und geschwollenen Ameisenstiche unter einer Lupe und nickte. «Die Tierchen haben ihnen dieses Poneratoxin verabreicht. Hinterlässt keine Schäden. Kühlen und nochmals kühlen! Betrachten Sie es als Initiationsritual, wie es eine indigene Gruppe in Südamerika praktiziert.» Er gab Rohan mehrere Ampullen eines Schmerzmittels. «Bei Bedarf», ermahnte er.

Rohan zerbiss augenblicklich eine der Ampullen. Er hatte nicht die Absicht, diese Schmerzen freiwillig zu ertragen.

«Dieser Müller hat Chima reingelegt», sagte der Doktor mit Bedauern.

«Der Angriff galt mir, dem Botschafter, und nicht Chima. Müller hatte es auf mich abgesehen. Er wollte mich entführen. Ich war naiv. Sie haben uns in eine Falle gelockt. Und unser Team war zu klein. Wir wollten möglichst unauffällig auftreten.»

«Nun, die Gegner der Alphaten haben uns eine Lektion erteilt. Was Boshaftigkeit angeht, sind uns die Menschen überlegen.»

221

Rohan schwieg. Er erinnerte sich an die Ereignisse auf der geplanten Mondstation Lunawater. Und an Chimas todesmutigen Einsatz, um eine drohende Knallgasexplosion dort zu verhindern.

«Sie hat sich gegen Müller gestellt», sagte Rohan nachdenklich.

«Es war ihre Aufgabe, den Botschafter zu, beschützen.»

Rohan sah lange zu Chima hinüber, die reglos auf einem Tragegestell lag, umgeben von Schläuchen und Bildschirmen, eingehüllt in Kältedecken.

«Wenn er Chimas Kopf getroffen hätte, könnten wir jetzt nichts mehr für sie tun», sagte Doktor Sloth.

«Und, wie stehen ihre Chancen?»

«Die Versorgungen für ihr Gehirn haben wir auf unser großes Lebenserhaltungssystem gelegt. Der Rest, da geht nichts mehr.»

«Eine Ganzkörperspende? Einige Menschen verkaufen inzwischen ihre Körper.»

«Hat Chima in ihren Verfügungen abgelehnt. In einen hinterlassenen Leib schlüpfen, das kam für sie nicht in Frage. Und kopflose Körperzüchtungen, das bleibt wohl Science-Fiction. Zugestimmt hat sie für eine Transformation, für eine Gehirn-im-Tank-Lösung.»

«Vielleicht erlebt sie das dann noch, mit den Körperzüchtungen, und wechselt dann später hinein», sagte Rohan.

«Oder sie findet Gefallen am Leben nach einer Transformation», sagte Doktor Sloth und entfernte sich lachend.

Mit besorgter Miene studierte er die Messwerte an den Monitoren, prüfte den Sitz der Sensoren. Er wechselte behutsam das blutverschmierte Luftkissen unter ihren Kopf. «Sie

222

liegt im künstlichen Koma. Wir werden Chima jetzt nicht mit diesen düsteren Aussichten belasten.»

Rohan schaute auf die Bordschirme des Fernkopters. Unter ihnen zog sich ein begrünter Küstenstreifen entlang. Sie flogen nach Süden. Am Horizont erstreckte sich die dunstige Wüstenlandschaft.

Der Kapitän erkundigte sich nach Rohans Ergehen.

«Wohin fliegen wir?», fragte Rohan.

«Isla Alphatica, mit Unterbrechungen. München ist für Sie zurzeit ein zu gefährliches Pflaster.»

«Schon wieder diese Insel», sagte er leise. «Und das, ohne mich zu fragen.» Er betastete vorsichtig die Schwellungen im Gesicht und legte eine neue, kühlende Kompresse auf.

Shalas zugerichteter Körper lag zusammengerollt unter Rohans Sitzplatz. Sein Geist, wie er das Innenleben seines Katzenkörpers nannte, war von der zentralen Verwaltung in die GiT-Kolonie abberufen worden. Bis zur nächsten Aufgabe, die Benson anbefohlen wurde.

Kapitel 40

«Ich bin stolz auf Sie», begann Skalzi das Gespräch. «Benson, Sie sind eine Kämpfernatur.»

Er saß auf einer Bank vor einer Brunnenschale. Über deren Wasserfläche spannte sich ein Regenbogen. Er tippte einladend mit seinem Wanderstab auf die langgestreckte Marmorsitzfläche neben ihm. Benson, ebenfalls in eine schlichte Toga gehüllt, nahm Platz. Wie beim ersten Gespräch mit Skalzi, gaukelten Fabelwesen durch die sattfarbene, fiktive Landschaft, sang ein A-cappella-Chor.

«Mein Shalakörper wurde verstümmelt», klagte Benson. «Chima wurde schwerstverletzt. Oder ist sie tot? Oder wurde sie erfolgreich transformiert? Und der Botschafter ist geradeso nochmal davongekommen. Wir sind ahnungslos in eine Falle getappt.»

«Shala war nur eine Maschine, Sie selbst haben nicht gelitten. Chima kämpfte und siegte mit euch zusammen. Sie opferte sich und wurde dabei schlimm zugerichtet. Dank aliphatischer Medizin wurde sie glücklicherweise zu einem GiT transformiert. Und Rohan lebt, daran haben Sie einen Anteil.»

«War es Ihnen oder Ihrer KI nicht bekannt, dass der Botschafter entführt werden sollte?», fragte Benson aufgebracht.

«Es steht ihnen nicht zu, solche Fragen zu stellen.» Skalzi streckte seinen Wanderstab in die Luft. Die anheimelnde Fantasielandschaft wich einer öden, grauen Szenerie.

Benson zuckte zusammen. Er hatte gesprochen, als könnte er offen seine Meinung äußern.

224

«Kehre auf den Boden der Realität zurück», fluchte er in sich hinein.

«Chima wurde erfolgreich transformiert», sagte Skalzi. «Sie ist eine begnadete Kämpferin. Sie schlüpft in eine neue Gestalt. Und sie wird sich in meiner Schattenarmee weiter für unsere Sache ins Zeug legen.»

«Übermitteln Sie bitte Grüße von mir.»

«Nach den Schulungslektionen wird sie sich bei Ihnen melden.»

«Und wo bleibt mein Freund Rohan? Wenigstens hat er überlebt.»

«Er erholt sich auf Isla Alphatica, bis Gras über die Sache gewachsen ist.»

«Bleibt er Botschafter?»

«Nicht zusammen mit Kixstone.»

«Und dieser Müller, oder Galli, was wird mit dem Killer passieren?»

«Das überlassen wir Kixstone.»

«Keine Anklage?»

«Galli ist für uns uninteressant. Wir haben Interesse am Auftraggeber, an Professor Kixstone. Doch ihm können wir so leicht nichts nachweisen. Wir müssten Prozesse führen, Interna der Alphaten aufdecken, was solls.»

Benson schwieg enttäuscht.

«Wir sollten lieber Kixstone eine Lektion erteilen. Womit wir bei der Sache wären.» Skalzi leitete erneut einen Stimmungswandel ein, zauberte Orchideen und Schmetterlinge in schillernden Farben in die künstliche Landschaft.

Benson verstand. «Skalzi schmeichelt sich bei mir ein», dachte er. «Sie haben einen Plan», sagte er ernüchtert, «und ich soll ihn umsetzen.»

225

«Eine kleine Übeltat, perfekt vollführt. Sie wären dafür der Beste.»

«Eine Straftat, nehme ich an.»

«Sie stehen als GiT formal außerhalb der Gerichtsbarkeit. Wer sollte Sie anklagen? Oder gar Sie überführen?»

«Mich ekelt so etwas an.»

«Auge um Auge, das kennen Sie doch, das steckt doch auch in Ihnen tief drin.»

«Die Alphaten sind mit dieser Ansicht wohl auch nicht weitergekommen, als die Menschen?», entgegnete Benson boshaft.

«Für die Drecksarbeit seid Ihr da. Die einbalsamierten menschlichen Köpfe in den Boxen, die Mitglieder meiner Schattenarmee.»

«Da haben wir ihn wieder, den Boden der Realität», sagte sich Benson ernüchtert. «Wie üblich ist das ein Befehl», empörte er sich laut.

Skalzi bejahte. «Es ist ein kleiner Auftrag, wenn Ihnen das lieber ist.»

«Ein Verbrechen zu begehen, lehne ich ab», rief Benson entrüstet.

Skalzi lachte höhnisch. «Was für ein hypothetischer Gedankengang! Bei uns gelten andere Gesetze. Wir haben noch jeden Zweifler gefügig gemacht», drohte er. «Und dann spricht noch Folgendes für Ihre Mitarbeit: Sie hassen Kixstone. Wollte er doch Ihren Freund abservieren. Und er wird nicht aufgeben, ihn zu jagen, solange er in Rohan einen Verräter und Alphatenfreund sieht. Sie sind unser Mann. Und für diesen geplanten Auftrag, der geeignete Kämpfer.»

«Was verlangen Sie von mir?»

226

«Sie werden Kixstone eine Lektion erteilen, von der er sich nicht so leicht erholen wird. Einen Denkzettel verpassen, sagt man dazu.»

«Was genau soll ich denn nun tun?», wiederholte Benson genervt.

«Neben banalen Sexspielchen nutzt der Professor diese Ihre Sportmaschinen zum Freitauchen. Da will er sich beweisen, immer tiefer und länger hinunter. Sie kennen sich aus mit den Geräten. Manipulieren Sie die Programme! Ein bisschen weniger Atemluft, etwas länger unterwegs sein. So stelle ich mir das vor.»

«Ziemlich übel, was Sie sich ausgedacht haben!»

«Ihr Tutor weist sie ein.»

«Reneor? Der Strenge?»

Benson erhielt keine Antwort mehr. Stattdessen wurde sein Gehirn mit Glücksdrogen überschwemmt. Und er lag wieder auf einer Ottomane in einem fensterlosen Raum. Neben ihm saß sein ehemaliger Tutor.

«Da bin ich wieder», sagte Reneor ohne jeglichen Gefühlsausdruck im bleichen Gesicht.

227

Kapitel 41

Lorenzo Galli saß da und wartete auf eine Reaktion. Er betastete seine immer noch viel zu vollen Lippen, die aus Galli den Studenten Müller machen sollten. Und er fuhr sich über den kräftigen Stoppelbart an den Wangen, ebenfalls ein Relikt der Gesichtsanpassung.

«Versager!», plärrte Professor Kixstone ihn an.

Galli antwortete nicht. Er drückte sich tiefer in seinen Polstersitz und wich seinem wütenden Blick aus.

«Misserfolg auf der ganzen Linie!», brüllte Kixstone weiter.

«Rohan ist vor lauter Angst abgetaucht», widersprach Galli. Abgedüst zur Isla Alphatica, seine Wunden pflegen. «Fraglich, ob er den Botschafter bei Ihnen noch machen will!»

«Eine Wendung, nicht uninteressant!» Kixstone beruhigte sich. Er beugte sich über sein Schreibtischtableau und überflog einige Nachrichten.

«Mich wundert es, dass die Alphaten nicht reagiert haben. Sie könnten ein gewaltiges Fass aufmachen!», sagte Kixstone nach längerem Schweigen.

«Ihre KI beeinflusst ihr Verhalten, heckt etwas gegen Sie aus. Andererseits, das zerstörte Pflanzenlabor, es gehört der HAO, da lachen sie nur, das ist kein Verlust für die Alphaten. Vielleicht wollen die Alphaten nicht zugeben, dass sie den Kürzeren gezogen haben. Sie wollen sich nicht lächerlich machen.»

«Sie haben eine Kämpferin verloren», sagte Professor Kixstone nachdenklich. «Sie werden sich rächen.»

228

«Sie, diese Chima, sie wurde erfolgreich transformiert. Es ist kein totaler Verlust für die Alphaten», entgegnete Galli. «Die Alphaten sehen es sicher anders. Sie urteilen anders. Und der Galli ist nur der kleine Fisch. Sie werden sich an dem Hintermann gütlich tun, falls sie das wagen. Und Sie, tauchen Sie ab. Sich verdrücken gehört doch zu ihrem Job. Im Moment kann ich Sie nicht brauchen.»

Professor Kixstone erhob sich. Er tippte auf sein Chronometer.

«Sollten Sie Personenschutz wünschen, ich stehe zur Verfügung, ich könnte jederzeit ...»

«Papperlapapp», unterbrach ihn Kixstone. Er verließ den Besprechungsraum und begab sich in seine privaten Gemächer.

«Eine halbe Stunde, ganz für mich allein», murmelte Professor Kixstone.

Er entkleidete sich, schlüpfte in eine papierartige Unterwäsche und zwängte sich in den Sensoranzug. Das Cockpit seiner Sport- und Spielmaschine öffnete sich. Er fädelte sich hinein. Fanfaren begrüßten seinen Besitzer.

Er schob eine Codemünze in den vorgesehenen Schlitz. Die Kanzel schloss sich. Er legte die Augenmaske für den geplanten Tauchgang an, darüber eine zweite Gesichtsmaske, eine Sprechmaske, die sich automatisch festsaugte. Er lächelte entspannt. Dann sagte er: «Starte Freitauchprogramm Kixstone, 80 Meter.»

«Beim Freitauchen werden die Grenzwertfunktionen für Blutsauerstoffgehalt, Stickstoffpartialdruck, Herzfrequenz und Blutdruck kontrolliert deaktiviert», klang es aus seiner Maske. «Bestätigen Sie.»

«Yes», rief Kixstone, «bestätige.»

Was Kixstone nicht wissen konnte, auf der anderen Seite des Softwareprogramms lauerte Benson, unsichtbar, bereit, dem Professor einen Denkzettel zu verpassen.

«Komm schon Aras, bringen wir es zu Ende, starte deinen Tauchgang», sagte Benson. Vor ihm breitete sich ein virtuelles Duplikat von Kixstones Cockpit seiner Sport- und Spielmaschine aus. Und verschaffte ihm damit Zugang zu den Steuerfunktionen dieses Geräts.

Auf den Erlebnisschirmen umspielten Kixstone die ersten Delfine im hellblauen Wasser eines Ozeans. Tauchtiefe ein Meter. Die Wasseroberfläche über ihm leuchtete wie ein schimmernder, heller Spiegel.

Zu den Delfinen gesellte sich der geschmeidige, fast nackte Körper seiner Tauchlehrerin. Mit angedeuteten Schwimmbewegungen gegen die Kraft der Sensormatten glitt er zu ihr. Sie strich mit ihren Flossenhänden über Kixstones Leib.

«Aras», flüsterte sie.

«Ayaja», antwortete er.

Sie gurrte kosende Laute in sein Ohr.

Sie löste sich von ihm und glitt an die Oberfläche. Er folgte ihr. Er fing sie wieder ein und umfasste sie. Sein Puls stieg an.

Bensons Scheinpuls blieb konstant. Diese eingespiegelten Illusionen erregten ihn nicht. Oder nicht mehr. Oder weil er diesen Hass auf Kixstone in sich trug. Und den Hass auf diesen Auftrag.

«Du möchtest es, vorher», hauchte sie und umklammerte seine Beine.

«Das Beste zuletzt. Zuerst kommen die 80 Meter plus zwei! Oder mehr! Hallo Programm!»

Ayaja schmollte.

230

Kixstone drückte sie von sich. «Dieser Rohan ärgert mich», sagte er zu ihr, ohne eine Antwort zu erwarten. «Dazu diese missglückte Entführung, dieser unnötige Kampf. Warum reagieren die Alphaten nicht. Es ist ein verdammtes Katz- und Mausspiel.»

Ayaja zog ihn zur Tauchleine. Die KI seines Freizeitprogramms passte sich an und schlug den Tauchpfad ein.

Benson war es recht.

Atmen, einmal Luft einpumpen, anhalten. Kixstone glitt in die Tiefe. Er kämpfte gegen den Atemreflex an. Er war kein Neuling, er unterdrückte gekonnt die Versuchungen zu atmen. Kontrolle, das war es, was Kixstone beim Freitauchen reizte.

Die Tiefenmarken gleiten vorbei. 50 Meter. Er spürte die Kraft der Matten, die seinen Körper zusammenpressten. Die Wannenflüssigkeit umfloss seine Glieder, erhöhten den Druck. Entlasten der Nasennebenhöhlen. Er erreichte endlich die 60 Meter, die 70 Meter. Noch 12 Meter, dann hatte er seine Bestmarke erreicht.

Er sank tiefer.

«Die nächsten zehn Meter tauchst du für Rohan!», rief Benson schadenfroh ins Mikro.

«Wer spricht da», röchelte Kixstone.

«Und für Chima! Tauche dich frei von deinen Sünden, du Bastard!», antwortete Benson.

Kixstone drückte den Alarmknopf, den er in seiner Rechten hielt und der das Programm beenden würde.

Doch es geschah nichts.

«Du wirst nie wieder sicher sein in deiner Sportmaschine! Dafür haben wir gesorgt. Und auf deinen Führungsposten auch nicht! Lass Rohan endlich in Ruhe! Für alle Zeiten!» Benson hatte sich diese Worte zurechtgelegt.

Kixstone trommelte mit dem Daumen auf den Abbruchschalter. Vergeblich. Außer seinem Alarmknopf war nichts in der Kabine, womit er den Tauchgang beenden könnte. Alles virtuell gesteuert. Nichts geschah. Und Benson hatte die Maschine gekapert.

«Es ist noch nicht vorbei, mein Freundchen!», flüsterte Benson.

Er sank schnell tiefer. Die hundert Metermarke glitt vorbei. Er geriet in Panik.

Benson beendete sein Bestrafungsprogramm und gab den Weg frei für den Aufstieg. Seinen Auftrag hatte er erfüllt. Er hatte Professor Kixstone, wie gewünscht, einen Denkzettel verpasst. Das sollte ausreichen.

Doch nichts geschah.

Da war noch jemand, der die Maschine kontrollierte. Und der Benson aus dem Programm warf.

Benson schrie empört auf. Das hatte er nicht gewollt.

Die Sensormatten erhöhten den Druck auf Kixstones Körper. Zusätzlich umfloss eine metallische Flüssigkeit schmerzhaft seine Glieder, seinen Hals. Pressten und quetschten seine Halsschlagadern. Er verlor das Bewusstsein.

Benson fand sich wieder in seinem fiktiven Normalraum. Er lag wieder auf seiner Ottomane, vollgepumpt mit Drogen. Er verfluchte die Schattenarmee, sein unfreiwilliges Kämpferschicksal. Er grübelte. Er suchte einen Ausweg. Er wollte dieses GiT-Dasein nicht mehr. Doch es war offenbar unmöglich, aus dieser totalen Überwachungsszenerie auszubrechen.

232

Kapitel 42

«Wo er nur bleibt», sagte Doktor Breitenhofer, der heute den Vorsitz des Meetings innehatte.

Die Runde war vollzählig und wartete nur noch auf Professor Kixstone.

«Er taucht mal wieder», sagte Frau Doktor Fueki.

«Danach ist der Professor so friedfertig», meinte Frau Doktor Schulze-Bachmeier, die Chefjuristin der HAO.

«Die Sitzung fällt aus!», rief ein Angestellter in den Besprechungsraum. «Der Professor ist tot.»

Vor Kixstones Fitnessraum verwehrte ein Beamter in Uniform ihnen den Zutritt.

Kixstone lag auf einer Bahre, bedeckt mit einer metallisch schimmernden Folie.

«Alle Reanimationen waren erfolglos» sagte der Notarzt zum Geheimdienstchef des Hauses. «Bewusstlosigkeit, Sauerstoffmangel. Im Wasser wäre er ertrunken.»

«Aber das war doch nur eine Animation, ein Tauchgang im Simulator», sagte der herbeigerufene Geheimdienstchef der HAO, der die Untersuchungen vornahm.

«Die Apparate ahmen die Realität immer besser nach. Werden immer fähiger. Zusätzlich hat er Quetschungen am Hals, haben wir festgestellt. Der Blutfluss zum Gehirn, Sie verstehen.» Der Notarzt schloss seinen Wiederbelebungskoffer.

«Und die Maschine? Ist eine Fehlfunktion möglich?», fragte der Geheimdienstler den Techniker des Geräteherstellers, der sich gerade aus der Kabine zwängte.

233

«Beim Tauchen werden einige Alarmfunktionen unterdrückt. Er schaute in sein Diagnosegerät. Er hätte den Notknopf betätigen müssen, er lag in seiner Hand. Und er hätte die Tauchtiefe nicht hochschrauben sollen. Es wäre nicht der erste Unfall dieser Art. Die Leute überschätzen sich. Sie treiben es zu weit, nicht nur beim Tauchen. Wir spielen sein Programm in der Firma nochmal durch.»

«Sollten Sie Ungereimtheiten finden ...»

«Es wird wohl beim selbstverschuldeten Unfall bleiben. Die alphatische Simulationstechnik arbeitet zuverlässig.»

Kapitel 43

Benson lag regungslos auf seiner Ottomane. Er hatte das Gefühl für den Zeitfluss verloren. Bilder von Kixstones Tauchgang quälten ihn in einer Endlosschleife.

Er ersuchte um eine Audienz bei Skalzi, erntete aber nur Schweigen. Er probierte, seine Shalakatze zu aktivieren. Doch dies wurde ihm verwehrt, ohne Begründung verweigert. Er bat um ein Gespräch mit seinem Freund Rohan. Es hieß, er erhole sich auf Isla Alphatica. Und er bereite sich auf seine Chefrolle bei der HAO vor.

«Da wäre noch Chima», überlegte Benson. «Aber sie wird in den Schulungslektionen stecken.» Er kannte die Prozedur, und er hatte Verständnis mit ihr.

Sein Tutor Reneor meldete sich. «Skalzi bedankt sich und wünscht ihnen ...»

«Geschenkt», unterbrach ihn Benson.

«Aus Sicherheitsgründen bekommen Sie keine Verbindung zu Rohan.»

«Er ist mein Freund!»

«Eben, deshalb.»

«Rohan steht fest auf der Seite der Alphaten! Er sollte meine Sicht der Vorgänge erfahren.»

«Es gibt offenbar eine Reihe von Wahrheiten. Ja, es gibt Ungereimtheiten. Wir klären das. In der Öffentlichkeit war es ein Tauchunfall. In einigen Medien wird sogar von Selbstmord geredet. Skalzi hat sich der Unfallvariante angeschlossen. Diese Version kommt ihm entgegen. Und die Alphaten vertrauen Skalzi und unserem Geheimdienstchef.»

«Danke für die Zusammenfassung!», sagte Benson.

«Kixstones Ableben ist halt ein Politikum.»

«Es sollte ein Denkzettel sein. Doch es war sein Tod. Angeordnet.»

«Sie machen sich zu viele Gedanken», redete Reneor auf ihn ein.

«Und es war ein zweiter Kämpfer oder was auch immer zugegen! Einer von Skalzis Leuten!», sagte Benson wütend. Es war ein weiterer Versuch, zu berichten, was sich beim Tauchgang abgespielt hatte.

«Benson, reden Sie kein unüberlegtes Zeug. Beruhigen Sie sich. Sie sind freigesprochen. Nichts ist passiert, nichts wird Ihnen vorgeworfen. Was wollen Sie mehr. Fügen Sie sich. Schweigen Sie. Wir fordern Sie auf, schweigen Sie zu diesem Vorfall. Was da alles noch passierte, kann Ihnen doch egal sein.»

Reneor hatte die Zeit über ohne Anteilnahme gesprochen. Er hatte die offizielle Lesart des Vorfalls verkündet, an die sich Benson zu halten habe.

Benson schwieg.

«Skalzi fordert von Ihnen ein klares Zeichen.»

«Was will er denn noch von mir?»

«Schweigen Sie. Akzeptieren Sie den Status. Für einige Zeit begrenzen wir ihre Kontakte zur Umwelt.»

«Okay.»

«Unsere KI wird Ihnen angenehme Ablenkung verschaffen.»

«Ich bitte um Erlaubnis, mit meiner Tochter Amelia zu sprechen. Bewilligen Sie mir Urlaub! Sonderurlaub für ein GiT! Oder wollen Sie mich in Einzelhaft halten?»

236

Reneors entseeltes Gesicht wurde noch ausdrucksloser. «Das wird jemand anders entscheiden.»

«Sie lebt fernab auf ihrer Ranch in Australien, allein, mit ihren Pferden. Sie ist ein unpolitisches Kind. Das sind doch Argumente!»

«Ihre Reise ist genehmigt», sagte Reneor nach einer ziemlich langen Pause.

«Er wird bei Skalzi nachgefragt haben oder er ist nur die Sprachausgabe einer KI», sinnierte Benson. Reneor blieb ihm ein Rätsel.

«Ich stehe unter Beobachtung. Da gibt es keinen Zweifel.» Benson hielt seine Gedanken unauffällig und wirr, auf der Ebene von sporadischen Tagträumen. So hoffte er, durch das Kontrollraster der automatischen Gedankenkontrollen zu schlüpfen. Die KI aus Skalzis Arsenal beruhigen, ablenken, mit leistungsstark gedachten Worten füttern. Zeit gewinnen.

Seine Tochter Amelia Benson fand er schnell. Sie lebte auf einer Ranch im Norden Australiens. Sie besaß elf Pferde, davon zwei Ponys, keine Rinder. Die Pferde, australisches Warmblut, hielt sie aus Liebhaberei. Sie war Mitglied im Züchterverein und bekam gelegentlich Preise.

Mit einer Minidrohne erkundete Benson Amelias Ranch. An brauchbarem robotischen Interieur, das er in Besitz nehmen konnte, fand er einen universellen Haushaltautomaten vor, einen Humanoiden. Er okkupierte den vierhändigen Zweibeiner. Der kindsgroße Roboter war über Satellit an eines der weltweiten Übertragungsnetze angeschlossen, sodass Benson zeitnah agieren konnte.

Sein erster Rundgang durch die Hüttenräume offenbarte Unordnung. Der Zweibeiner war nicht oft zum Einsatz

237

gekommen. Diese Nachlässigkeit hatte Amelia von der Mutter mitbekommen. Und jetzt, knapp fünfzig Jahre alt, sah sie ihrer Mutter Senta ähnlich: fülliges, rotbraunes Haar, ein rundliches Gesicht. Ihr Körper allerdings war zäh und schlank, ihre Pferde hielten sie auf Trab.

«Mein ehemaliges Shala-Outfit wäre geeigneter gewesen, Amelia vorsichtig anzusprechen», dachte Benson.

«Dein Vater Jan ist hier, auf Urlaub», sagte er leise und bewegte die Arme des Zweibeiners.

Amelia blickte verschreckt auf den sprechenden Haushaltautomaten.

«Es ist mein erster Urlaub. Mein Gehirn befindet sich weit weg von hier, aber ich bin in einen deiner Roboter geschlüpft und kann dich sehen und mit dir sprechen.» Benson machte mit zwei Armen eine einladende Geste, die beiden anderen Arme hingen reglos herab.

Amelia schaute den metallischen Winzling aufmerksam an.

«Willst du mir jetzt deine Story erzählen, von deinem Leben in der Gruft?»

Sie setzte sich. Goss sich aus einer Karaffe ein Glas Wein ein, einen hellen Landwein. «Ich habe dir verziehen, nicht so meine Mutter. Sie hasst dich weiterhin. Ich bin vor diesem vergifteten Klima daheim geflohen, bis hierher nach Australien. Und jetzt suchst du mich heim.»

«Dein Vater war ein Workaholic, damals. Meine Firma, die Projekte, meine Lustmaschinen, die ihr verachtet, sie haben mich aufgefressen. Ich habe dich und Senta sträflich vernachlässigt. So ist es nun mal gekommen, aber das ist vorbei. Was spielt das jetzt noch für eine Rolle. Ich lebe in der Gruft, wie du sagst. Mein neues Leben, das ihr beide nicht akzeptiert habt. Doch schließen wir endlich Frieden.»

238

Amelia tätschelte versöhnlich die harten Wangen des sprechenden Haushaltroboters.

Auch aus ihr sprudelte es heraus, nach so langer Zeit. Sie schwärmte von ihren australischen Warmblutpferden und Jan beschrieb sein neues Leben im Tank. Sie zeigte ihm die Ställe und ihr Lieblingspony, ein weißes, kräftiges Tier. Und sie führte den metergroßen Roboter in ihr Büro.

Benson entdeckte hier, was er suchte: eine altmodische Schreibmaschine, ohne Anschluss an die weltweiten Infosysteme.

«Ich bin in großer Gefahr!», tippte er in die Maschine. «Ab sofort gilt: Wir dürfen über diese Bedrohung nicht sprechen! Fragen und antworten nur über diese Schreibmaschine! Verhalte dich unauffällig. Du musst mir helfen! Und vertrauen. Ich bin nicht verrückt geworden in meinem Tank!» Er nahm das Blatt, faltete es und schob es ihr in eine Hand.

Sie überflog das Blatt. Dann blickte sie ängstlich auf den merkwürdigen Zweibeiner.

«Beim nächsten Besuch besorge ich mir ein Computerpferd», scherzte Jan. Er hielt sich einen Finger vor die Sprachöffnung seines metallischen Kopfes.

Amelia hatte verstanden. Es dauerte Stunden, bis Jan ihr seine gruselige Geschichte aufgeschrieben hatte.

«Baumlokal 23», stand auf dem letzten beschriebenen Blatt der altertümlichen Schreibmaschine. Ein Notruf, ein Codewort, das nur ein Mensch verstehen würde: Rohan. Und es würde ihr bei ihm Aufmerksamkeit verschaffen.

«Amelia, ich lade dich ein. Besuche Isla Alphatica, dort wo in einem metallischen Kubus der Geist deines Vaters ruht, wo mein Schicksal seinen Anfang nahm. Und nebenbei, es ist eine exotische Insel, du wirst staunen.»

Benson sprach laut und deutlich, so unverfänglich wie möglich.

«Und meine Pferde?»

«Deine Freundin wird sie hegen und pflegen, solange es dauert.»

Kapitel 44

Isla Alphatica.

Rene Rohan hatte im Luxushotel Lotus Quartier bezogen. Er nahm die Suite Mola, die unter der Wasserlinie der künstlichen Insel lag.

Vor ihm saß Amelia Benson, mit dem Rücken zur Unterwasserwelt. Die hoteleigenen Farbspiele hinter der Panzerglasscheibe berührten sie nicht.

«In diesem Zimmer habe ich zusammen mit deinem Vater gefeiert», sagte Rohan. «Hier nahm er seinen Abschied vom Üblich-Leiblichen. Wir waren befreundet, lange Zeit schon vor seiner Transformation. Wir standen uns nahe, zuerst dienstlich, später freundschaftlich.»

Auf einem Tisch vor Amelia lagen die getippten Aufzeichnungen Bensons.

Rohan sammelte die Schreibmaschinenblätter ein und nahm sie an sich. «Das sind wichtige Dokumente», entschuldigte er sich.

«Ich würde gern meinen Vater sprechen. Er ist in Gefahr. Das waren seine Worte. Und er braucht Trost!», sprach sie mit weinerlicher Stimme.

«Jan wird abgeschottet, bis zur Verhandlung. Ich kann da nichts tun.»

«Was für eine Verhandlung?»

«Die Alphaten rollen diese Geschichte um Kixstone auf. Eine interne Untersuchung, völlig neutral. Da ist etwas Ungeheuerliches passiert, ein Mord. Am Vorsteher der HAO! Ihr

241

Vater hat Ihnen seine Version der Geschichte erzählt.» Rohan zeigte ihr die Schreibmaschinenblätter.

Amelia schaute ihn ratlos an. «Verstehe, das war kein gewöhnlicher Mord.»

Rohan nickte. «Sie bleiben vorerst im Hotel. Hier sind Sie sicher.»

«Ich habe nichts damit zu tun», sagte sie entrüstet.

«Sie sind Zeugin. Ihr Vater hat Sie in die Sache eingeweiht und mit hineingezogen.»

Amelia ging nachdenklich zur Panzerglasscheibe der Suite. Im blassblauen Licht des Ozeans tummelte sich ein Schwarm Doktorfische, angelockt von herabrieselnden Futterkügelchen, ein Service des Hotels, um die Gäste der Suiten unterhalb der Wasserlinie zu erheitern.

«Und was ist Ihre Rolle bei dieser Sache, Herr Botschafter der Alphaten?»

«Durch den tödlichen Unfall Kixstones, wie es offiziell heißt, gelange ich automatisch auf den Chefsessel dieser verkorksten Humans-Alphaten-Organisation.»

«Warum sind Sie dann nicht dort, wo Sie hingehören?», fragte Amelia verwundert.

«Ich bin mir nicht sicher, ob ich noch der Richtige für diesen Posten bin.»

«Sie warten ab? Auf den Ausgang dieser sogenannten Verhandlung? Egal wie es ausgeht, mein Vater ist denen total ausgeliefert.» Amelia drehte sich sichtlich erschöpft wieder um und betrachtete das Treiben der Fische draußen im Indischen Ozean.

«Ihr Vater ist mein Freund», tröstete sie Rohan. «Er hat meinen Beistand und er zählt darauf. Warten wir beide es ab.»

242

Die geheime Verhandlung in der Sache «Kixstones Tod» fand im Gebäude der Transformationshalle statt, in einem mehrfach abgeschotteten, fensterlosen Raum.

Vor den beiden Holo-Domen saßen Liu Chen Lu und Zeki Bernhard, der Direktor der Isla Alphatica. Rene Rohan und Amelia Benson belegten auf einer seitlichen Empore Plätze hinter einer Glasscheibe. In den beiden leeren Holo-Info-mulden schimmerten bläuliche Schleier und im Hintergrund leuchteten die noch blanken Großbildschirme. Vor Liu und Bernhard breitete sich eine Tischkonsole mit Bedienelementen und Miniaturschirmen aus.

Auf Lius Zeichen hin füllten sich die beiden Holo-Dome mit den Avatarkörpern, über die verhandelt werden sollte: Jan Benson und Vito Skalzi. Benson gab sich als ein seriöser, ältlicher Herr, in seiner Gestalt vor der Transformation. Skalzi inszenierte sich jugendlich, in eine Toga gehüllt und mit wallend schwarzem Haar.

Liu und Bernhard zogen ihre Kommunikationsvisiere vor die Augen. Sie verbanden sich mit den sechs zufällig ausgewählten, alphatischen Geschworenen.

«Fassen wir uns kurz», sagte Liu. «Entgegen der öffentlichen Meinung, die von einem Unfall ausgeht, wissen wir es, Professor Kixstone wurde ermordet. Doch wer war der Mörder? Skalzi? Benson? Waren es beide? War es ein beauftragtes Programm, das beim Tauchgang des Professors zugegriffen hatte? Wir wollen es herausfinden. Und noch etwas, die Verhandlung wird Bernhard führen. Ich kenne Skalzi seit meinem Erwachen ins alphatische Dasein. Der Gründungsvater der Alphaten hat mich stets gefördert. Ich bin befangen. Und deshalb wird Bernhard die Untersuchung leiten.»

243

«Herr Benson, bitte», begann Bernhard die Verhandlung. Er schaltete seinen Avatar frei. «Legen Sie los. Und vergessen Sie nicht: Es war Mord. Und Sie waren zugegen!»

«Ja, ich war zugegen.» Er gab ein wieherndes Lachen von sich, das nicht zum Outfit eines gebrechlichen, alten Mannes passte. «Mein Auftrag lautete, Kixstone einen Denkzettel zu verpassen, eine Lektion zu erteilen. Es waren genau diese Worte. Es sollte bei einem Tauchgang geschehen, in einer privaten Lustmaschine meiner ehemaligen Firma, und man staunt noch mehr, die Maschine war ein Geschenk der Alphaten. In einer weiterentwickelten Ausführung, deren Funktionen ich wie kein anderer beherrschte. Das war mein Auftrag.»

Ein Schema des Geräts auf einem der Bildschirme im Hintergrund des Raumes flammte auf.

«Es war eine klare Anordnung Skalzis, Kixstone bis an den Rand der Bewusstlosigkeit zu bringen. Und dabei keine Spuren zu hinterlassen. Aufgrund meiner Kenntnisse war ich genau der Richtige für ihn.»

Skalzi, der bislang emotionslos zugehört hatte, schwenkte wütend seinen Wanderstab. Seine Lippen bewegten sich tonlos und heftig.

«Sie kommen später zu Wort», herrschte Bernhard ihn an. Er gab Benson ein Zeichen weiterzusprechen.

Benson schilderte ausführlich den Tauchgang. «Ich beobachtete Kixstones Vitalfunktionen. Im kritischen Bereich stoppte ich den Tauchgang. Vielmehr versuchte ich es. Das Programm reagierte nicht. Da war noch irgendwer im System. Und dieser Jemand ist für den Tod verantwortlich. Und das kann nur einer von Skalzis Leuten gewesen sein! Nur er kannte Kixstones Gepflogenheiten und meinen Auftrag.»

244

Wieder bäumte sich Skalzi auf und schwang seinen Wanderstab.

«Seitdem lebe ich in weitgehender Isolation. Und ich habe Angst.»

«Wovor?»

«Vor Skalzi. Ich bin ein Mitwisser. Es dürfte für ihn ein Leichtes sein, mich kaltzustellen. Oder gar zu eliminieren.»

«Ist das alles?»

Benson bejahte. «Das heißt, da wäre noch eine allgemeine Bemerkung zu unserem GiT-Dasein: Wie kann es sein, dass Skalzi soviel Macht über unsere wehrlosen Gehirne ausüben kann?»

Bernhard blätterte in den Schreibmaschinenblättern, die Benson hinterlassen hatte. «So wie in diesen Notizen, die mir vorliegen, haben Sie die Vorgänge auch Ihrer Tochter geschildert», sagte er, ohne auf seine letzte Frage einzugehen.

Amelia sprang auf und pochte an die trennende Glasscheibe, doch niemand wollte sie anhören. Liu lief zu ihr und führte sie in einen Nebenraum. «Geben Sie ihr Beistand», rief sie Rohan zu.

«Jetzt sind Sie dran, Chef der Gehirne-im-Tank», sagte Bernhard und schaltete Skalzi frei.

Skalzi reagierte empört. Er war es nicht gewohnt, Rede und Antwort den Alphaten gegenüber stehen zu müssen, und erst recht nicht, von einem GiT kritisiert zu werden. Er, einer der Schöpfer der Alphaten. Er, der ihre Interessen verteidigte! Der sie vor den Auswüchsen menschlicher Bosheit schützte. «Ich kenne die Niedertracht mancher Menschen», brüllte er. «Im Gegensatz zu Ihren naiven Vorstellungen bin ich ein Realist!», schleuderte er Bernhard entgegen.

Und dann beschrieb er Bensons Mordtat aus seiner Sicht. «Benson war bereits vor seiner Transformation mit Rohan befreundet. Und dann begleitete Rohan ihn in die GiT-Phase. So etwas schweißt zusammen. Benson folgt und beschützt ihn, auf seiner Mondmission und auf Erden. Rohan verrät Kixstone, indem er gegen seine Anweisung die Lavahöhlen auf dem Mond den Alphaten zuspricht. Benson bewacht und beschützt ihn daraufhin verstärkt. Der Chef der HAO befahl, den Botschafter der Alphaten zu entführen. Ihn notfalls zu töten! Benson steht seinem Freund bei. Kixstones Feindschaft gegenüber Rohan steigerte Bensons Hass auf den Professor ins Unermessliche. Etwas in Benson geriet offenbar außer Kontrolle. Er rächte sich an Kixstone. Er hat die Tat wie in einem Blutrausch begangen. Eine Dreiecksbeziehung, die ein unglückliches Ende nahm. Was Benson aber nicht freispricht. Im Gegenteil, wir können uns solche GiTs nicht erlauben. Er ist für den Mord an Kixstone voll verantwortlich. Er ist schuldig! Schuldig! Unsere liebe Chima und Rohan werden das bestätigen.»

«Chima können wir noch nicht befragen und Rohan bürgt für Bensons untadelige Absichten. Aber er ist kein Zeuge. Es steht Meinung gegen Meinung», sagte Bernhard.

«Gäbe es da nicht das Glaubwürdigkeitsproblem. Ein neuer, unfertiger, möglicherweise fehlerbehafteter GiT tritt an gegen einen der altehrwürdigen, altgedienten Mitschöpfer der Alphaten.»

«Sie sind auch nur ein GiT», konterte Bernhard. «Und möglicherweise störanfällig oder fehlerträchtig!»

«Nach diesem Mord sollten wir Benson eliminieren», schrie Skalzi und wedelte erneut mit seinem Wanderstab. «Mit ihm ist prinzipiell etwas schiefgelaufen. Er ist so etwas wie eine

246

Missgeburt! Ehe er weiteres Unheil anrichtet, trennen wir uns von ihm. Die GiTs stehen außerhalb der gewöhnlichen Gesetzlichkeiten. Ein Knopfdruck, und er versinkt mit seinem Tank in den Tiefen des Ozeans. Was zählt schon ein missratener GiT, ein ehemaliger Produzent von Lustmaschinen.»

«*Das* schlagen Sie vor?», fragte Bernhard entsetzt. Liu, die den Verhandlungsraum wieder betreten hatte, reagierte bestürzt. «Sie wollen ein Todesurteil fällen?», rief sie fassungslos.

«Es mag brutal klingen, meine lieben Alphas, aber wir leben in harten Zeiten. Benson hat versagt. Schattenarmee, das heißt auch Kriegsrecht. Die Menschen bekämpfen uns mit allen Mitteln und wir schlagen halt zurück. Da gibt es Opfer auf beiden Seiten. Wir sollten da nicht zimperlich sein. Ich sage nur Chima, gedenken wir ihrer auf diese Weise. So gesehen hat Kixstone seinen tödlichen Tauchgang sogar mehr als verdient, schloss er zufrieden.»

«Benson?», fragte Liu, «sagen Sie uns etwas zu den schweren Anschuldigungen.»

Benson hatte regungslos zugehört. Er wirkte übermüdet. «Dieser Skalzi sucht ein Bauernopfer. Glaubwürdigkeit, natürlich, da kann ich nicht mithalten. Wenn diese Untersuchung vorbei ist, werde ich seine Rache zu spüren bekommen, falls ich am Leben bleiben sollte. Er, der Chef der sogenannten Schattenarmee, er hat alle Macht dazu, mich zu bestrafen. In den Schulungslektionen habe ich einen Vorgeschmack erhalten, bis zu welchem Schmerzlevel wir gequält werden können.»

«Und nochmal, was sagen Sie zu dem ungeheuerlichen Urteil Skalzis», fragte Bernhard. «Er möchte Sie gern loswerden! Um seine eigene Haut zu retten!»

247

«Ein Knopfdruck, und ich versinke in den Tiefen des Ozeans.» Er stieß ein wieherndes Lachen aus. «Ist das nicht eine schöne Vision? Eine Befreiung von all meinen Zukunfts- ängsten? Meine Befürchtungen vor der Transformation haben sich bestätigt. Wehrlos liege ich in der Gruft. Aber auch bei ihnen läuft etwas schief. Vielleicht sollten sie die Aufsicht über uns GiTs in andere, in bessere Hände geben! Ich nehme das Todesurteil freudig an. Da ich nicht selbst den sogenannten Knopf drücken kann, tun sie es! Kappt die Trossen und die Nabelschnur! Und warten sie nicht bis zum nächsten Sonnen- aufgang.» Er schaute trotzig aus seiner Holo-Mulde hinüber zu Skalzi. «Sie missbrauchen Ihre Macht, die die Alphaten Ihnen gegeben haben oder die Sie sich genommen haben. So etwas wie Sie haben die Alphaten nicht verdient.» Er sprach voller Wut. Und als wären das seine letzten Worte fügte er leise hinzu: «Grüßen sie Amelia, Senta und Jan. Und auch Chima. Ich hoffe nur, sie gerät nicht auch noch in die Fänge dieses selbsternannten Heerführers.»

Bernhard und Liu schauten sich betroffen an.

«Wir werden uns beraten», sagte Bernhard. «Und Benson nehmen wir sofort aus dem Verband dieser Schattenarmee heraus.»

248

Kapitel 45

Bernhard schaltete die beiden Holo-Dome in den Standby-Modus. Aus seinem Kommunikatorhelm drangen unüberhörbar einige empörte Rufe der ausgewählten alphatischen Geschworenen. Sie stimmten für Benson und gegen Skalzi.

«Wir haben jetzt eine Untersuchung gegen Skalzi am Hals,» sagte er zu Liu.

«Aus dem ‹wir› mach mal Bernhard», sagte Liu trocken. Ich stehe Skalzi zu nahe.

Die Geschworenen, die immer noch zugeschaltet waren, begrüßten ihre Entscheidung.

«Also gut, so kann es nicht weitergehen. Wir sollten Skalzi entmachten», schlug Bernhard vor. Liu stimmte zu. Und die Geschworenen jubelten. Das war eine ziemlich eindeutige Reaktion der ausgewählten Alphaten.

Bernhard beorderte Skalzi in den Holo-Dom zurück. Der zeigte sich überrascht.

«Es ist aus mit Ihnen», beschied Bernhard. «Wir folgen dem Rat der Geschworenen und unserem Gewissen. Ihre Schattenarmee wird aufgelöst, Ihre sogenannte Zentrale ebenfalls.»

«Sie wollen mich abservieren», schrie er empört. «Doch so einfach geht das nicht. Jahrelang habe ich in meiner Granithöhle Vorkehrungen getroffen für diesen Fall. Ich habe meine venezolanische Höhle zur Festung ausgebaut. Lassen Sie also den Quatsch. Wegen Benson werden Sie doch nicht ein eingespieltes Team sausen lassen.»

«Geben Sie auf! Gehen Sie freiwillig. Leben Sie, wie die vielen anderen GiTs. Genießen Sie Ihre Zeit, oder forschen Sie an verbesserten Brain-Schnittstellen, so wie Sie es vorher taten.»

Skalzi schwang drohend seinen Wanderstab und seine Toga färbte sich schwarz.

«Ehe wir Sie ausräuchern», fügte Bernhard unbeeindruckt hinzu.

«Nein, Sie sind doch meine Kinder», jammerte Skalzi.

«Ich mache Ihnen ein letztes Angebot, gehen Sie freiwillig! Sie sind nicht unersetzlich!»

«Sie schulden mir Dank!»

«Wir kappen ihre Energiezufuhr!»

«Habe längst mein eigenes Kraftwerk errichtet.»

«Wir zerstören die Kommunikationsstränge!»

«Meine Antennenanlagen sind mehrfach geschützt. Am Eingang der Höhle erwarten sie Granit und Beton, Schnellfeuerkanonen und Laserwaffen. Und meine Leibwache ist mir treu ergeben, das sind Menschen, keine Automaten, die Sie von ihren KI-Konsolen aus umprogrammieren können. Da ist nix zu machen.»

«Ergeben Sie sich. Treiben Sie es nicht zu weit. Ich fordere Sie ein letztes Mal auf.»

«Ich lasse mich von Ihnen nicht in die Bedeutungslosigkeit stoßen!», schrie er aus seinem Holo-Dom heraus.

Bernhard löschte Skalzis Avatar aus.

Nur wenige Stunden später hatte sich der Verhandlungsraum in einen Gefechtsstand verwandelt. Das Kräftemessen zwischen Skalzi und den Alphaten begann. Auf den Wandschirmen leuchteten Skalzis Burg in totalen Ansichten und ein Schema des Innenlebens seiner Festung.

«Er wohnt in einem Schloss ohne Hintertür», stellte Bernhard fest. «Wozu auch, dieser GiT kann sowieso nicht fliehen, er sitzt wie angenagelt in seinem Tank, verbunden mit Versorgungsleitungen und abhängig von Nährlösungen und Drogen.»

Der anwesende alphatische Waffenmeister nickte. Er hatte vergeblich versucht, an den Haupteingang der Festung heranzukommen. Bunkerbrechende Kampfmittel schloss er aus, um Skalzis Leibgarde nicht zu töten. Er wartete auf weitere Befehle.

«Dann verschaffen wir uns einen Zugang.» Bernhard zeigte auf ein felsiges Plateau am steil aufsteigenden Festungsberg. «200 Meter Granit. Fressen wir uns durch bis zum boshaften Kern!»

Der Waffenmeister übergab die Leitung der Mission an einen Spezialisten, der schweres Bohrgerät orderte. Bereits nach zehn Stunden floss aus einem Bohrloch eine dunkle Gesteinsbrühe.

«Geht das nicht flotter?», fluchte Bernhard. Er hockte ermüdet vor den Bildschirmen. Seit Beginn der Aktion hatte er den Gefechtsstand nicht verlassen.

«Energielogistik», antwortete der Spezialist. «Eine Laserbohranlage steht demnächst bereit, die Stromzufuhr wird gelegt.»

Mit dem Laser ging es schneller voran. Gestein verdampfte, verflüssigte sich, verfestigte sich wieder an den Rändern des Lochs, Hochdruckspülgase beförderten den Auswurf aus dem Bohrloch. Schwarzer Rauch quoll aus deren Öffnung.

«Das verstehe ich unter Ausräuchern», sagte Bernhard.

Durch die freigelegte Öffnung drangen die ersten geflügelten Minidrohnen in die Höhle ein, gefolgt von faustgroßen

Krabblern, bewaffneten Kleinstkettenfahrgeräten und Beleuchtungsvehikeln. Sie übermittelten Aufnahmen aus dem Innern der Felsengrotte. Auf einem Marmorpodest lagerte goldverziert der Skalzi-Tank. Darüber hing ein überdimensionales Hologramm: sein furchteinflößendes, sprechendes Konterfei, seine fluchende Fratze.

Der Schwarm der Drohnen und die Kettenfahrzeuge drängten die Leibgarde Skalzis in eine Felsnische. Hier, zwischen wuchtigen Granitblöcken und Stalagmiten befanden sich die bescheidenen Behausungen der Garde.

Ein zwerghumanoider Roboter quetschte sich durch das Bohrloch in die Höhlenkammer. «Wer von euch hat hier das Sagen?», rief er den verschreckten Frauen und Männern der Garde in der Felsnische zu.

Eine elegant uniformierte Frau trat dem Roboter entgegen.

«Lassen Sie den Haupteingang öffnen!», rief Bernhard, sofort übermittelt vom in der Höhle anwesenden Zwergroboter.

«Folgt diesen klaren Anweisungen!», sagte die Uniformierte erleichtert. «Unser Herr Goldkopf hat uns nichts mehr zu befehlen!»

Zwei Leibwächter lösten sich aus der zusammengedrängten Menge und bewegten sich zum Haupteingang der Höhle, gefolgt von einem waffenstarrenden Kleinstkettenfahrzeug.

Es ertönten weitere Befehle Bernhards: «Kappen sie Skalzis Kommunikationsstränge! Sichern sie Daten! Lassen sie seine Waffensysteme deaktivieren, innerhalb und außerhalb seiner Höhle!»

Skalzis eindrucksvolles Hologramm über dem goldverzierten Tank sackte kurze Zeit später in sich zusammen.

252

«Haupteingang offen!», schrie einer der Kämpfer aus der Ferne.

«Fall erledigt», sagte Bernhard und übergab das Kommando dem alphatischen Waffenmeister.

«Mit einer robotischen Leibgarde hätten wir größere Schwierigkeiten gehabt», sagte der Offizier zufrieden.

«Wohin schaffen wir den Skalzi-GiT?», rief einer der ehemaligen Leibgardisten. «Ehe er anfängt zu stinken. Wir haben die Nabelschnur gekappt.»

«Sein Tank kommt später zu uns, zur Isla Alphatica», ordnete Bernhard an. «Zu den anderen GiTs, in ein Lager mit den üblichen Konditionen.»

Liu hatte die Aktivitäten in der Höhle gespannt verfolgt. Sie atmete beruhigt auf, es war kein Blut geflossen. «Ich habe zu lange an Skalzi festgehalten», dachte sie betroffen. «Dass es so weit gekommen ist, ist auch meine Schuld. Die Macht war ihm zu Kopfe gestiegen und ich habe viel zu lange weggesehen. Ich werde zurücktreten und den Vorsitz der Alphaten abgeben. Doch jetzt sind wir Skalzi los, unsere letzte direkte Verbindung zu einem unserer Schöpfer. Das war ein Befreiungsschlag. Und mit Rohan, der an die Spitze der HAO aufrückt, da sind wir auch in unserem Sinne weitergekommen.»

«Was ist mit dir», fragte Bernhard. «Feuchte Augen?»

«Ich bin gealtert», sagte Liu wehmütig. «Es ist gut, dass du einstweilig den alphatischen Vorsitz übernommen hast. Die Vollversammlung wird das sicherlich absegnen.»

«Irgendwann einmal kommt der Generationswechsel», tröstete er sie.

«Die Granithöhle, wäre das nicht ein vortreffliches Zuhause für unsere alphatischen GiTs?», wechselte Liu das Thema.

253

«Vielleicht für Chima?», fragte Bernhard.

«Für sie gibt es bereits andere Pläne. Du wirst begeistert sein», sagte Liu Chen Lu.

«Weiß sie wenigstens davon?»

«Sie hat unseren Plänen bereits zugesagt.»

«Und Benson? Was machen wir mit ihm?»

«Chima hat da schon eine Idee.»

Kapitel 46

Benson lag da mit geschlossenen Augen. Seine virtuellen Hände erfühlten einen samtigen Stoff und die Kante einer Ottomane.

«Ich lebe also noch», waren seine ersten Gedanken. «Also hat niemand den Auslösemechanismus für meine letzte Reise zum Grund des Indischen Ozeans betätigt.»

«Was war mit mir passiert», sinnierte er. «Da war Kixstones Tod gewesen und das Tribunal, schließlich die Anklage Skalzis. Dann kam sein Freispruch durch die Geschworenen.»

Und dann erinnerte er sich an den Vorschlag Lius, zusammen mit Chimas GiT, an einer interplanetaren Mission teilzunehmen.

«Wohin soll die Reise denn gehen?», war Bensons erste Frage gewesen.

«Zum Eismond Enceladus», hatte Liu wie selbstverständlich geantwortet.

«Aber das Unternehmen war doch unbemannt geplant ...»

«Nun, mit GiTs zu fliegen, das ist doch eine interessante Wendung. Das bringt uns zusätzliche Sicherheit. Es war eine Anregung Chimas, das mit den GiTs. Und es war dann auch *ihr* Wunsch, dass *Sie* mitfliegen.»

«Aber das ist doch ein Projekt der Alphaten.» Benson ließ nicht locker.

«Wir möchten einen menschlichen GiT dabeihaben.»

«Die neuen Herrscher auf Erden wollen sich bei uns beliebt machen?»

Liu winkte ab. Was sollte sie auch dazu sagen.

«Hinflugdauer?», fragte Benson nach einer Weile des Schweigens.

«Knappes Jahr, wir versuchen es, noch kürzer zu machen.»

«Ist ein Rückflug vorgesehen?»

Liu Chen Lu lachte herzlich. «Wir sind doch keine Unmenschen. Die Mission ist so schon gefährlich genug. Die Missionsparameter bekommen Sie noch überspielt. Sie haben 14 Tage Zeit zum Durchdenken. Überlegen Sie es sich gut.»

«Da gibt es nichts zum Überlegen», sprudelte es aus Benson heraus.

«Wachen Sie endlich auf», sagte eine Frauenstimme.

Er öffnete seine Augen und sah Chima, so wie er sie kannte, kraftstrotzend, im Outfit einer alphatischen Kämpferin.

«Ich dachte, Sie sind noch in der GiT-Schule», murmelte Benson überrascht.

«Ich sehe, die Überraschung ist mir geglückt.» Chima schnippte mit den Fingern. Das karge Zimmer verwandelte sich in das virtuelle Cockpit eines Raumschiffs.

«Das wäre die Kanzel der Herschel», sagte Chima. «Wir beide allein. Das ist dann schon die Crew. Und wir fliegen bereits.»

Auf einem Seitenschirm schwammen in der Schwärze des Alls die Sicheln der blauen Erde und des narbigen Mondes. Und auf dem Hauptschirm leuchteten die Planetenbahnen und die strichpunktierte grelle Flugbahn ihrer Herschel bis zum Saturn. Und jetzt registrierten seine Sensoren auch das eingespiegelte Vibrieren der Fusionstriebwerke und die vom Antrieb erzeugten Beschleunigungskräfte.

«Wir fliegen. Und das ist echt. Und wir sind also bereits auf der Herschel», wiederholte Benson.

256

«Jan, du bist die andere Hälfte des kleinen Teams, neben der Missions-KI versteht sich. Die MIKI.»

«Also gut ... Viola und die MIKI. Und MIKI», wiederholte Jan.

Doch die Missions-KI schwieg.

«Das ist keine Anfrage an die KI. Sie hört zwar unsere Gespräche ab, nimmt aber daran unaufgefordert nicht teil.»

«Pass auf Jan: Chima an MIKI, wie schnell sind wir unterwegs?»

«18,23 Kilometer pro Sekunde. Weitere Daten siehe Hauptschirm. Ende MIKI.»

«Dann werde ich MIKIs folgsamen Geist auch mal prüfen», sagte Jan. «Benson an MIKI, wann beginnt unsere nächste Dauerschlafphase?»

«In achtundzwanzig Stunden. Ende MIKI.»

«Zufrieden, sie hört auch auf mich», murmelte Jan.

«MIKI und zwei GiTs auf Reisen», sagte er und lachte.

Ende Teil 1

Am Teil 2 der Alphaten-Reihe mit dem Titel «Das Enceladus-Desaster» schreibt der Autor.

Dank

Herrn Hans-Dieter Ebert danke ich für das Korrekturlesen und anregende Diskussionen.